KB123907

로크미디어가
유혹하는
재미있는 세상

ROK
MEDIA
로크미디어

엑스트라 책사의 로열로드 13 완결

2023년 7월 21일 초판 1쇄 인쇄
2023년 7월 26일 초판 1쇄 발행

지은이 mensol
발행인 강준규

기획 이기헌 왕소현 임동관 박경무 강민구 조익현
책임편집 이정규
마케팅지원 이원선

발행처 (주)로크미디어
출판등록 2003년 3월 24일
주소 서울시 마포구 마포대로 45 일진빌딩 6층
Tel (02)3273-5135 **Fax** (02)3273-5134
홈페이지 rokmedia.com **E-mail** rokmedia@empas.com

ⓒ mensol, 2022

값 9,000원

ISBN 979-11-408-0733-8 (13권)
ISBN 979-11-354-8160-4 04810 (세트)

엑스트라 책사의
로열로드

mensol 퓨전 판타지 장편소설

 완결

Contents

1장	7
2장	43
3장	91
4장	139
5장	209
6장	285

1장

개전에 들어가고 5일.

나는 상대 캘버린의 군대와 대치를 하며 주변 상황을 종합하고 있었다.

"소피아……."

테토라 아니스트리의 흉계에 휘둘리고 있는 좌측 전장.

소피아는 점거하고 있는 언덕 요지의 요새화를 꾀하며 적의 본진을 수색하고 있었다.

"스승님과 가스파르가 수색을……."

"도련님, 무언가 조치를 취해야 하지 않을까요?"

가스파르가 걱정됐는지 유미르가 조심스럽게 말해 온다.

"소피아가 내 말을 곧이곧대로 들을지 모르겠어. 최소한의 조치는 애쉬를 통해 취해 놓긴 했는데……."

걱정이 되긴 나도 마찬가지였다.

어차피 대치를 하고 있는 적군이 아무런 행동을 취하고 있지 않았기에, 나는 다른 전장의 상황에 집중하고 있었다.

그러던 밤의 일이었다.

"보고드립니다."

침착한 목소리로 보고를 시작한 군인. 크로싱의 특무대원이었다.

"파밀리온 재상님의 작전이 개시됐습니다. 초기 작전은 성공한 상황이니 이후는 재량에 맡기겠다고 하셨습니다."

"작전이란 건 역시나 이거였군요. 함대를 이용한다기에 어딜 공격하나 싶었는데."

외부 대륙을 공격하는 것.

상상을 초월한 일이었다.

누구도 생각하지 못했을 것이다. 그도 그럴 게 중앙 대륙과 외부 대륙 사이에는 분단 결계가 쳐져 있으니까.

쥬라스는 그걸 파헤쳤다.

최근 1년 사이.

녀석은 마법학을 연구하고 꾸준히 탐사원을 파견해 결계를 관찰했었다.

그럼에도 결정적인 무언가가 발견되지 않아 실행으로 옮기지 못했지만, 내가 엘리치산맥에서 오메론을 만난 것이 단서가 됐다.

녀석은 엘리치산맥의 지맥을 연구하여 결계의 진정한 형태를 계산한 모양이었다.

그리고 취약한 부분이 어디인지도.

그 부분을 이쪽에서도, 엘란 왕국 쪽에서도 공격을 하여 일시적으로 파괴한 모양이다.

녀석은 그 지점의 빈틈을 이용해 100척에 달하는 함대를 결계 밖으로 빼내 연맹 영토를 공격했다.

'상대의 허를 보기 좋게 찔러 버렸네.'

상대가 계산하고 있는 건 하나였다.

국력의 차이를 외부 세력인 연맹의 개입으로 상쇄하겠다는 것.

그걸 위해 엘리치산맥을 들쑤셔 지맥을 파괴한 것이다.

완전히 파괴하지는 못해 1년 정도의 유예 기간이 남아 있긴 했으나, 어쨌든 결계가 파괴되기만 하면 그들 입장에선 성공이었다.

그도 당연했다. 갑자기 마법 세계에서 개입이 들어오면 이 대륙의 전쟁은 완전히 다른 방향으로 흘러갈 테니까.

뭣보다 큰 혼란이 발생할 게 분명했다. 통일의 꿈도 멀어졌겠지.

쥬라스는 그 싹을 사전에 잘라 버린 것이다.

"진짜 못 당하겠네."

녀석에 대해선 언제나 괴물 같은 놈이라 생각하고 있었지만 이렇게까지 철저하고 기상천외할 줄이야.

"주군."

안톤이 속삭여 온다.

"이렇게 되면 소피아 님의 판단대로 우리 영토를 약탈하고 있는 적의 별동대를 처리하는 게 좋지 않겠습니까?"

쥬라스가 외부 세력을 정리해 준다면 상대는 외통수에 걸리게 된다.

결계가 사라진 이후에 오는 건 아군이 아닌 적군이 될 테니까.

급한 건 상대 쪽. 그러니 우리는 수비만 튼튼히 하고 있어도 좋다는 거다.

"그렇긴 하지만 일단은 캘버린이 어떻게 나오는가를 보고 싶네요."

놈의 의도가 내 예상대로라면 좌측 숲 지역의 전황은 크게 바뀔 테니까.

한편 그 소식은 캘버린의 진영에도 전해졌다.

"하하하!"

캘버린은 기분 좋게 웃었다.

"쥬라스 파밀리온…… 대단한 놈이군. 정말이지 엄청난 놈이야."

그가 만약 과거 혼돈의 시대에 태어났다면 역사가 바뀌었을지도 모를 일이었다.

캘버린은 그런 느낌을 받았다.

"……캘버린. 뭐냐, 그 웃음은."

소식을 전하고 있던 남자였다. 연맹 출신으로 모신의 측근 중 하나인 그라함이라는 남자였다.

"지금 이게 웃을 일이라고 생각하나? 연맹이 공격받고 있다잖나!"

"그렇다고 해도 우리가 할 수 있는 건 아무것도 없지 않나. 그럼 우는 것보단 웃는 게 낫겠지."

현재 모신은 알스의 통일을 방해하기 위해 중앙 대륙에 온 힘을 쏟아붓고 있었다.

그런 와중에 외부가 공격당하니 그쪽에 대해 대처하기가 힘든 상황이었다.

쥬라스가 엘란 왕국 쪽에도 미리 공작을 해 놓은 탓에 그 침공 속도는 어마어마했다.

크로싱의 군인들이 연맹의 시민들을 통제하여 점령 속도를 높였고, 엘란 왕국의 정예 전력들이 연맹과 싸워 줬다.

"모신께선 뭐라고 말하셨지?"

"아무런 말도 하지 않으셨다. 그렇다기보단 뭐라 말을 잇지 못하셨어. 네게 이 소식을 전하라고만 하셨다."

"내 의견을 듣고 싶다는 건가. 그렇다면 답은 하나야. 연맹은 이미 돌이킬 수 없으니 이곳 전쟁에서 승리를 해야 한다고 전해. 오히려 기회일지도 몰라."

"기회라니?"

"그 쥬라스라는 자가 지금은 이곳에 없다는 거니까."

"……전하도록 하지."

후다닥 사라지는 그라함.

캘버린은 쓸쓸한 표정으로 미소 지었다.

"이 전쟁도 드디어 본막에 접어드는군."

모신이 본격적으로 움직인다면 전장은 이곳 남부가 아니라 발라스가 위치한 중부가 될 가능성이 높다.

"이 전장은 어찌할 생각이십니까?"

부관의 물음에 캘버린은 어깨를 으쓱였다.

"글쎄. 테토라 아니스트리는 의욕에 차 있는 듯하니…….
이 전장의 마무리는 그녀에게 맡겨 두는 편이 좋을 것 같군."

그렇게 그는 전장의 주도권을 테토라에게 넘겨주기로 결정을 내린다.

소피아는 혈안이 되어 적군의 본진을 찾고 있었다.

잠을 자지 못한 탓에 눈이 충혈되어 귀기가 엿보일 정도였다.

"어떻게 아직도 찾지 못한 거죠? 일리야 씨가 투입됐음에도······!"

일리야는 면목이 없다며 고개를 흔들었다.

"역시 스승님이라고밖에 말하지 못하겠군. 게다가 그 수하들의 수준도 너무 높아."

"그렇다고 해도······!"

가스파르가 일리야를 변호하듯 덧붙인다.

"놈들 하나하나가 나와 비슷한 수준의 감각을 가지고 있다. 섣불리 들어갔다간 우리도 살아 돌아오지 못해. 시간이 더 많이 걸릴 거다."

"큭······!"

소피아는 무심코 옆에 쌓여 있는 첩보 문서들을 곁눈질했다. 그 내용은 적의 약탈에 관한 것이었다.

그걸 볼수록 그녀의 마음은 조급해져 갔다.

"귄터는 어디 있죠?"

"적 첩보대와의 교전에서 부상을 입고 휴식을 취하고 있다."

"부상이요!? 심각한 건가요?"

"심각하진 않지만 위험했어. 자칫하면 뼈가 갈라져 내장을 당할 수도 있었으니까."

소피아는 마음이 꺾일 것만 같았다.

작전을 우선시하자니 민간인들이 죽어 나가고, 민간인 구출을 위해 적 본진을 타격하자니 가신들이 위험해진다.

그녀는 얼굴을 감싸 쥐고 생각에 빠졌다.

그런 와중에 보고가 들어온다.

"보고드립니다! 우측 평야에 주둔하고 있던 스벤너의 군대가 루덴 산지로 진군! 일라인 폐하의 부대도 그를 따라 서부로 진군하고 있습니다!"

"루덴 산지로요?"

현재 루덴 산지는 올라프가 3천의 병력을 통해 요새화하고 있는 곳이었다.

캘버린의 군대가 그쪽으로 모든 군대를 이동시키자, 알스도 발을 맞춰 따라가는 수밖에 없었다.

이로 인해 산지 사이에 있는 적의 진지도 무력화가 된 셈이었다.

소피아가 숲 지역을 점거하고 있고, 우측에서도 적군이 물러났으니까.

중앙에 있는 적의 진지도 곧 유명무실해질 테다.

이 경우 소피아와 테토라의 전투 형태가 달라진다.

소피아가 기존의 작전 목표를 달성했기에 이제는 오직 테토라 하나만을 바라보고 작전을 짤 수가 있었으니까.

빠득! 소피아는 이를 악물고 소리친다.

"이 거점에 최소한의 병력만을 남겨 두고 전진하겠습니다! 이 숲 전체를 완전히 점거하겠어요!"

언덕 거점의 중요성이 사라졌으니 더 이상 망설일 것 없었다.

소피아는 4만의 군대를 이끌고 전진. 매복에 주의하며 적

본진을 찾으려 했으나, 이것이야말로 테토라 아니스트리가 노리던 형태였다.

"……베카비아의 천재 공주라고 하더니. 멍청한 년이었구만."

테토라는 그렇게 웃으며 소피아의 병력을 최대한 끌어 들인 뒤 작전을 개시했다.

화르륵! 일제히 피어오르는 불. 테토라는 그 불을 통해 전장의 형태를 바꿔 자신이 원하는 전술을 전개했다.

"적습! 적의 매복군이 측면을 공격해 들어오고 있습니다!"

"윽……! 당황하지 마요! 화재를 진압하고 태세를 굳히도록 해요!"

그러나 상황은 웃어 주지 않았다.

마침 바람이 리안드군이 있는 쪽으로 강하게 불기 시작하여 불길이 잡히지 않은 것이다.

소피아는 입술을 질끈 깨물었다.

자신이 성급했던 점은 인정했지만, 그렇다고 상황이 이렇게 될 거라곤 예상하지 못했다. 매복이 있다 하더라도 대처할 자신이 있었다.

'그런데 하필 바람이 우리 진영 쪽으로……!'

그러나 이는 테토라가 의도하고 있었다.

테토라는 이 시기, 이 계절에는 풍향이 북쪽으로 향한다는 점을 알고 미리 숲에 작업을 해 놨다.

숲의 나무를 일부분 벌목하여 바람이 더 거세게 불도록 작업을 해 놓은 것이다.

이는 과거 그녀가 알스에게 당했던 것과 비슷했다.

지형 조작을 통한 책략.

테토라는 그 책략을 보란 듯이 소피아에게 되갚아 주고 있었다.

이는 그녀가 전쟁에 있어 천부적인 재능을 가지고 있음을 나타냈다.

"지금이다! 놈들의 뒤를 잡아 퇴로를 끊어!"

테토라는 산지가 있는 쪽으로 3천의 별동대를 투입했다.

그곳을 통해 돌아서 상대의 뒤를 잡겠다는 의도다. 그쪽으로 불길의 벽과 연기가 솟아 있었기에 소피아는 그걸 눈치채지 못했다.

테토라는 회심의 미소를 짓는다.

"이걸로 끝이야. 일망타진해 주지……!"

그러나 그 순간.

펑! 펑! 펑! 펑! 연달아 터지는 굉음.

마치 벼락이 떨어지는 듯한 그 소리에 테토라가 움츠렸다.

"뭐, 뭐야!"

어리둥절해하는 것도 잠시.

우르르! 산지 쪽에서 산사태가 발생하여 토사가 쏟아지기 시작했다.

"무슨……!?"

"도, 도망쳐!"

쏟아져 내리는 흙과 바위가 전장을 우회하려던 별동대를 덮쳤다.

그것만으로도 모자라 불이 붙은 나무들까지 덮쳐 버리며 불을 꺼 버렸다.

테토라도, 소피아도 눈을 부릅뜬 채 그 광경을 지켜보고 있었다.

그리고 그 산사태가 진정될 무렵. 애쉬와 리시테아가 이끄는 2천의 병력이 산지의 언덕을 타고 내려와 적의 별동대를 제압하고 나머지 불길을 꺼 버렸다.

전장 우측에도 불길의 벽이 남아 있긴 했지만, 좌측의 불은 완전히 진화되었기에 태세를 갖추기가 편해졌다.

"흐아앗!"

콰콰콱! 창을 찌르며 별동대를 쓸어버린 애쉬가 소피아에게 외친다.

"태세를 가다듬어요, 소피아 씨!"

"……!"

소피아는 이 작전이 알스가 안배를 해 둔 거라 확신했다.

그로 인한 굴욕감을 느꼈지만, 한편으론 이 정도로 정교하게 안배를 한 알스에 대해 경애심을 느꼈다.

소피아가 그런 감정을 느끼고 있었으니 테토라는 그 반대의 감정을 강하게 느꼈다.

"이, 나의 전략이 읽혔다고⋯⋯!?"

조금 전의 산사태는 어지간히 준비를 하지 않으면 어려운 일이었다. 그걸 첩보대에 발견되지 않도록 하는 건 더더욱.

그런데도 테토라는 이 사실을 꿈에도 모르고 있었다.

그도 그럴 게, 그녀가 이끄는 첩보대는 본진을 숨기기 위한 정보전을 수행하고 있었으니까. 산지까지 첩보 인력을 배치하기는 어려웠다.

알스는 그걸 읽고 있었다는 듯, 첩보가 허술한 산지 쪽에서 계략을 꾸민 것이다.

"알스 일라인⋯⋯!!"

또다시 손아귀에 놀아난 상황에 테토라는 굴욕과 분노로 부들부들 떨었다.

그녀의 부관이었던 케스퍼는 퇴각을 종용했다.

"테토라 님, 병력의 숫자는 우리가 열세입니다. 지금은 일단 물러나셔야 합니다! 적이 태세를 가다듬기 전에 어서요!"

"큭!"

외부에서 활동하고 있는 별동대만 8천에 달했으니 본대의 힘은 밀릴 수밖에 없었다.

그렇기에 소피아가 상대의 본진을 찾고 있던 것이었고, 테토라가 화계를 사용한 것이었다.

그것이 알스의 개입으로 무위로 돌아가면서 서방은 병력의 열세에 처하게 됐다.

"……일단 물러난다! 케스퍼, 네가 퇴각 지휘를 해!"

"옛!"

숲의 주도권을 내주며 퇴각을 하는 병력. 이 요지를 완전히 내줬으니 민간인 약탈을 하고 있던 별동대도 퇴각하는 수밖에 없었다.

소피아는 그걸 그대로 지켜볼 생각이 없었다.

태세를 갖춘 그녀는, 민간 학살을 자행한 테토라 아니스트리의 숨통을 완전히 끊어 버리기 위해 전 병력으로 추격을 시작했다.

상대의 움직임에 맞춰 루덴 산지로 이동하고 있던 나는 소피아 쪽의 전장의 소식을 전해 받고 있었다.

"역시나, 캘버린이 군대를 루덴 산지 쪽으로 이동시켰을 때부터 그럴 거라고 생각은 했지만……."

녀석은 이 전장에서 힘을 쏟을 필요가 없어졌다고 판단하고 주도권을 테토라 아니스트리에게 주었다.

그걸 위해 루덴 산지 쪽으로 이동한 것이다. 이 경우 내 개입을 차단할 수 있을 뿐만 아니라, 테토라가 공간을 넓게 사용할 수 있는 여건을 줄 수 있기 때문이다.

나도 그걸 예상하여 사전에 애쉬에게 여러 대처 방안을 알려 준 것이었다.

"대, 대단하네요."

보고서를 읽고 있던 루크레치아가 눈을 끔뻑였다.

"거기까지 예상을 하고 애쉬에게 준비를 시켰던 건가요?"

"그뿐만이 아니라 여러 대책을 일러뒀어요. 그중 하나였을 뿐이에요."

전쟁에 관심이 많은 루크는 재잘거리며 물어 온다.

"무슨 근거로 산사태를 준비시킨 건가요?"

"상대의 첩보 인력이 본진을 숨기는 것에만 급급했으니까요. 그쪽까지 신경을 쓰지 못할 거라 생각했어요."

"만약 상대가 그쪽으로 병력을 움직이지 않았다면요?"

"애쉬가 재량껏 활용할 방안을 만들었겠죠?"

상대가 화공을 하지 않았다고 해도 그 산사태는 효과를 발휘할 수 있었을 거다.

이번엔 상대의 화계를 차단하고 적의 별동대까지 잡아먹었으니 최고의 성과라 할 수 있었다.

"새삼 놀랍네요. 왜 당신이 명장이라 불리는지 알 것 같아요."

그때 마찬가지로 보고서를 읽고 있던 안톤이 말한다.

"주군, 이후에 시작된 추격전도 주군께서 명하신 겁니까?"

"아뇨, 거기부턴 소피아의 독단이에요. 제가 개입한 부분은 없습니다. 이곳 루덴 산지까지 진군을 한 이상 지금부터 개입하는 것도 불가능할 거고요."

"그건……."

"아내가 걱정됩니까?"

안톤은 말을 잇지 못했다. 내 지휘라면 불구덩이에 들어가라고 해도 일절의 의심도 하지 않는 그가 소피아의 지휘라고 하니 불안을 느낀 모양이다.

이는 루크레치아도 마찬가지였다.

"저기……. 애쉬와 리시테아는 무사하겠죠?"

가족들의 목숨이 걸려 있으니 다들 안절부절못하고 있었다. 유미르도 가스파르가 걱정되는지 꼬리를 바쁘게 움직이고 있다.

"어쩔 수 없어요. 내가 모든 군을 지휘할 수도 없는 노릇이니까요."

지금은 최소한의 조치도 불가능한 상황.

소피아가 잘해 주길 바라는 수밖에 없었다.

서방의 군대가 퇴각을 하고 있긴 했지만 그렇다고 패전을 한 건 아니었다.

그저 책략이 실패로 돌아갔을 뿐.

다만 후퇴를 하고 있는 이 형태 자체는 소피아에게 웃어 주고 있었다.

소피아는 애쉬에게 500의 정예 기마대를 붙여 상대의 꼬리를 물고 늘어지게 만들었다.

애쉬가 이끄는 정예 기마대는 나무가 빼곡한 숲을 신들린 듯한 기마술로 통과하여 후방의 평야로 도망가는 적의 꼬리를 물었다.

"저, 적습!"

"으아악!"

콰콰콰콱! 애쉬는 후미를 공격하며 적군의 퇴각을 막았다.

이 모습에 테토라는 입술을 질끈 깨물었다.

그녀는 좌측의 얕은 산지. 그리고 우측의 우회로를 보곤 눈매를 좁혔다.

"해볼 만하겠어……. 페드로! 라마드! 너흰 어서 저 건방진 놈의 목을 쳐 내고 와!"

그녀는 측근 무장들에게 애쉬를 막아 낼 것을 지시한 뒤, 케스퍼에게 명령을 내려 퇴각하던 부대를 반전시키고 진형을 갖추었다.

그 틈을 벌기 위해 투입된 서방의 무장 페드로의 라마드는 적의 수급을 휩쓸고 있는 애쉬가 있는 곳으로 빠르게 달려들었다.

기다란 도끼를 쥐고 있던 거한 라마드는 애쉬의 옆으로 호전적으로 달려들었다.

"……!?"

"으라앗!"

콰득! 말의 목을 쳐 버리는 도끼. 목이 잘려 나간 기마는 그대로 고꾸라졌다.

쿠당탕! 낙마를 한 애쉬는 반사적으로 일어나 뒤로 물러났다.

그런 그가 물러난 자리에 쿵! 도끼가 내리찍혔다.

"크하핫! 이 쥐새끼 같은 놈. 잘도 도망치는구나."

"하아! 하아……! 위험한 놈이 나타났는걸."

애쉬는 식은땀을 흘렸다.

라마드라는 자의 무위가 생각 이상으로 높았기 때문이다.

'에오니아 씨보다도 강해 보이는데. 적의 핵심 전력인가. 그리고 나머지 한 놈은…….'

마찬가지로 저지 명령을 받고 온 페드로는 리시테아와 치열하게 창을 주고받고 있었다.

'저쪽은 걱정할 필요 없겠네.'

애쉬는 창을 꼬나 쥐고 대치했다.

지금은 소피아가 이끄는 병력이 숲을 나와 진형을 갖출 때까지 시간을 벌어야 했다.

"형씨, 이름은 뭐라고 하지?"

"라마드다. 라마드 텔 그림. 네놈에게 최후를 가져다줄 남자이지."

"미안하지만 난 무병장수할 생각이거든. 부인이 둘이나 생겨서 말이야."

"훗, 그렇담 과부가 둘이나 늘어나겠군."

"내 이름은 궁금하지 않은 건가?"

"곧 죽을 놈의 이름을 기억할 필요가 어디 있나!"

부웅! 오러가 잔뜩 실려 섬뜩한 소리를 내며 휘둘러지는 도끼.

애쉬는 요리조리 피하며 창을 찔렀다.

그렇게 100합 가까이 대결을 주고받았을 때였다.

"허억! 허억! 형씨, 엄청 강하네. 서방에서 유명하거나 그래?"

"아직도 입을 놀릴 틈이 있다니 놀랍군!"

라마드는 진심으로 감탄했다는 표정이었다.

"나쁘지 않은 실력이었다. 하지만 이젠 끝이니라."

"……!?"

처처척! 처처척! 일사불란하게 포위망을 만들어 가는 서방
의 병사들.

애쉬는 소름이 돋았다.

그 일기토가 벌어지는 와중에 쥐도 새도 모르게 자신을 포
위망에 몰아넣다니.

'나를 가지고 놀고 있었군……!'

그렇다기보단 모험을 걸지 않은 것이었다.

라마드는 애쉬가 숨겨 놓은 발톱이 있을 거라 생각했다.
본래 도끼를 무기로 사용하는 자는 서로 찔러 죽는 양패구상
을 걱정해야 하기 때문에 라마드는 굳이 애쉬를 강하게 몰아
붙이지 않고 영리하게 잡아들이기로 했다.

지금 이곳이 서방의 진형이니 더 수월했다.

"끝이다. 역시 이름은 알 필요 없었군."

멀리서 전투를 벌이고 있던 리시테아는 눈을 부릅떴다.

"애쉬! 안 돼!"

애쉬는 최후의 발악을 할 생각으로 창을 꽉 쥐었다.

그 순간이었다.

콰드드득! 옆구리를 찌르고 오는 보병 특공대.

숫자가 20명밖에 되지 않는 말 그대로 특공대였다.

애쉬는 그 선두에 서 있는 인물을 보며 반색했다.

"귄터 형님!"

"애쉬! 내 쪽으로 달려라!"

애쉬는 부대 후퇴 명령을 내리며 귄터가 있는 쪽으로 뛰었다.

"어림도 없다!"

라마드는 그 등에 도끼를 내리찍으려 했으나 귄터가 한발 빨랐다.

"우오오옷!"

"……!?"

귄터는 해머 같은 것을 한 손으로 휘둘렀다.

이런 둔기는 살상력이 떨어지긴 하지만 상대의 무기나 방패를 파괴하는 것에 있어선 탁월한 효과를 자랑했다.

라마드는 오러를 실은 도끼를 세로로 세워 그 일격을 막아 보려 했으나, 콰득! 귄터의 해머는 그 도끼는 물론이고 그의 팔까지 부러뜨려 버리며 라마드를 20m 이상 날려 보냈다.

애쉬는 휘파람을 분다.

"휘유! 엄청나네요!"

"놀라고 있을 새 없어. 빨리 물러난다! 리시테아 씨에게도 퇴각하라 전해!"

"옙!"

권터의 원호를 받으며 빠져나오는 애쉬의 기마대.

애쉬는 안도의 한숨을 흘린다.

"소피아 씨가 제때 응원군을 보내 줬네요."

"아니, 소피아가 보낸 게 아니야."

"예? 그럼 알스가 보낸 겁니까?"

"……."

권터는 뭔가 말하려다가 고개를 흔들며 입을 다물었다.

애쉬는 어깨를 으쓱인다.

"그보다 권터 형님의 실력은 새삼 놀랍네요."

본래 권터는 오러를 사용하지 못해 타고난 힘을 가졌음에도 무력이 뛰어난 편이 아니었다.

그러나 외부 세계에서 마나의 재능을 발견한 뒤부턴 상황이 바뀌었다.

이곳 중앙 대륙은 마나를 사용하기 힘든 환경이었음에도 특별한 체질을 타고난 권터는 다른 이에 비해 비교적 많은 마나를 사용할 수 있었다.

그 마나로 증가된 힘은 오러 사용자도 가뿐히 능가할 정도였다.

"일리야 씨나 안톤 형님에 비하면 별거 아니지. 그보다 애쉬, 넌 어서 부대를 재정비해라. 곧 전투가 재개될 거야."

"으음⋯⋯. 하지만 알스 없이 잘될까요?"

"심정은 이해하지만, 지금은 그런 의심을 접어 둬라. 소피아도 출중한 책사야. 믿고 따라라."

애쉬는 고개를 끄덕였다.

소피아가 불안하긴 해도 알스에 비해 나은 점도 있었다.

이러한 과감함이었다.

알스의 경우엔 아군의 피해를 최소화하기 위해 이런 즉흥적이고 감정적인 전투는 거의 하지 않는 반면, 소피아는 달랐다.

호기라고 생각이 되면 상대가 어떤 함정을 걸었든 정면에서 들이받는다.

'알스도 그걸 알고 내게 보조를 부탁한 거였지.'

이런 스타일이 좋은 건 아군의 피해가 얼마가 됐든 결판을 낼 수 있다는 점.

민간인 학살을 자행한 악마 같은 적장을 확실하게 끝장낼 수 있는 기회가 온 것이다.

숲 지형을 빠져나온 소피아는 본격적으로 상대와 전술 싸움을 시작했다.

핵심은 좌우측의 우회로였다.

소피아는 일리야에게 6천의 병력을 떼어 좌측 우회로로

보냈다.

이후 우측의 얕은 산지로는 가스파르를 보내 상대의 별동대를 견제하게 만들었다.

그리고 본인은 귄터와 애쉬를 선봉장으로 하여 정면에서 밀고 들어갔다.

"적의 본대는 약화되어 있습니다! 기세로 밀고 들어가도록 해요!"

돌격을 명령한 그녀는 바쁘게 고개를 돌리며 병력을 지휘하고 있었다. 그 전술적인 조예는 알스에 비해서도 뒤떨어지지 않았다.

베카비아의 천재 공주. 그녀는 전장을 크게 보는 능력은 알스에 비해 부족할지언정, 전술적인 센스는 알스와 맞먹었다.

적장 테토라는 날카롭게 파고 들어오는 소피아의 전술에 마른침을 꼴깍 삼켰다.

'나를 노리고 있어.'

반드시 붙잡아 처형을 해 버리겠다는 의지가 느껴졌다.

테토라는 자신의 목이 단두대에 걸려 있는 듯한 착각을 느꼈다. 자신이 학살했던 수많은 사람의 저주가 들려오는 것 같았다.

귄터와 애쉬가 소피아의 전술 지시에 따라 종횡무진 움직이고 있는 모습이 마치 저승사자가 다가오는 듯한 느낌이 들어, 그녀는 식은땀을 흘렸다.

"라마드는, 라마드는 어디 있지!?"

"현재 회복 중이십니다! 부러진 팔은 바로 회복이 됐지만, 머리 부분을 강타당하신지라……."

"팔이 회복되면 된 거잖아! 당장 복귀하라 그래! 저 거인을 막아!"

"그, 그보단 구데리안 님에게 도움을 요청하시는 건 어떻습니까?"

구데리안이라면 귄터에 대한 확실한 대처가 될 수 있었다.

하지만 테토라는 고개를 흔들었다.

"구데리안은 이미 작전에 투입됐어. 적의 목을 물어뜯을 작전에 말이지."

그녀는 소피아가 있는 방향을 보며 조소했다.

"멍청한 것."

전쟁이란 누가 더 먼 곳을 바라보고 있느냐로 승패가 결정난다.

그런 의미의 한 수가 우측 우회로에서 벌어지고 있었다.

소피아의 지시를 받고 6천의 병력으로 우회로를 진군하고 있던 일리야는 곧 4천에 달하는 적 병력과 마주하게 됐다.

구데리안이 이끄는 별동대였다.

이 별동대의 목적은 전장을 우회하여 리안드군의 후방을 찌르는 것이었다.

그를 통해 후방에서부터 시작되는 지휘 체계를 망가뜨리

고 전황을 잡기 위함이다.

그 상황을 막아 내고 역으로 상대의 후방을 찌르기 위해 소피아가 일리야에게 6천의 병력을 주어 우회로로 진군시킨 것이었다.

"스승님⋯⋯."

일리야는 표정을 흐렸다. 구데리안은 차가운 목소리로 말한다.

"일리야, 죽고 싶지 않다면 당장 물러나라."

"그건 안 됩니다. 제게도 책임이라는 게 있으니까요."

"역시 그런가. 그렇다면 일리야 안페이. 네놈은 내가 죽이도록 하겠다."

폭풍처럼 몰아치는 살기.

일리야는 처음 맛보는 스승의 살기에 순간적으로 전의를 상실하고 말았다.

그러나 곧 제자인 알스, 그리고 남편과 아이를 떠올리며 이를 악물고 전의를 가다듬었다.

본격적으로 불이 붙은 전투.

소피아는 목청이 터져라 소리를 질렀다.

"스켈리게 보병대는 위치를 사수! 사수해요! 그 자리를 반드시 사수해야 해요! 전령! 전방의 애쉬 장군에게 한번 태세를 가다듬으라 전하세요! 곧 적의 주력군이 몰려올 겁니다!

귄터의 부대에도 전해요!"

그러나 한 발자국 늦고 말았다.

테토라는 마구 움직이며 전장을 휘젓고 있는 애쉬와 귄터가 전술적 쐐기라고 판단.

그 쐐기 중 하나를 발 빠르게 파괴하기로 했다.

그녀는 측근 무장인 라마드에게 3천의 정예 병력을 붙여 귄터를 노렸다.

이 모습에 애쉬는 이를 악물었다.

'젠장, 귄터 형님을 먼저 노릴 셈인가.'

애쉬 본인은 소피아의 지시를 받고 발 빠르게 전장을 이탈하여 태세를 정비했지만, 보병대 위주인 귄터는 그러지 못했다.

귄터는 곧 라마드의 부대와 부딪치며 난전을 벌이기 시작했다.

도끼를 든 라마드와 해머를 든 귄터의 맞대결.

둘 다 키가 2m가 넘었기에 거한들의 대결이었지만 크기 자체는 귄터가 명백하게 컸다.

라마드도 감탄성을 내지른다.

"이 내가 누군가를 올려다보게 될 줄은 몰랐군. 조금 전엔 신세를 졌다."

꽈드득! 부러졌었던 팔의 근육을 부풀리며 위협하는 라마드.

귄터는 조소했다.

"그대로 도망갔으면 목숨은 부지했을 텐데. 멍청하기 짝이 없는걸."

"그건 네놈이겠지. 전쟁에 해머를 들고 오는 머저리가!"

부웅! 가로로 휘둘러지는 도끼.

귄터가 해머를 세로로 세워 공격을 막아 내며 둘의 대결이 벌어졌다.

그런 둘의 주위로 병사들이 난전을 펼치며 퇴로가 사라져 버렸다.

누군가 하나는 죽어야만 끝이 나는 일기토.

둘의 대결은 호각이었지만 무예의 수준에 있어선 라마드가 앞서 있었다. 도끼가 조금 더 기민한 무기인 점도 주효했다.

"이제 죽어라! 으라앗!"

기회를 포착하고 도끼를 내려찍는 라마드. 그가 노리는 건 해머를 들고 있는 오른팔이었다.

콰득! 팔꿈치 아래쪽부터 잘려 나가는 귄터의 팔.

그리고 그 순간이었다.

스윽! 귄터는 팔이 잘린 와중에도 한 발자국을 더 파고들어 왼손으로 라마드의 머리를 노렸다.

"잡았다……!"

"웃!?"

우악스러운 왼손으로 라마드의 얼굴을 움켜쥔 귄터는 믿기지 않는 악력으로 그 얼굴을 짓이겨 버렸다.

그의 손가락이 관자놀이를 파고들어 뇌를 짓이겨 버리자,

라마드는 곧바로 축 늘어졌다.

권터는 거기서 멈추지 않고 콰득! 그대로 머리를 터뜨려 버렸다.

"라, 라마드 님!?"

"괴, 괴물이야……!"

하얗게 질려 엉거주춤하는 적 병사들.

권터는 겁을 주려는 듯 거칠게 포효했다.

"다음으로 죽고 싶은 놈은 누구냐!"

"으아아아!"

공포에 몸을 떠는 병사들.

"겁먹지 마라! 저놈은 팔을 잃었다! 한꺼번에 덤비면 죽일 수 있어!"

적 장교들의 호통에 병사들이 전의를 되찾고 권터에게 달려들려 했으나 마침 애쉬가 지원을 왔다.

"우오오오옷!"

콰콰콰콱! 온몸에 상처를 입은 상태로 도착한 애쉬는 권터의 팔을 보곤 울상을 지었다.

"권터 형님! 괜찮아요!?"

"애쉬……! 날 도우러 올 필요는 없었어! 네게 맡겨진 전술을 수행했어야지!"

"그런 섭섭한 말 하지 말자고요! 그럼 뭐, 여기서 죽을 생각이에요?"

"그게 소피아와 알스가 승리하는 길이라면!"

"그 둘도 당신이 죽길 원하진 않을 거라고요. 그리고 많은 전술은 리시테아가 잘 해내고 있으니 걱정 말고 당신 몸이나 추슬러요. 팔도 제때 신관에게 가져간다면……."

그러나 이 피투성이의 전장에서 잘린 팔이 제대로 뒹굴고 있을 리 없었다.

권터의 팔은 피 웅덩이에 빠져 있었다. 이렇게 오염이 되면 제아무리 실력 있는 신관이라도 회복시켜 줄 수 없었다.

"젠장!"

분노로 부들부들 떠는 애쉬에게 권터가 말한다.

"아직 술잔을 나눌 수 있는 팔은 남아 있잖냐. 그거면 된 거야."

"지금 상황에서 뭔 소리입니까. 형님은 어서 후방으로 가십쇼!"

"……미안하다, 지휘를 부탁한다."

권터는 부하들의 부축을 받아 후방으로 이동.

애쉬는 권터의 부대를 지휘하며 적장에게로의 길을 만들고 있었다.

한편 전장 측면의 우회로.

구데리안과 전투를 벌이고 있던 일리야는 식은땀을 주르르 흘리고 있었다.

'역시 스승님이야……!'

안톤과 수도 없이 대련을 하고, 외부 세계에선 미라벨 같은 강자와도 대련을 하며 실력을 키웠음에도 겨우 버티고 있었다.

그녀는 자신의 스승이 안톤, 미라벨 같은 최강자들과 같은 수준임에 기뻤지만, 한편으론 두려웠다.

"하아앗!"

"제법이구나, 일리야!"

카캉, 캉! 마구 얽히는 창과 검.

둘 다 쌍수 무기를 사용하는지라 둘의 대결은 마치 합이 잘 맞는 서커스처럼 보였다.

주변의 병사들이 무심코 그들의 주변에 다가갔다가 공격에 스쳐 죽는 경우도 있었다.

캉! 퍽!

"큭!"

발 차기에 복부를 얻어맞으며 나뒹군 일리야는 주변 상황을 보며 마른침을 삼켰다.

'큰일이야.'

병력의 숫자도 부족할뿐더러, 정예 전력의 힘도 밀린다.

이대로라면 그대로 밀려나며 구데리안이 본대의 후방을

찌르게 된다.

그 경우 소피아가 위험에 처하며 지휘 체계가 흔들릴 것이다. 테토라 아니스트리가 노리는 부분이 이것이었다.

그걸 위해 한 가지 책략을 더 준비하고 있었다.

돌연 우르르 나타나는 7백의 부대.

바깥에서 활동하고 있던 별동대가 강행군을 펼쳐 이 전장에 난입한 것이다.

고작 7백뿐인 부대이긴 했지만, 이 상황에선 전황을 좌지우지하기에 충분했다.

그 부대가 측면을 찌르고 들어와 퇴로를 막아 버리자 일리야는 오싹함을 느꼈다.

여기서 자신의 부대가 괴멸한다면 상대가 본대의 후방을 위협하는 것으로도 모자라 치명적인 타격을 가할지도 몰랐다.

총대장인 소피아를 처치해 버리는 것이다.

'그것만큼은 피해야 돼!'

그렇게 판단한 일리야는 구데리안과 양패구상을 하겠다는 마음가짐으로 전의를 불태웠다.

구데리안만 같이 데려가면 이 부대의 힘이 약해질 테니까.

"호오."

구데리안은 입을 둥그렇게 모았다.

"이제야 조금 표정이 좋아졌구나. 그래, 그게 바로 전사가 지어야 하는 얼굴이다. 지금까지 짓고 있던 멍청한 얼굴이 아니라."

"멍청한 얼굴……입니까?"

"평화에 찌든 그 표정. 그래 가지고 전쟁에선 살아남을 수 없는 법이지. 일리야, 넌 언제부터 그 사실을 잊은 게냐?"

틀린 말은 아니라며 일리야는 고개를 끄덕였다.

"그럼 가겠습니다. 제자의 마지막을 받아 주십시오."

"……."

구데리안은 의미심장한 표정으로 일리야를 응시하더니 무기를 거두었다.

"스승님……?"

"그건 방해꾼이 없을 때 하자꾸나."

그 말이 끝나기 무섭게, 우와아아! 하는 소리와 함께 측면에서 5백의 지원군이 나타났다.

본대가 있는 방향에서 온 지원군이었다.

"소피아가 보낸 건가!"

반색을 하며 지원군을 본 일리야는 눈을 휘둥그렇게 뜰 수밖에 없었다.

그 지원군을 진두지휘하고 있는 무장 때문이었다.

"으라아앗!"

장검을 휘두르는 정체불명의 남자.

"뭘 멍하니 있어요? 빨리 빠져나가자고요!"

"넌 역시…… 애거트냐!?"

"헤헤, 다들 어떻게 단번에 알아보는지 신기하다니까."

"그런데 네가 어떻게 이곳에……."

"귄터 형님 덕분이에요!"

이곳 전장에서 홀로 움직이고 있던 애거트는 귄터와 먼저 접촉을 했다.

그 과정에서 5백의 병력을 원조받아 별동대로서 움직이고 있었다.

"왠지 이곳이 위험한 것 같아서 와 봤는데, 정답이었던 모양이네요. 일단 빠져나가죠!"

"그래……!"

퇴로를 뚫고 나와 태세를 정비하는 일리야의 부대.

구데리안도 태세를 정비하여 재차 공세에 나서려 했으나 이 잠깐의 시간이 전쟁의 승패를 갈랐다.

그들이 벌어 준 시간으로 말미암아 본대가 테토라의 목을 움켜쥐려 하고 있었던 것이다.

소피아가 노린 바는 하나였다.

본대의 싸움을 통한 속전속결.

상대가 우회로에 전력을 집중했다는 걸 알고 있던 소피아는 그런 결단을 내렸다.

상대의 우회 병력이 오기 전에 끝장을 보거나, 후방을 찔린다 해도 그 상태 그대로 병력을 운용할 생각이었다.

'일리야 씨가 잘 버텨 준 모양이야.'

그 사실에 고무된 소피아는 공격의 고삐를 바짝 움켜쥐었다.

그녀가 속한 3천의 부대도 전진을 하며 적의 장군기가 있는 쪽으로 향했다.

이 압박에 테토라의 안색은 점점 탈색되어 갔다.

"구데리안! 구데리안은 아직이야!?"

구데리안의 부대가 지금쯤 적의 후방을 찔러 줘야 반격을 가할 수 있는 상황이었다.

그러나 우회로에선 아무런 소식이 없었다.

"라마드는 어디 있어!"

"그것이……! 라마드 장군님은 적의 무장과 용맹하게 싸우다 전사하셨다고 합니다!"

"뭐……?"

스멀스멀 피어오르는 패배의 예감에 테토라는 알스에게 저주를 퍼부었다.

"알스 일라인! 빌어먹을 놈!"

당초의 책략이 통했다면 이런 즉흥적인 전쟁은 할 필요도 없었다.

그녀는 이 상황에 와서까지 소피아가 아닌 애꿎은 알스를 보고 있었으니, 소피아에게 일격을 당하는 건 당연한 수순일지도 몰랐다.

"어쩔 수 없지. 퇴각의 준비를 한다! 케스퍼 녀석에게 후방을 지휘하라 전해!"

"옛!"

테토라는 자신의 목숨이 위험해지자 전쟁을 깔끔하게 포기해 버렸다.

아직 뒤집을 가능성이 있긴 했지만, 그랬다간 빠져나갈 타이밍을 놓칠 수도 있었다.

그러니 나머지는 케스퍼에게 맡겨 두고 일단 본인의 목숨만큼은 확실히 간수하기로 한 것이다.

일단 목숨만 부지하면 복수는 언제든지 할 수 있으니까.

그녀는 말이 준비되자 후다닥 올라탔다.

그런 그녀의 옆에 측근 무장인 페드로가 나타난다.

"국모님, 수행하겠습니다."

"오오, 페드로! 잘 와 줬어!"

"저를 따라오십시오."

케스퍼 밀리아스의 맹우이자 그녀에게 있어서도 측근으로 자리 잡은 믿음직한 무관.

테토라는 페드로를 철석같이 믿고 그 뒤를 따랐다.

그러나 그녀는 선천적으로 의심이 많았다. 이런 위급한 상황에선 더더욱.

그녀는 페드로가 후방의 평야가 아닌 산지 쪽으로 이동을 시작하자 의심을 품었다.

"페드로, 어째서 이쪽으로 도주하는 거야?"

"후방의 퇴로는 적의 기병대가 노리고 있습니다. 그러니 이곳 산지를 넘어서서 협곡 하부의 평야 지대로 내려갈 겁니다. 그곳까지 도달한다면 적도 쫓아오지 못할 겁니다."

애쉬와 리시테아의 기병대를 떠올린 테토라는 일리가 있다며 고개를 끄덕였다.

그러나 움직이면 움직일수록 그녀는 모종의 불안감을 느꼈다.

마치 단두대에 스스로 걸어가고 있는 듯한 감각.

그녀는 그 본능을 믿기로 했다.

"……이랴!"

방향을 바꿔 홀로 이탈하는 테토라.

"테토라 님!?"

"어딜 가시는 겁니까!"

테토라의 돌발 행동에 부하들이 비명을 내질렀다.

페드로는 오히려 잘됐다며 웃고는 테토라가 그냥 도망가게 내버려 두고 그녀의 부관들을 추슬러 하산을 했다.

홀로 이탈한 테토라라고 하면 이미 체크메이트였다.

"아……!"

"안녕?"

비릿하게 웃는 가스파르.

둘은 과거 발라스 전쟁에서도 이런 식으로 만난 적이 있었기에 서로의 얼굴을 기억하고 있었다.

"그땐 구데리안 때문에 놓치고 말았다만, 이번엔 아니야."

"으으! 구데리안! 페드로! 케스퍼! 누가 좀……!"

"아무도 안 와. 네년이 먼저 전장을 버렸으니 도우러 올 사람도 없지."

"오, 오지 마!"

"안심해라. 지금 죽일 생각은 없으니까."

곱게 죽이진 않겠다. 그 뜻을 파악한 테토라는 자결을 하려 했지만 팅! 빠르게 접근한 가스파르가 그녀가 움켜쥐고 있던 단도를 뺏어 낸 뒤 가격하여 기절을 시켜 버렸다.

축 늘어진 테토라를 짊어진 가스파르가 부하에게 말한다.

"본대에 전해. 적의 총대장을 생포했다고."

"옛!"

이미 전세는 기울어져 있었다.

그나마 케스퍼와 구데리안이 효과적인 퇴각 지휘를 하며 부대의 피해를 최소화했지만 타격이 이만저만이 아니었다.

서방의 군대는 전선을 모조리 포기하고 후퇴.

소피아가 이끄는 리안드의 군은 주변 지역을 전부 평정하며 완전한 승리를 쟁취해 냈다.

2장

좌측 전장의 전황을 전해 듣고 있던 나는 안도의 한숨을 내쉬었다.

"휘유! 그래도 이겨 냈네."

소피아의 과감한 추격전.

나라면 절대 하지 않을 전투였기에 걱정이 됐었지만 결국 이겨 냈다.

그로 인해 막대한 병력 피해를 보긴 했지만, 적의 총대장을 잡아냈으니 상당한 성과라 할 수 있었다.

"주군! 루덴 산지를 포위하고 있던 적의 본대로 퇴각 중이라 합니다! 추격할까요?"

안톤이 호전적인 목소리로 말했으나 나는 고개를 흔들었다.

"가만 놔둬요. 적은 어차피 후퇴할 겁니다. 게다가 상대에게 빚진 것도 있고요. 당신도 마찬가지입니다, 안톤."

"그게 무슨……?"

"이 우회로의 전장에서 난입한 병력……. 아무리 봐도 소피아가 한 건 아닌 것 같거든요. 내가 한 것도 아니니 아마도 애거트가 한 거겠죠."

"설마 캘버린이 의도해서 보냈다는 겁니까……!?"

"그건 모르겠지만 그게 아니었다면 일리야 스승이 위태로웠을지도 몰라요."

"그, 그렇군요."

안톤도 가슴을 쓸어내렸다.

"어쨌든 적군은 그냥 내버려 두도록 하겠습니다. 루덴 산지에 있는 올라프에게 최소한의 병력만 남겨 두고 하산하라 전하세요."

"옛!"

그런 명령을 내린 나를 루크레치아가 물끄러미 바라보고 있었다.

"뭘 봐요."

"아, 아뇨."

"애쉬가 그렇게 걱정돼요?"

"……그, 그야 당연하잖아요!"

"어휴, 알겠어요. 올라프가 인수인계를 해 주면 저랑 같이 가죠. 저도 보고 싶은 게 있으니까."

보고서에 적힌 한 대목.

귄터가 한 팔을 잃었다는 부분이었다.

나는 그게 신경 쓰여 초조함을 느끼고 있었다.

루덴 산지에 있던 올라프가 하산하여 우리 군을 맡아 준 뒤, 나는 루크레치아와 유미르만 대동하고 승전 뒤처리를 하고 있는 소피아에게 향했다.

소피아가 머물고 있는 커다란 군막에는 장교들이 쉴 새 없이 드나들며 바쁘게 움직이고 있었다.

군막을 지키고 있던 장교는 내 얼굴을 보자 눈을 부릅떴다.

"헛, 폐하!?"

"요란 떨 필요 없어요. 들어가도 괜찮겠죠?"

"옛!"

군막을 젖히고 들어가자 소피아가 전도를 가리키며 지시를 내리고 있는 게 보였다.

우리 영토를 약탈한 적들에 대한 대처를 하고 있었던 것이다.

지금은 정보전을 펼치는 것도 중요했기에 세밀하게 움직일 필요가 있었다.

"바쁜 것 같네요."

내가 온 걸 부관에게 미리 들었는지 소피아는 눈만 슬쩍 치켜뜨더니 다시금 전도에 시선을 내렸다.

"그러는 당신은 느긋했던 모양이더라고요?"

그 태도에 루크레치아가 눈살을 찌푸린다.

"무엄합니다, 소피아 씨. 아무리 그래도 국왕을 향해 그런 태도라니요."

이에 나도, 소피아도 벙찐 표정을 지었다.

설마 루크가 그런 말을 할 줄은 몰랐으니까.

소피아가 피식 웃으며 말했다.

"뭡니까, 이젠 완전히 리안드로 전향을 한 건가요? 로자가 들으면 섭섭해하겠는데요?"

"그런 게 아닙니다!"

"아니라면요?"

"그게, 그러니까. 서, 서방님의 주군이기도 하고……. 듣자니 머지않아 일라인과 로자 님이 정략결혼을 할 거라고 하니 주군이라 생각해도 상관없을 것 같아서……."

소피아는 어깨를 으쓱였다.

"기특하기도 하네요. 뭐, 지금 제 태도는 이해해 줘요. 3일을 뜬눈으로 지내고 있으면 세상만사가 짜증이 나거든요."

계속 밤을 지새웠는지 눈 밑에 다크서클이 진하게 내려앉아 있었다.

"좀 자요. 나머진 내가 해 줄 테니까."

"고맙지만 거절하겠어요."

"……?"

"당신……. 이번에도 뒤에서 공작을 했더군요. 그렇게 제가 못 미더웠나요? 제가 전부 잘할 수 있었어요!"

그게 자존심을 건드린 모양이었다.

나는 순순히 고개를 끄덕였다.

"예, 못 미더워서 그랬습니다."

"큭……!"

"그리고 저도 미덥지 못하긴 마찬가지죠. 그러니 당신도 비슷한 일이 있을 때 제 뒤를 받쳐 줘요."

그렇게 말하니 소피아는 얄밉다며 입술을 깨문다.

"말은 잘하네요. 후우! 알겠어요. 조금만 자고 올게요. 그때까지만 부탁할게요."

비틀거리며 군막을 떠나는 소피아. 유미르가 부축을 해 주었다.

내가 소피아를 대신해서 군막에 남자 장교들의 표정이 한결 풀어졌다.

깐깐하게 일을 처리하는 소피아와 달리 나는 무리를 시키지 않는 편이었으니까.

"그쪽에 거기, 관등성명을 해 보겠나?"

"옛! 리디오슨 보병대 대장 지오니 리디오슨! 명령을 내려 주십시오, 폐하!"

"승전 이후 연회는 있었나?"

"아직 적이 도처에 있는바, 소피아 참모장님께선 연회가 불필요다고 판단하셨습니다!"

"역시나. 리디오슨, 당장 레노바 쪽에 연회 물자를 요청하도록 해라. 이후 네 번에 걸쳐 전 병력이 교대하여 연회를 치르도록."

"명을 받들겠사옵니다!"

후다닥 군막을 떠나는 장교.

"하여간 다들 딱딱하다니까."

왕이 되니 이런 부분이 불편했다.

다들 쓸데없이 무서워하고, 각을 잡는다고 할까.

왕권 강화를 위해 귀족들을 대거 숙청하는 과정에서 그런 이미지가 만들어진 모양이었다.

그렇게 장교들에게 지시를 내리며 일을 하고 있자니 애쉬와 일리야 스승, 귄터가 모습을 나타냈다.

"귄터!"

비어 있는 그의 오른팔을 보자 나도 모르게 벌떡 일어나고 말았다.

그런 내 반응에 귄터는 쓴웃음을 짓는다.

"그런 표정 짓지 말라고, 알스. 이건 훈장이니까. 그렇죠, 일리야 씨?"

스승은 단호하게 고개를 끄덕인다.

"당연하지. 그건 용맹함의 증표야. 자랑스러워할 일이지. 그러니 알스, 귄터를 동정할 필요 없다. 그건 모욕을 하는 것이나 마찬가지야."

"그렇다고 해도 퇴역은 해 줘야겠어요. 귄터, 이젠 전장에서 물러나 쉬도록 해요."

그러나 귄터는 고개를 흔들었다.

"미안하지만 그건 안 되겠어."

"무슨 소리예요. 그대로 계속 전쟁터에 나가다간 죽게 될 거라고요!"

"그것도 나쁘지 않겠지. 알스, 만약에 목숨을 바친다고 하면 나는 이 전쟁에 바치고 싶다."

"그런 소리는 하지도 마요."

귄터는 이번 전쟁을 대륙의 미래를 위한 숭고한 전쟁이라 생각하고 있는 모양이었다.

"귄터, 숭고한 전쟁 따윈 없어요. 모두 각자의 이익을 위해 하는 것뿐이죠. 그런 것에 목숨을 바칠 필요도 없고요."

"그럴지도 모르지. 하지만 적어도 나는 그렇게 생각하지 않아. 알스 네가 무슨 목적으로 전쟁을 하는지 잘 알고 있으니까. ……그러니 조금 말을 바꿔 말할게. 난 네 승리를 위해서라면 주저 없이 목숨을 바칠 거다."

"허……! 애쉬, 네가 좀 말려 봐."

애쉬도 고개를 절레절레 흔들었다.

"소용없다고. 귄터 형이 이런 부분에선 고집이 강하잖아. 네가 포기해."

귄터는 팔이 없는 부분에 대해서도 계획이 있는 듯했다.

팔꿈치 부분에 방패를 고정시켜 사용한다나.

애쉬의 말마따나 그 투지를 말릴 수 있을 것 같지 않았기에 애쉬를 단짝으로 붙여 최대한 안전을 기하기로 했다.

전장은 빠르게 정리됐다.

총대장을 잃어버린 서방은 대대적인 후퇴를 시작하며 침공해 왔던 남부 영토에서 완전히 물러났다.

본래는 계속 주둔해도 상관이 없었지만, 전권을 쥐고 있던 캘버린이 대륙 중부에서 커다란 전쟁이 펼쳐질 거라 판단하고 병력을 대대적으로 회군시켜 버린 것이다.

그의 판단대로 대륙의 중앙, 중립국 발라스에 전운이 감돌기 시작했다.

상대로선 어쩔 수 없는 선택이었다.

쥬라스의 기책으로 말미암아 지원군이 되어 줘야 했던 연맹 세력이 쑥대밭이 되어 버렸기 때문이다.

들어온 보고를 듣자니 쥬라스는 서부 대륙을 순식간에 평정해 연맹의 세력을 북부로 몰아냈다는 듯하다.

연맹은 태세를 가다듬는 것만으로도 벅찬 상황이었기에 당장 이곳의 전쟁에 개입할 여력이 없었다.

오히려 시간은 우리 편이었다.

연맹은 대격변 이후 대대적인 숙청을 행하며 중앙집권화를 꾀했고, 그 과정에서 막대한 잡음이 발생했다.

그 연맹의 핵심 세력이 쥬라스에 의해 치명적인 타격을 입었으니, 반전의 기회를 노리고 있던 연맹의 하위 세력들이 이때다 하며 내분을 일으킬 게 분명했다.

쥬라스는 그 부분을 적극적으로 이용하며 연맹을 풍비박산 낼 것이다.

그러니 캘버린은 단기 결전을 보려 하는 것이다.

대군과 대군의 결전에서 승리하여 대륙의 중심부인 발라스를 점거하면 전쟁의 구도가 유리해질 테니까.

그 결전은 적어도 반년 안에는 개전할 터였다.

"휴우! 이제야 한시름 놓겠네."

전장의 뒷정리를 끝마친 나는 유미르와 함께 그란셀에 돌아와 있었다.

아기들을 보기 위함도 있었고, 뭣보다 사로잡은 서방의 총대장 테토라 아니스트리에 대한 처분을 결정하기 위해서였다.

능지처참을 해도 모자라지 않는 자이긴 했으나 그렇다고 감정적으로 그냥 처형을 해 버려선 안 된다.

뭐든 절차가 있어야 하는 법.

그 군부 재판이 그란셀에서 예정돼 있었다.

나는 일주일 내에 그 군부 재판을 열 것을 지시한 뒤 살레온의 저택으로 향했다.

저택에선 과자를 굽고 있는지 달콤한 냄새가 났다. 나는 그 특유의 냄새가 무엇인지 알 것만 같았다.

"에오니아가 돌아왔나 보네.

"예……. 그리고 류나가 과자를 달라고 보챈 모양이네요."

유미르는 아랫입술을 앙 깨물고는 기척을 완전히 죽였다.

"뭐 해?"

"이렇게 하지 않으면 류나가 눈치를 채거든요. 도련님도 기척을 숨겨 주세요."

"나, 나까지?"

"아이의 훈육을 위해서예요."

"그런 거라면야……."

나는 유미르의 뒤를 따라 슬금슬금 저택의 주방으로 향했다.

아니나 다를까, 그곳에서 에오니아가 구운 과자를 식히고 있었다.

류나는 과자가 어서 식기를 기다리며 폴짝 뛰고 있다.

그런 류나의 등 뒤에서 유미르가 말을 걸자 류나는 번개라도 맞은 것처럼 움찔한다.

"류나, 과자는 식탁에서 먹기로 했지?"

"……!?"

"자, 이쪽으로 오렴."

류나는 로봇처럼 굳어 삐걱거리며 걸어온다.

굳어 버린 류나를 안아 든 유미르는 톡톡! 엉덩이를 두드리며 주방을 나갔다. 류나는 못내 아쉬운지 과자에 시선을 고정하고 있다.

곧 울 것 같은 눈으로 내게 무언가 신호를 보냈다. 과자를 챙겨 달라는 것이다.

"하여간. 먹성이 대단하다니까."

그래도 이해는 됐다. 에오니아가 구운 과자는 중독성이 대단했으니까.

어느새 나도 모르게 집어 먹고 있었다.

에오는 눈을 초롱초롱 빛내며 묻는다.

"맛있어? 이번에 동대륙에 갔다 오면서 발견한 향신료를 써 봤거든. 어때?"

"맛있네. 이러니까 류나가 너만 보면 과자를 달라고 하는 거라고."

"어쩔 수 없었어. 류나가 우리 애들한테 주고 싶다면서 과자를 구워 달라고 하는데."

"쌍둥이들한테?"

"응, 동생들한테 과자 주고 싶다고 계속 보채잖아."

실제로 류나가 쌍둥이들에게 과자를 먹여 주긴 했다. 그중 50%를 자기가 먹어 버리는 게 문제지만.

"그럼 이따가 다 같이 다과회나 할까?"

"그거 좋다! 에르와 에드도 오랜만에 아빠를 보면 분명 좋아할 거야."

에오는 더 힘을 내보겠다며 과자 반죽을 더 만들기 시작했다.

나는 잠시 그 등을 바라보다가 물었다.

"그보다…… 어땠어? 드래곤들은 뭐래?"

내 물음에 에오의 손이 멈췄다.

몸을 돌려 내 눈을 응시하며 답한다.

"의견이 분분하긴 했지만 결국 뜻이 모였어."

"그렇구나……. 엘레나가 열심히 해 준 모양이네."

"그치만 정말 괜찮겠어? 그런 일이 벌어졌다간 다들 깜짝 놀랄 텐데?"

"글쎄, 잘되길 바라야지. 그보다 과자 더 만들어야겠다. 나도 모르게 반이나 먹어 버렸네."

이걸로 할 수 있는 준비는 전부 끝.

대단원을 향한 마지막 전투만이 남아 있을 뿐이었으니, 그때까진 되도록 마음 편하게 지내고 싶었다.

남부의 전쟁이 정리되고.

시간이 남았던 나는 외부의 상황을 보기 위해 헬리안 공작에게 일을 맡겨 두고 엘란 왕국으로 향했다.

이 여정에 왜인지 다들 동행을 했다. 가족들과 시간을 보내기 위해서라던가.

그도 그럴 게 엘란 왕국은 현재 승전 축제를 진행 중이었기 때문.

수도 바이언에선 마법 선전물이 하늘을 날아다니고 있었고, 지방에서 올라온 상인들이 바쁘게 물건을 팔고 있었다.

이에 소피아가 만족스럽게 고개를 끄덕인다.

"저 복장은 남부 대륙의 것이에요. 보아하니 도로망이 정상화가 된 모양이네요."

소피아가 모습을 드러내자 왕궁 내의 신하들은 물론 시종들도 크게 반겼다.

그녀는 특히 시녀들 사이에서 컬트적인 인기를 끌고 있었기에 소식을 들은 시녀들이 우르르 나온다.

"소피아 재상님! 돌아오셨습니까!"

"일은 잘 마치셨나요?"

시녀들 사이에서 소피아는 전설적인 존재였다.

여성이면서도 국가 업무를 휘어잡았으니 당연하다.

소피아는 어깨를 으쓱인다.

"후우! 잠시 어울려 줘야 할 것 같네요. 일라인, 로자에게 보고하는 일은 당신이 해 줘요."

"그래야겠네요."

나는 일행과 잠시 떨어져 루크레치아와 함께 알현실로 향했다.

　로자도 이제는 왕좌가 익숙해졌는지 편안하게 앉아서 맞이해 주었다.

　"잘 왔어, 알스."

　"예, 당신도 잘 지내고 있는 것 같아 다행이네요."

　"……그건 무슨 말투야?"

　"나도 이제 왕이니까요. 불필요하게 굽신거릴 필요가 없어졌거든요."

　루크도 그게 맞다며 고개를 끄덕인다.

　로자는 내게 전쟁의 현황을 꼬치꼬치 물었다.

　"쥬라스 씨의 책략이 제대로 먹혀들었구나."

　"결과적으로는 말이죠. 그래서 그 쥬라스는 지금 어디 있죠?"

　"아직 북부에 있어. 지하 시장을 조사하고 있는 모양이야."

　"지하 시장을……?"

　"그, 네가 말한 거 있잖아. 혈마법을 시전하고 있는 은밀한 장소. 그곳에 대한 조사에 들어간 것 같아."

　"휘유!"

　역시 쥬라스 녀석이다. 별말을 하지 않았는데도 알아서 일을 전부 해 주고 있다.

　이 유능함은 정말이지 존경스러울 정도다.

　"그보다 이번엔 언제까지 있을 거야?"

"글쎄요. 보고가 어떻게 들어오느냐에 따라 다르겠지만, 못해도 3주 정도는 머무를 생각이에요."

"그, 그렇구나."

왜인지 얼굴을 붉히며 어쩔 줄을 몰라 하는 로자.

루크가 한숨을 쉬며 말한다.

"로자 님, 이럴 땐 그냥 단도직입적으로 말하는 게 좋습니다. 정략결혼은 어떻게 진행돼 가는지 말이에요."

"무슨 소리야! 난 그런 생각 따위……!"

그러면서도 내 눈치를 본다.

로자와의 정략결혼은 이미 수순에 들어간 상황이었다.

양국의 통합을 위해서는 그게 가장 원만할 테니까.

다만 아직은 시기가 아니었다. 서로 정략결혼 자체를 좋아하지도 않고 말이다.

"그건 전쟁이 끝난 뒤에나 얘기를 할 수 있을 것 같네요."

"그, 그래."

"그럼 전 이만 가 보겠습니다. 축제를 돌아보기 전에 조금 쉬고 싶거든요."

"알겠어, 푹 쉬어."

알현을 마친 뒤에는 오랜만에 저택으로 돌아왔다.

저택에서는 다들 모여서 파티를 준비하고 있었다.

또 한 번의 전쟁을 극복한 걸 자축하기 위해서다.

이미 이쪽 대륙으로 거처를 옮기고 있던 아버지와 어머니도 파티 준비를 돕고 있었다.

그리고 그중에는 엘시와 첼시, 쌍둥이 자매도 있었다.

이제 다섯 살이 된 둘은 나를 보자 후다닥 뛰어온다.

"앗, 오빵!"

"알스 오빠!"

둘은 율리아 누나를 똑 닮아 친화력이 대단했다. 오랫동안
보지 못했던 나도 금방 오빠로 인식하며 잘 따랐다.

내 아이들에 대해서도 마찬가지.

둘은 골목대장이었던 류나를 순식간에 제압하며 아이들의
대장이 되었다.

류나는 군기가 잔뜩 잡힌 표정으로 그 뒤를 따르고 있었다.

그러다 파티 테이블에 놓인 과자를 보고 그걸 몰래 먹으려
하자 엘시와 첼시가 타박을 준다.

"류나, 안 돼!"

"함부로 먹는 거 아니야!"

둘이 혼내자 류나는 화들짝 놀라서 후다닥 과자를 돌려놓
는다.

'유미르나 내 말은 듣지도 않더니…….'

아이들은 어른들보다도 또래에게 더 큰 영향을 받는다는
게 사실인 모양이다.

그렇게 파티가 시작되고.

남성진은 술을 강력하게 요구했다.

팔을 잃은 귄터를 위로해 주기 위해서라나 뭐라나.

그러나 그 전에 자그마한 이벤트가 발생했다.

계기는 미라벨이었다.

미라벨은 다시 돌아온 쌍둥이들을 보물인 양 따뜻한 눈으로 보며 놀아 주고 있었다.

미라벨이 공 같은 장난감을 굴려 주자 에르니와 에드가 우당탕하고 뛰어갔다.

그때 흐뭇하게 그 모습을 보고 있던 나와 에르니의 눈이 맞았다.

"아빠!"

그러자 공을 쫓아가던 에르니는 공 따위는 잊어버리고 내게 달려온다. 에드도 누나의 뒤를 따랐다.

"엇챠!"

둘을 안아 들자 꺄르르 웃으며 좋아한다.

그 순간 찌릿하는 느낌이 들었다.

미라벨이 불구대천의 원수를 보는 듯 나를 노려보고 있던 것.

그녀는 자기가 던진 장난감과 나를 번갈아 보고는 부들부들 떨었다.

"일부러 그런 거지……!"

"예? 아, 아닙니다. 그냥 아이들이 변덕을 부린 것뿐이잖아요."

"크……! 나랑 승부해!"

"승부요?"

그 승부 내용이 전해지자 파티장이 술렁이기 시작했다.

그 승부라는 건 간단했다.

에르니와 에드를 선에 두고 누구에게 달려와서 안기느냐 대결하는 것이었다.

그렇게 1라운드는 에르니부터 시작했다.

에르니는 손톱을 물어뜯으며 멀뚱멀뚱 앉아 있었다.

그런 반대편에 나와 에오니아, 미라벨이 서 있었다.

"그럼 시작하겠습니다."

유미르가 에르니를 일으켜 세우자 미라벨이 열성을 다해 소리쳤다.

"에르니! 이쪽! 이쪽으로 와!"

장난감을 흔들며 난리를 피우자 에르니가 웃으면서 걸어오기 시작했다.

에오니아도 엄마로서 지고 싶지 않은지 과자를 흔들며 유혹을 한다.

나는 딱히 져도 상관이 없었지만 그래도 대결이라고 하니 승부욕이 생겼다.

'이럴 때를 위한 비장의 수법이 있지.'

나는 슬쩍 류나에게 손짓을 했다.

류나도 내 생각을 읽었는지 후다닥 달려온다.

나는 류나를 안은 채 말했다.

"에르니, 우리 딸. 류나 언니랑 같이 놀까?"

"응!"

에르니는 다른 둘에게서 관심을 끄고 내 쪽으로 달려와 안겼다.

이에 미라벨과 에오는 충격을 받은 표정이 된다.

"그, 그건 비겁합니다, 알스 님! 류나를 이용하시다니……!"

"그러면 처음부터 규칙을 말했어야지."

"큭……!"

미라벨도 내가 극악무도한 속임수를 썼다는 듯한 표정으로 노려본다.

'이거 두 번은 안 되겠네.'

그러니 다음 에드워드의 차례에선 져 주기로 마음먹었다.

"에드, 이리 온."

그냥 손짓을 하며 적당히 부르기로 했지만, 왜인지 에드는 장난감과 과자의 유혹을 무시하고 내게 안겼다. 류나가 내 편이라는 걸 잘 알고 있어서 그런 건지도 모르겠다.

손쉽게 거둔 2연승.

미라벨은 좌절하여 무릎을 꿇었다.

다만 내가 그쪽으로 쌍둥이들을 보내 위로를 해 주자 금방 기운을 차리고 놀아 주기 시작한다.

반면 에오니아는 한참이나 충격에서 벗어나지 못했다.

파티가 있던 다음 날.

가스파르 무리와 어울려 술을 마신 나는 얼굴을 틀어막는 물체로 인해 눈을 떴다.

"으읍!?"

뭔가 해서 손으로 떼어 내 보니 류나였다.

이제는 마음대로 방문을 열 수 있게 된 류나는 내가 늦잠을 자거나 하면 침대로 비집고 들어오는 일이 잦았다.

"숨 못 쉬게 아빠 얼굴을 막아 버리면 어떡해."

"헤헤, 아빠 일어났다."

내가 일 때문에 나가 있는 경우가 많으니 같이 있을 때만큼은 언제나 놀아 달라고 보챘다.

지금도 그런 생각인 모양이다.

"아빠 조금만 더 잘게."

"이잉!"

다시 눈을 붙이자 류나는 앙탈을 부리며 다시 내 얼굴에 붙었다.

그것마저 무시하고 잠을 청하니 류나도 졸렸는지 새근새근 숨소리를 내기 시작했다.

그런 평화가 깨진 건 1시간 정도 후였다.

왜인지 저택 1층에서 소란이 들려온 것이다.

무슨 사고라도 생겼나 싶어서 자고 있는 류나를 침대에 두고 나가 보니 어제 했던 그걸 또 하고 있는 게 보였다.

이제 막 기어가기 시작한 에리나의 아들 루디우스나 에스텔의 딸 럭스가 그 대상이었다.

'이거야 원, 유행을 타 버렸네.'

아기들이 워낙 많으니 당연한 것인지도 몰랐다.

"앗, 알스 님!"

에리나가 나를 보고 반색을 했다.

"알스 님도 오세요!"

"나도 하라고? 후회할지도 몰라. 어제 에오니아도 나한테 완패를 당했거든."

이에 에오의 표정이 일그러진다. 은근히 신경 쓰이는 모양이다.

"후후, 저는 다르다고요."

루디우스의 경우에는 내가 거의 신경을 써 주지 못했다 보니 어머니로서의 유대감에 자신이 있는 것이다.

이번엔 길버트가 추가 참전을 했다.

길버트는 이곳 생활에 완전히 익숙해진 모양이었다. 권력에 대한 욕심을 버린 덕인지 표정이 무척 편안해 보였다.

손자를 바라보는 눈은 팔불출 그 자체였다.

그렇게 시작된 두 번째 레이스.

"루디우스! 이쪽이야!"

"할아버지한테 오거라!"

루디는 다들 자기한테 소리를 치니 영문을 모른 채 울먹였다. 아직 이런 걸 하기엔 너무 어린 듯했으나 곧 울먹이면서도 엄마를 찾으며 기어 오기 시작한다.

눈물이 앞을 가려서 잘못 온 건지는 모르겠지만, 그 방향은 내 쪽이었다.

"……."

"……."

침묵하는 에리나와 길버트.

"으아아앙!"

내 품에 안겨 우는 걸 보면 잘못 찾아온 건 확실해 보였지만, 어쨌든 내 승리였다.

"훗, 내 승리네, 에리나. 그러니까 후회할 거라고 했잖아."

"……."

에리나는 포근하게 웃는다.

"역시 우리 루디가 똑똑하네요, 아빠 기분을 다 맞춰 주고."

"화났어?"

"뭐가요. 화 안 났어요."

약간 화난 모양이다.

다음 에스텔과의 대결에선 딸 럭스가 울음을 터뜨리며 오려고 하지 않았기에 무효가 됐다.

이후엔 애쉬 커플 쪽에 포커스가 맞춰졌다.

"애쉬, 너도 해 봐."

"난 됐어. 어차피 나한테 안 올 게 뻔한데 뭐. 그보다 술이나 한잔 더 하러 가자. 가스파르 씨가 오늘은 밖에서 마시자고 하더라고."

"나 참, 어떻게 그렇게들 마시는지."

그때 왕궁에서의 업무를 끝내고 온 소피아가 돌아와 말한다.

"술이라면 다음에 마셔요. 모두에게 하고 싶은 얘기가 있으니까요."

"하고 싶은 얘기라뇨?"

소피아가 내민 건 축제에서 펼쳐지고 있는 한 가지 대회였다.

축제를 겸한 임관 시험이라고 할까.

현재 엘란 왕국에는 내정 인재가 턱없이 부족했다. 군사 인재도 마찬가지.

앞으로 인재가 더 많이 필요해질 건 자명했기에 사람들이 수도에 몰리는 이번 축제에서 대회를 겸한 임관 시험을 진행하고 있었다.

소피아는 내 가신들을 전부 모은 뒤에 이 시험에 응할 것을 요구했다.

왜 그런가 했더니 이번 전쟁에서 시달린 점 때문이었다.

"다들 내 능력을 의심하면서 명령을 듣지 않으려고 했었죠?"

애쉬, 리시테아, 가스파르를 노려보는 소피아. 정도는 달라도 루크, 안톤도 마찬가지로 그녀의 능력을 의심했다.

애초에 나 이외에는 따르려 하지 않는 에오니아도 마찬가지.

유이하게 귄터와 일리야 스승만이 소피아를 믿고 따랐다.

"그런 당신들은 얼마나 능력이 있는지 확인을 해 주겠어요. 그러니 다들 시험을 보도록 하세요."

시험을 치른다는 말에 다들 질색을 했다.

소피아는 예상을 했다는 듯 내게 지원을 요청한다.

"알스, 당신이 말해 줘요."

"뭐, 한 번쯤 경연을 할 때가 됐다고 생각은 했으니……. 다들 가능하면 해 줘요. 이왕 하는 거 상품도 걸게요."

내 말에 다들 눈빛이 바뀌었다. 가신 경연 형식으로 되니 승부욕이 생긴 것이다.

"소피아 님, 시험까지는 며칠이 남아 있습니까?"

안톤이 진지한 표정으로 묻는다.

"미안하지만 3일밖에 없어요. 그러니 기본 실력으로 해야 할 거예요."

"3일……."

안톤은 3일간이라도 벼락치기를 하겠다며 곧장 공부 준비에 들어갔다.

이에 위기감을 느낀 에오니아도 공부를 시작하며 저택은 때아닌 학구열로 불타오르기 시작했다.

축제 속에서 진행되는 가신 경연.

나도 참여를 하기로 되어 있었기에 간단히 공부를 해 두기로 했다.

그런 내 곁에는 아기들이 모여서 뛰놀고 있었다.

엄마들이 전부 공부를 하고 있는 탓에 내게 맡겨진 것이다.

"꺄하하!"

"으아아앙!"

장난감을 가지고 놀고 있는 아이, 장난감을 뺏겨서 울고 있는 아이.

여하튼 정신이 없었다.

"류나야."

"응?"

"동생들 좀 돌봐줄래?"

"이잉, 졸려. 잘 거야."

"그럼 동생들이랑 다 같이 자자. 아빠가 나중에 과자 이따만큼 줄게."

"진짜로?"

"진짜로."

류나는 의욕에 가득 차 동생들을 재우기 시작했다.

그렇게 애들이 전부 자고 나니 평화가 찾아왔지만 그것도 잠시였다.

애들이 워낙 많은 탓인지 릴레이를 하듯 트러블이 발생했다.

그 트러블과 맞서 싸우고 나니 어느새 밤이 깊어 있었다.

하얗게 불태운 나는 침대에 널브러져 있었다.

그런 내 위에서 쌍둥이들이 꺄꺄거리며 놀고 있었고, 류나는 언제 과자를 줄 거냐며 보채고 있다.

'육아란 힘들구나.'

어떤 의미로는 전쟁보다 더 힘들었다.

똑똑! 그때 노크 소리가 들려오며 에오니아가 얼굴을 빼꼼 내밀었다.

"알스, 애들 돌보는 건 좀 괜찮아?"

"안 괜찮은 것 같아."

"역시나."

에오는 문을 닫고 종종걸음으로 다가오더니 내 위에 올라타 있는 쌍둥이들을 양손에 안았다.

"우리 애들은 선조님에게 맡겨 두고 올게. 선조님도 심심하신 것 같거든."

"그런 김에 류나한테 간식 좀 챙겨 줄래?"

"알겠어. 류나야, 작은엄마랑 같이 가자."

이후에 남은 건 일리야 스승의 아들인 가웨인. 에리나와 에스텔의 아이들인 루디우스와 럭스. 그리고 애쉬의 아이들 뿐이었다.

"응? 많이 조용해졌네."

소란의 90% 이상이 류나와 쌍둥이였다는 게 밝혀진 순간이었다.

가웨인은 얌전히 그림을 그리며 혼자 놀고 있었고. 다른 애들도 얌전히 장난감을 가지고 놀고 있었다.

"이제야 좀 공부를 할 수 있겠네."

나는 책을 펼쳐 공부에 몰두했다.

가신 경연이긴 해도, 오히려 그렇기에 주군으로서 가장 좋은 결과를 받아 내야 한다는 부담감이 있었다.

그렇게 공부를 하던 와중이었다.

똑똑! 다급한 유미르의 노크 소리.

"도련님, 손님이 오셨습니다."

"손님? 누군데?"

"쥬라스 파밀리온 님이 만나기를 청하고 있습니다."

"흐음……. 유미르, 아기들을 전부 데리고 나가 줘. 녀석에겐 내 방으로 오라고 해."

"알겠습니다."

나는 책을 덮어 두고 녀석을 기다렸다.

녀석은 평소와 같은 능글맞은 웃음과 함께 나타났다.

"오랜만이군요, 알스. 남부 전쟁에 대한 얘기는 전해 들었습니다."

"저도 당신 얘기는 아주 잘 들었어요. 분단 결계를 뚫고 대륙 밖으로 나가다니⋯⋯. 그런 틈을 어떻게 찾은 겁니까?"

"인력을 갈아 넣으면 뭐든 가능한 법이거든요."

"설마 항해를 하면서 분단 결계를 전부 확인해 본 건가요?"

"뭐, 해야 하는 일이라면 해야죠."

"나 참."

나는 접객 테이블로 자리를 옮겼다.

"그래서, 오늘은 무슨 일로 찾아온 겁니까?"

"경과를 얘기해 주기 위해 왔습니다. 제가 연맹의 지하 시장을 대대적으로 조사했다는 얘기는 들었겠죠."

"예⋯⋯."

과거 유미르를 구하기 위해 습격했었던 그 시설.

그곳에 또 하나의 비밀 시설이 숨어 있었던 듯하다.

"광산이 있는 최하층에 또 다른 비밀 공간이 있었습니다."

"그곳에요⋯⋯?"

"그곳에서 혈마법 연구가 진행 중이었어요."

그곳엔 그러기 위한 제반 시설이 잘 갖춰져 있었다.

그곳 광산에는 노예사냥을 통해 공수한 노예들이 있었으니까. 그들을 산 제물로 바쳐 가며 연구를 한 모양이었다.

'비밀 시설이 하나 더 있었다니⋯⋯.'

시간을 들여 조사할 기회가 있었다면 사전에 발견을 할 수도 있었다는 뜻이었으니 못내 아쉬웠다.

"쳇, 그래서요? 뭔가 소득은 있었습니까?"

"크게는 없었습니다. 이미 시설을 파기해 놓은 상태였거든요. 그래도 기밀문서 몇 개를 확보해서 정보는 얻을 수 있었습니다."

"무슨 정보죠?"

"최근에 혈마법으로 되살린 자에 대한 정보입니다. 캘버린이야 당신도 알고 있겠지만 나머지 둘은 아닐 것 같아서 알려 주려고요."

"나머지 둘? 누구입니까?"

"란시아 갈레론, 그리고 토도람 돌른입니다."

"……어디선가 들어 본 적 있는 이름인데요?"

과거 아카데미에서 책으로 접한 자들이었다.

"착각이 아닙니다. 란시아 갈레론……. 펜실론 제국의 개국공신이자 전설적인 장군이죠. 토도람은 펜실론의 숙적이었던 에레보니아 왕국의 수호신이라 불린 위대한 무장이고요."

"잠깐만요. 어떻게 그들이 중앙 대륙의 사람을 되살린 겁니까? 혈마법을 통한 소생은 마나로 된 신체를 가지고 있어야 가능할 텐데……?"

"딱히 그렇지는 않은 모양이더군요. 저번에 당신이 동대륙에서 리치를 만났다고 한 적이 있지 않습니까? 그 리치가 미라벨이란 자를 살리기 위해 오래된 유해를 지니고 있었다고요."

"아……!"

그러고 보니 그랬다.

다만 미라벨은 영혼이 던전에 묶여 있던 탓에 부활이 불가능했다.

쥬라스가 말을 이어 간다.

"그 사실로 미루어 보면 유해만 있다면 소생의 혈마법이 가능한 거라고 봐야겠죠."

"란시아 갈레론과 토도람의 유해는요?"

"란시아 갈레론의 유해는 수도 플라톤의 묘지에 보관되어 있었습니다. 도굴을 하기로 마음먹으면 충분히 할 수 있었죠. 토도람의 경우엔 베카비아 지역에 보관되어 있었던 모양이고요."

란시아와 토도람은 불과 130년 전의 인물인지라 유해가 남아 있어도 이상하지 않았다. 유명한 인물들이니 시체에 최소한의 방부 처리도 해 놨겠지.

"전설적인 장군 두 명이……."

상대가 이번 전쟁에 사활을 걸었다는 뜻이었다.

"알스, 이번 전쟁은 절대 쉽지 않을 겁니다. 당신도 단단히 각오를 해야 할 거예요."

쥬라스가 말하는 각오란 희생에 대한 것이었다.

이번 전쟁에서 내 가신이 수도 없이 죽을 수 있다는 경고였다.

가신 경연이 코앞에 와 있었지만 나는 육아에 치이고 있었다.

이를 보다 못한 어머니가 도움을 주었다.

"알스, 너는 류나와 쌍둥이들만 돌보렴. 나머지는 내가 할 테니."

어머니도 소란의 중심에 류나와 쌍둥이가 있다는 걸 알고는 그렇게 제안했다.

"그, 가능하면 이 애들도 맡아 주시면……."

"그건 나도 벅차단다."

어머니는 류나의 개구쟁이 기질에 혀를 내두르고 있었다.

그나마 쌍둥이들은 미라벨이 맡아 주었지만 류나는 내가 맡는 수밖에 없었다.

"에헤헤."

류나는 둘만 남은 게 놀아 주기 위함이라 생각한 건지 아까부터 즐거워 보였다.

"그래, 그래. 놀러 가자."

이왕 이렇게 된 거 공부는 때려치우고 아이와 시간을 보내기로 했다.

나는 류나에게 외출복을 입히고 축제에 나가 보기로 했다.

그러던 중, 유미르가 얼굴을 내비쳤다. 비스케타에게 공부를 배우고 있던 그녀는 나가려는 우리를 보고 귀를 쫑긋했다.

"도련님……?"

"응? 아, 잠깐 류나랑 나들이라도 다녀오려고."

"……."

자기도 같이 가고 싶은지 말없이 꼬리를 이리저리 흔드는 유미르.

이에 내가 무슨 말을 하기도 전에 류나가 우다다 달려가더니 유미르의 손을 잡고 끌고 왔다.

"아빠, 가자!"

나와 유미르는 마주 보며 웃음을 터뜨렸다.

거리로 나온 우리는 느긋하게 축제를 즐겼다.

"……옛날 생각이 나네요."

유미르가 슬픈 듯이 말한다.

"옛날이라면……. 어머니와 있을 때?"

"예, 리즈나 님에게 거두어진 후에 그분의 손을 잡고 축제를 돌았던 적이 있었어요. 경계심이 강한 저를 달래 주기 위해서였겠죠."

유미르는 어머니가 새삼 떠올랐는지 류나를 꼭 끌어안았다.

이에 군것질을 하고 있던 류나는 혼내려 한다고 생각했는지 굳어 버린다.

"후훗, 그러고 보니 리즈나 님도 계속 노점상을 돌며 음식을 드셨어요. 돈이 다 떨어질 때까지요. 카이엔 님이 말씀하신 것처럼 류나는 리즈나 님을 닮은 걸지도 모르겠습니다."

"너무 먹어서 탈이지만."

류나는 얼마 지나지 않아 지쳐 버렸는지 유미르의 품에 안겨 자기 시작했다.

"나도 옛날 생각이 나네. 가끔 마을 축제에 같이 나갔을 때."

율리아 누나, 유미르와 함께 나가 논 뒤에 지쳐서 유미르
의 품에 안겨 돌아오는 때가 많았었다.

유미르도 그 시절이 그리운지 미소를 지었다.

다만 이어지는 내 말에 어쩔 줄을 몰라 한다.

"그랬던 게 이제는 부부라니 말이야."

"도, 도련님. 그건……."

유미르는 나이 차이가 많이 나는 부분을 넷 중에 가장 많
이 신경 썼다.

아기 때부터 길러 온 남자애와 결혼을 한다는 건 아무리
그래도 찝찝함이 있었던 모양이다.

"새삼스럽게 왜 그래."

"어, 어흠!"

그렇게 거리를 돌아보던 중. 인쇄소에 도착하게 되었다.

그곳에선 내가 출간한 로맨스 소설이 바쁘게 인쇄되고 있
었다.

국가 상황이 안정이 되니 문화생활도 점차 회복이 되어 가
고 있었던 것.

유미르는 그것들을 보며 모호한 웃음을 지었다.

"이게 결국 세 번째 권까지 나왔군요."

"그러게."

첫 번째 권은 에르텔(에스텔)이 메인 히로인인 것처럼 끝이 났다가, 두 번째 권에서 이리나(에리나)가 사실은 선역이었다며 마무리. 세 번째 권은 사실 여기사 엘리아(에오니아)가 왕족이었던 걸로 밝혀지며 여왕이 되며 마무리.

각각의 권에 그녀들의 입김이 있었다.

"······저는 없는 건가요?"

"응?"

유미르는 헛기침으로 무안함을 감추며 말한다.

"에스텔도, 에리나도, 에오니아도 있는데 저는 없어서요."

"하······. 아니 있긴 해. 주인공을 언제나 도와주는 수인 시녀가."

"그치만 거의 나오지 않았습니다."

"설마 세 권을 전부 읽어 본 거야?"

"······."

그녀도 은근히 신경을 쓰고 있었던 모양이다.

그 모습이 귀엽게 느껴져 나도 모르게 웃고 말았다.

유미르는 얼굴을 붉힌 채 시선을 피한다.

"그럼 네 번째 권을 집필해 볼까? 넷 다 해피 엔딩으로."

"그게 좋을 것 같습니다. 그녀들도 이렇게 끝이 나는 건 원하지 않을 거예요. 주인공은 결국 아무도 선택하지 않았으니까요."

"그래, 그렇게 할게. 전쟁이 끝난다면 말이야."

일단은 전쟁에서 이겨야 한다.

그래야 그 앞의 미래가 있으니까.

"그보다……. 조금 돌아가지 않을래?"

"돌아간다뇨?"

"그냥 조금 쉬고 가는 게 어떨까 싶어서."

내가 여관을 눈짓하자 유미르는 뜻을 눈치채고 고개를 끄덕인다.

그렇게 우리는 류나가 일어날 때까지만 잠시 휴식을 취했다.

이후 저택에 돌아갈 즈음엔 밤이 완전히 깊어져 있었다.

"응?"

왜인지 저택이 소란스러워져 있었다.

"알스 님!"

우리를 발견한 에오니아가 완전무장을 한 채 달려왔다.

그녀 외에 안톤도 무장을 갖추고 있었다.

보아하니 내가 말도 없이 없어지니 비상이 떨어진 모양이었다.

"아하하, 미안. 잠깐 나들이를 갔다 온다는 게 늦어져 버렸네."

"흐음? 그렇군요. 나들이를……."

에오니아는 싸늘한 눈으로 바라본다.

"셋이서만 오붓하게 아주 즐거우셨겠네요."

"그럼 내일은 쌍둥이들이랑 나갔다 오지 뭐. 같이 갈래?"

"예, 그거면 됐습니다."

금방 풀어지는 에오. 이에 에스텔과 에리나도 같이 가고 싶다며 끼어들며 나들이의 규모가 생각 이상으로 커지고 말았다.

유미르와의 비밀 데이트가 화근이 됐는지 에오니아와 에리나, 에스텔은 다음은 자기들 차례라며 벼르고 있었다.

다음 날, 에오는 당연하다는 듯 외출 준비를 하기 시작했다.

예전의 에오니아라면 내가 먼저 말을 걸어 주길 기다리며, 안절부절못하며 기다렸겠지만 이제는 달랐다.

나에 대한 자기주장도 강해졌고, 투정과 고집이 생겼다.

"진짜 잠깐만. 급하게 처리해야 될 일이 있어서 그래."

"……."

내가 일 때문에 나가지 못하고 있자, 에오는 항의를 하듯 쌍둥이를 안은 채 문 앞에 서 있었다.

겨우 일을 끝내자 에오는 표정을 풀며 에르니를 내게 넘겨주고는 남은 팔로 팔짱을 꼈다.

그렇게 외출을 하려 하니 류나가 부리나케 달려왔다.

"나도 갈래!"

간식 획득의 찬스를 기가 막히게 눈치챘는지 따라오려 했다.

"류나, 이리 오렴."

유미르가 류나를 달래려 했으나 류나는 에오의 다리를 붙잡고 늘어졌다.

에오는 포근하게 미소 지으며 유미르를 제지했다.

"류나도 데리고 나갔다 올게."

"괜찮겠어?"

"응, 류나도 내 딸이니까."

안고 있을 팔이 부족했기에 류나는 포대기에 감싸 내가 안고 가기로 했다.

거리는 축제 중반을 맞아 화사한 분위기를 풍기고 있었다.

여기저기서 커플들이 보였고, 지방에서 올라온 노점상들이 음식을 팔았다.

거기엔 엘프들도 있었다.

"베아트? 거기서 뭐 하고 있어요?"

베아트는 몇몇 엘프 수호대와 함께 음식과 책을 팔고 있었다.

그녀가 말한다.

"이곳의 화폐를 얻기 위해서예요."

"화폐라면 로자나 소피아에게 말해서 교환을 하면 되잖아요."

"우리 섬엔 화폐라는 개념이 없거든요."

"아하……."

"그래서 우리 물건을 팔아서 왕국의 화폐를 챙겨 두려고요."

물론 로자가 국가 교류 느낌으로 많은 금액을 증정하긴 했지만, 그것만으로는 부족했다.

엘프들은 장기적인 대륙에서의 생활을 염두에 두고 경제 활동을 시작한 것이다.

여기 이 노점상은 그 시험대 중 하나인 모양이다.

"앗! 알스 님!"

"리타, 오랜만이야."

생선을 굽고 있던 마르가리타는 마침 잘됐다며 생선 꼬치를 내게 내밀었다.

"드셔 보세요! 우리 섬에서만 나는 향신료를 사용한 생선 구이에요."

"고마워. 얼마면 돼?"

"알스 님에게 돈을 받을 순 없죠. 그냥 드세요."

꼬치를 받아 들자 류나가 흥미로운 듯 시선을 고정했다.

그 끝을 입 쪽에 내밀자 덥썩 베어 물었다. 제법 맛있는지, 팔과 다리를 붕붕 휘둘렀다.

에오니아는 생선살을 잘게 다져 먹기 좋게 만든 뒤에 쌍둥이들에게 먹였다.

그 능숙한 엄마의 손길에 베아트는 부드럽게 웃는다.

"다들 귀엽네요. 당신네 저택의 아기들을 보면 저도 무심코 아이가 갖고 싶어져요."

"가지면 되잖아요?"

"그럴 입장이 안 되거든요. 제 상대는 장로들이 선택한 자이어야 해요. 그리고 그중 하나가…… 당신이죠. 알스 일라인."

베아트르는 고혹적인 미소로 말을 이어 간다.

"어때요? 당신만 원한다면야 저도 괜찮은데요."

"하하……. 그럼 그렇게 할까요?"

피차 농담으로 하는 말이었지만, 에오는 그렇게 받아들이지 못한 모양이다.

경계심 가득한 눈으로 우리를 노려본다.

그 눈빛에선 '유미르에게 일러 버릴 거야.'라는 기색이 역력했다.

그렇게 노점상을 구경하고 나니 해가 지기 시작했다.

우리는 근처에 앉아 석양을 멍하니 바라보았다.

"멀리도 왔네."

무심코 한 내 말에 에오가 고개를 갸웃한다.

"무슨 소리야?"

"여러 가지로 말이야. 아기들이 우리 품에 안겨 있는 것도 그렇고."

"후훗, 새삼스럽게 뭘."

류나도 에오의 품에 안겨서 과자를 받아먹고 있었다.

나는 고심 끝에 그녀에게 말했다.

"에오, 너는 다음 전쟁에 나가지 않았으면 해."

"……."

"혹여나 내가 전쟁에서 패배해 죽게 되면 애들은……."

"싫어."

내 말을 끊은 그녀는 단호하게 말했다.

"알스, 넌 내가 지켜. 그게 안 된다면 같이 죽을 거야."

"그러면 애들은 어쩌고?"

"주변에 좋은 사람이 많으니까, 분명 누군가 훌륭하게 키워 줄 거야."

"하여간……."

예나 지금이나 이런 부분은 변함이 없었다.

"그런 소리를 할 거면 차라리 나를 선봉으로 임명해 줘. 내가 전쟁을 승리로 이끌 테니까."

"그건 좀……."

"왜?"

"선봉으로는 안톤이나 일리야 스승이 있으니까."

"으으……!"

"그보다 해도 졌으니 슬슬 돌아갈까?"

에오는 내 말에 우물쭈물하더니 여관을 눈짓했다.

"잠깐 쉬고 가도 되는데……?"

"나도 그러고 싶은데……."

어제와 달리 오늘은 아기들을 안아 들고 이동했기에 아기들의 기운이 무척 팔팔했다.

에오는 아쉽다며 한숨을 쉬더니 아기들을 안아 들고 귀갓길에 올랐다.

가신 경연은 하루를 통째로 사용했다.

임관 시험의 성격상 필기시험이 대부분이었기에 다들 책상에 앉아 머리를 싸매었다.

가장 먼저 시험을 끝낸 나는 저택 거실에 나와 어머니가 준 차를 마시고 있었다.

그러던 중, 에리나가 두 번째로 시험을 끝내고 나왔다.

"오오, 의외인데? 올라프나 비스케타가 두 번째일 거라 생각했는데."

"비스케타 씨는 벌써 끝내고 에오니아 언니가 문제를 푸는 걸 보고 있어요."

"또 그러네. 뭐, 거기엔 소피아도 같이 있으니 부정행위는 나오지 않겠지."

에리나는 아기들 방에 가서 루디우스를 안아 들고 왔다.

루디우스의 웃는 표정을 보며 에리나는 행복한 듯 부르르 떨었다.

"정말 알스 님을 많이 닮은 것 같지 않아요? 여기 이 웃을 때 눈매가 쏙 빼닮았어요!"

"뭐, 나를 닮은 걸로 치면 루디가 가장 가깝긴 하지."

류나는 친할머니 리즈나를 닮았고, 에르와 에드도 미라벨의 핏줄 때문인지 엄마 쪽을 많이 닮았던 반면, 루디우스는 내 쪽을 빼닮았다.

어머니도 그립다며 웃었다.

"정말로 그래. 알스도 아기일 적엔 종종 이렇게 웃었지. 그러다가도 뭐가 마음에 안 드는지 울어 버렸고."

그 말이 끝나게 무섭게 루디가 울상을 지으며 엉엉 울기 시작했다.

그러던 중, 에스텔이 시험을 끝내고 거실로 나왔다.

그 모습에 에리나는 한숨을 쉰다.

"에스텔? 아무리 막막하다고 하더라도 전부 다 찍어 버리면 어떡해."

정곡이었는지 에스텔은 말문을 잃는다.

"그, 그치만 어쩔 수 없잖아. 그렇게 어려운 걸 어떻게 풀라는 거야."

"나 참."

에스텔은 도망가듯 아기 방으로 가더니 딸 럭스를 데리고 나온다. 이때 잠에서 깼는지 류나가 따라 나왔다.

류나는 졸린 눈으로 에스텔의 손을 잡고 거실로 오더니 어머니의 품에 안겨 다시 자기 시작했다.

마침 식사 시간이 됐는지 에리나와 에스텔은 이유식을 먹이기 시작했다.

나는 무심코 말했다.

"전쟁이 끝나면 다 같이 다시 아카데미에 다녀 볼까?"

내 제안에 둘은 반색했다.

"그거 좋은 생각이에요!"

"하긴, 아카데미를 다니다가 말았으니까. 졸업은 하고 싶지."

둘은 펜실론 아카데미를 언급했다.

다음 전쟁의 전쟁터가 될 그곳을 말이다.

이후엔 애쉬와 리시테아까지 시험을 끝내고 오며 아카데미에 관한 이야기로 꽃을 피웠다.

의외로 올라프와 루트거, 루크레치아 등이 가장 늦었는데, 알고 보니 시험에 대한 열의에 따라 다른 것이었다.

나와 에리나를 제외하면 빠르게 끝낸 사람들 전부 큰 긴장감 없이 문제를 풀었던 것이다.

반면 다른 사람들은 진지하게 시험을 치른 탓에 시간이 늦어졌던 것.

마침내 전부 끝나고 나서는 준비된 국가의 관리들이 시험지를 회수해 가 채점을 시작했다.

그 채점이 끝날 때까지 저택에서 파티가 벌어졌다.

다만 내 발언으로 인해 분위기가 순식간에 딱딱해졌다.

"이번 경연을 토대로 급여 체계를 수정하도록 할게요. 급여 강등은 없지만 상승을 하는 사람들이 있을 거예요."

이 말에 애쉬가 길길이 날뛰었다.

"그런 말은 없었잖냐!?"

"결과에 따라 상을 준다고 했잖아. 이제 와서 상품을 하사

하기도 뭐하니 돈으로 하는 게 낫다 싶어서."

"크윽! 이럴 줄 알았으면 제대로 푸는 건데……!"

급여는 그 사람의 능력을 대변하는 일종의 체계다.

채점지의 도착은 2시간 후였다. 저녁이 될 무렵 로자가 직접 결과지를 가져왔다.

내심 본인도 뒤풀이 파티에 참여하고 싶었던 모양이다.

"총점은 600점. 미리 말해 두지만 이번 임관 시험의 평균점은 321점이고, 합격점은 470점이야. 321점만 넘어도 충분하다는 거고, 470점을 넘으면 훌륭하다는 거지. 그럼 상위권부터 발표할게. 우선 알스 일라인!"

로자는 자신이 더 기쁜지 화사하게 웃었다.

"600점 만점이야. 그리고 비스케타 크렌도 600점!"

공동 1위.

나야 아카데미를 다니며 심층적으로 공부를 했으니 그렇다 쳐도 비스케타의 만점은 정말이지 놀라웠다.

그녀는 실종 이후 1년을 엘프들의 섬에 있었을 뿐 아니라, 70살의 노령이니까.

"홋, 괜히 일국의 재상을 맡은 게 아니랍니다."

이 말에 소피아의 표정이 구겨졌다.

현직 재상인 그녀는 만점을 받지 못했으니까.

"소피아는 591점이야. 아깝네."

"크읏……!"

다음으로 올라프가 590점을 받으며 4위를 기록했다.

올라프는 너털웃음을 지었다.

"이야, 역시 소피아 씨는 대단하시네요."

"지금 저 놀려요!?"

소피아는 자신이 무조건 1등이 될 거라 생각을 하고 있었는지 나와 비스케타를 보며 발을 동동 굴렀다.

"다음 5위는 에리나! 552점. 역시 내 친우라고 할 만해."

5위가 되며 급격히 낮아지는 점수.

그 아래의 점수는 이러했다.

6. 레이틴 542점.

7. 루크레치아 510점.

8. 루트거 481점.

9. 에오니아 471점.

10. 안톤 470점.

11. 일리야 466점.

12. 리시테아 459점.

13. 귄터 401점.

14. 가스파르 356점.

15. 율리아 333점.

16. 애쉬 322점.

17. 에스텔 192점.

경악이 흘러갔다.

나도 제법 놀라고 있었다.

"에오가 471점이라고!?"

과거 가신 경연에서 에스텔과 함께 쌍벽을 이뤘던 에오니아가 합격점을 넘을 줄이야.

"후하하하핫!"

에오는 가슴을 펴며 호탕하게 웃었다.

"어떠냐, 안톤 퀸테르! 난 이런 일이 있을 줄 알고 성장과 함께 계속 공부를 했었다!"

듣자니 아이를 돌보는 시간 내내 계속 비스케타에게 과외를 받았다고 한다. 전쟁이 끝나고 나면 자신의 역할이 적어질 테니, 내 서류 업무를 돕기 위해 공부를 했다나.

"크윽……!"

안톤은 고작 1점 차이에 진심으로 분해했다.

"이, 이건 그겁니다! 동석을 한 비스케타 씨의 덕이 있었을 겁니다! 그게 아니었다면 1점 정도는……!"

"안톤, 보기 흉해."

일리야 스승이 안톤을 다독이고는 에오를 치켜세워 줬다.

"후하하핫!"

에오는 저택이 떠나가라 웃는다.

반면 에스텔과 애쉬는 쥐구멍이라도 찾는지 안절부절못했다.

"애쉬, 아무리 그래도 이건 심하잖아요."

"그, 그래도 평균점은 넘었잖아."

"다른 사람들의 점수를 보세요!"

루크레치아가 애쉬를 쥐 잡듯이 잡기 시작하고, 에스텔은 아예 쥐구멍을 찾기 시작했다.

"에스텔!"

루트거는 기어코 참지 못하겠는지 불호령을 떨어뜨렸다.

"자식에게 부끄럽지도 않더냐!"

"으으……."

"이리 와라! 공부를 가르쳐 줄 테니!"

"아, 아빠, 지금은 그게 파티 중이니까……."

"시끄럽다!"

질질 끌려가는 에스텔.

그렇게 끝난 가신 경연.

이후에 에오의 기고만장한 모습에 약이 오른 안톤이 무예 경연을 하자고 주장하며 다시 한번 장소가 시끄러워졌지만, 무예 경연엔 다량의 구원이동 주문서가 필요했기에 그건 모든 상황이 정리된 이후에 하기로 결정이 났다.

3장

　짧았던 축제를 끝내고 업무에 복귀한 나는 전쟁에 대한 사전 준비에 들어가야 했다.

　전쟁이란 뒤처리가 더 까다롭다는 인식이 있지만 실제로는 준비하는 과정이 훨씬 더 피곤하다.

　상대가 어떤 수를 써 올지 머리를 굴려 가면서 준비를 해야 하기에 정신적으로는 더 피곤할 수밖에 없다.

　그 준비를 위해 엘란 왕국에서 해야 할 일이 있었기에 왕궁에 집무실을 두어 바쁘게 움직였다.

　"북부의 동향에 대해선 절대 한눈을 팔지 말도록 하십시오. 세세한 부분까지 보고를 해 줘야 합니다."

　"옛!"

이미 이곳에 내 휘하의 리안드 첩보원들이 활동하고 있었다.

미리 활동을 하고 있던 크로싱의 첩보원들이 교육을 맡아 지금은 2백 명이 넘는 첩보원들이 내 손발이 되어 곳곳을 누비고 있었다.

똑똑! 노크와 함께 애쉬가 얼굴을 내밀었다.

"알스, 남대륙 던전들의 토벌을 끝내고 왔어."

"수고했어, 별일은 없었지?"

"그야 그렇지. 일리야 씨와 안톤 씨가 함께 갔으니까. 뭐, 그 둘이 꽁냥거리는 걸 보는 게 고역이었다면 고역이었다고 할까?"

애쉬는 몇몇 서류를 내게 내밀더니 한잔하러 가야겠다며 기지개를 켰다.

녀석이 놓고 간 서류를 검토하고 있자니 다시 노크 소리가 들려왔다.

이번엔 일리야 스승이었다.

"애쉬가 보고를 했으니 스승은 그냥 쉬셔도 됐는데요."

"그럴 수야 없지. 책임자는 나였으니까."

스승은 후련한 표정으로 보고를 시작했으나 그 내면에 있는 수심을 쉽게 읽어 낼 수 있었다.

"뭔가 마음에 걸리는 일이라도 있으세요?"

"……역시 알 것 같니? 안톤도 그런 말을 하더구나."

"걱정이 있는 거라면 제게 말해 주세요."

"그게⋯⋯. 스승님에 관한 이야기야."

"구데리안이요?"

"지난번에 전장에서 마주쳤을 때⋯⋯. 그분은 날 죽이려 하셨어. 그 눈빛은 진심이었지."

"그거야 전쟁이니⋯⋯."

"나도 그런 거라 생각은 했지만, 그렇다고 하기엔 전쟁에 대해선 별다른 미련이 없으신 것 같았거든."

"스승을 죽이는 것이 더 중요했다⋯⋯?"

"그런 느낌이 들었어."

그러니 자기가 뭔가 잘못한 것이 있나 하며 고민을 하고 있었던 모양이다.

이에 대해선 나도 뭔가 대답을 하기가 어려웠기에 적당히 위로를 해 주는 수밖에 없었다.

"답이 나오지 않는 문제는 깊이 생각할 필요 없어요. 다 잊고 남편, 아이와 시간을 보내도록 하세요."

"후우! 그래야겠지. 가웨인은 지금 어디 있니?"

"아마 왕궁 정원에서 애들이랑 같이 놀고 있을 거라 생각하는데요."

그러던 중 똑똑똑! 귀여운 노크 소리가 들려온다. 그 정체를 알고 있던 나는 문을 향해 말했다.

"류나니?"

"응!"

최근에 문을 여는 법을 습득한 류나는 점프하여 문고리를 잡고는 스스로 문을 열고 들어왔다.

집무실 문을 열고 들어온 류나의 뒤에는 가웨인도 있었다.

가웨인은 초조해하고 있었는데, 그 품에는 과자와 빈 주전자가 안겨 있었다.

류나가 과자 셔틀을 시킨 모양이다.

류나는 활짝 웃으며 말했다.

"아빠! 과자 먹어!"

내게 과자와 차를 가져다준다는 명목으로 급사에게 과자를 받은 모양이다.

얼핏 기특해 보이지만 실상은 본인이 먹고 싶어서 그런 것이니 영악한 행동이 아닐 수 없었다.

이젠 합법적으로 과자를 얻는 방법을 알게 됐다고 할까.

심지어 본인이 그렇게 하면 에오니아가 눈치를 챌 것이라고 생각해 가웨인을 시킨 모양이다.

가웨인은 안절부절못했다.

"류나야, 나중에 유미르 님한테 혼나면 어떡해."

"안 혼나! 혼나도 내가 혼나. 그러니까 괜찮아!"

"으으......"

울상을 짓고 있던 가웨인은 엄마를 보고는 굳어 버렸다.

일리야 스승도 류나의 과자 셔틀을 하고 있는 아들을 보고

손끝을 파르르 떨고 있었다.

류나는 그러거나 말거나 내 도움을 받아 테이블에 다과를 세팅하고는 와구와구 먹기 시작했다.

반면 가웨인은 일리야 스승에게 혼나고 있었다.

"우리 아들! 하기 싫은 건 싫다고 해야지!"

"그치만 아빠가 류나의 말은 뭐든지 들어줘야 한다고 했는 걸요."

"크으!"

안톤은 류나를 공주&'가웨인이 모셔야 하는 주군'으로 생각하고 있으니 그렇게 말했어도 이상하지 않았다.

일리야 스승은 안톤에게 한 소리 해야겠다며 벼르고 있었다.

뭔가 우리 애가 가정의 불화를 일으킨 것 같아 미안했기에 화제를 돌리기로 했다.

"그런데 류나, 오늘은 정원에서 무예 연습을 한다고 하지 않았어? 살 뺀다며."

꾸욱! 꾸욱! 뱃살을 만지자 류나는 질색하며 몸부림을 쳤다. 그럼에도 계속 주무르니 울먹이기 시작한다. 유별나다 해도 아이라는 것이다.

이 모습이 일리야 스승에게 위안이 됐는지 스승도 표정을 풀었다.

그러나 이어진 류나의 말이 폭탄이 됐다.

"가웨인이 약해서 금방 끝났어! 배 만지지 마!"

"가웨인이 약하다니? 같이 훈련한 거야?"

"응. 그런데 가웨인 울었어."

부들부들! 일리야 스승이 주먹을 떤다.

이윽고는 특훈이라며 가웨인을 데리고 어디론가 가 버렸다.

"나 참. 류나? 가웨인에게 조금 더 부드럽게 대해 줘. 하나밖에 없는 또래 친구잖아."

"또래 친구가 뭐야?"

그렇게 류나를 훈육하고 있자니 이번엔 유미르가 찾아온다.

"도련님, 혹시 류나가 이곳에……."

그녀는 과자 부스러기를 입가에 묻히고 있는 딸을 보곤 미간을 모았다.

류나는 시치미를 떼고 있었지만 소용없었다.

"류나, 간식은 정해진 시간 외엔 먹지 않기로 약속했었죠? 약속을 어기면 어떻게 된다고 했죠?"

"이잉……. 아빠랑 같이 먹은 거야."

"안 돼요."

류나를 번쩍 안아 든 유미르는 찰싹! 찰싹! 류나의 엉덩이를 때리기 시작했다. 딱히 아파 보이진 않았지만 류나는 대성통곡을 했다.

그렇게 둘이 나간 후에는 에오가 쌍둥이들을 안고 나타난다.

이쪽도 일이 있었던 모양인지 에르니가 엉엉 울고 있었다.

"으앙! 아빠……!"

내 품으로 옮겨 타 눈물을 빼는 에르니. 왜 그러냐고 묻자 에오는 한숨을 쉬었다.

"무예 연습을 하다가 에드가 휘두른 장난감 검에 머리를 맞았거든."

"그러니까 애들한테 무예 수련은 아직 시기상조라니까."

"그치만……."

에오는 아이들에게 발키리의 무예를 전수하겠다며 의욕으로 가득 차 있었다.

미라벨의 핏줄은 무예의 재능을 타고나기도 했고, 지금은 최강이라는 선조 미라벨이 있었다.

불안정한 존재인 미라벨이 언제 사라질지 알 수 없으니, 가능한 빨리 무예 수련을 시키고 있었던 것이다.

게다가 류나의 독보적인 무예 재능도 그 초조함을 배가시켰다.

나는 어이가 없어 물었다.

"류나가 그렇게 대단해?"

"대단하고말고. 그 움직임은 선천적이야. 엘레나 스승님과 선조님도 순수하게 칭찬하셨어. 노력만 게을리하지 않으면 최고 수준의 무인이 될 거라고."

"흐음, 세 살짜리 애의 움직임을 보고 그걸 알 수 있다니. 아무리 봐도 미심쩍은데."

"아무튼! 우리 애들도 지고 있을 수 없잖아."

"그렇다고 애들이 울 정도로 하면 어떡해. 어이쿠, 우리 딸, 아팠어?"

에르니는 내게 안겨 떨어지려 하질 않았다.

에드워드도 내게 안기고 싶은 눈치였기에 둘이 잠에 들 때까지만 품에 안은 채 업무를 처리했다.

에오는 능숙한 손길로 내 서류 업무를 돕기 시작했다. 비스케타에게 교육을 받은 게 헛되지 않았는지 큰 도움이 됐다.

그러다 쌍둥이들이 잠에 들고 나서야 둘을 안고 집무실을 떠났다.

한숨을 돌리나 했으나 이번엔 북부 정찰 임무를 수행한 가스파르.

자식들과 함께 방문한 에리나, 에스텔.

상황을 보러 온 로자까지.

내 집무실은 사람의 발걸음이 끊이지 않았다.

밤까지 업무를 끝낸 나는 쥬라스 녀석의 집무실로 향했다.

전쟁 준비로 녀석과 상담할 게 있었기 때문이다.

녀석의 집무실은 왕궁에서도 가장 동떨어진 곳에 있었다. 집무실에 가까워짐에 따라 분위기도 바뀌었다.

녀석의 부하로 보이는 자들이 눈을 희번득하게 뜨고 있었고, 녀석이 따로 뽑은 시종들이 절도 있게 움직이고 있었다.

이로 인해 왕궁 내의 시녀들은 이곳을 마굴이라 칭하며 두려워하고 있을 정도다.

이전에 녀석이 첩자 색출을 하며 왕궁 내의 사람들을 마구 숙청한 탓에 이곳에 접근했다간 두 번 다시 나가지 못한다는 괴담이 퍼져 있었다.

똑똑! 집무실 문을 두들기자 들어오라는 무미건조한 목소리가 들려왔다.

녀석의 집무실에 들어가자 오한이 느껴졌다. 실내 온도는 내 집무실과 똑같을 텐데도 말이다.

녀석은 서류를 산처럼 쌓아 두고 느긋하게 검토를 하고 있었다.

접객 테이블에 놓인 주전자가 차갑게 식어 오늘 내내 어떤 손님도 방문하지 않았음을 나타냈다.

"하여간, 밥은 먹었어요?"

"적당히 먹었습니다."

정말 적당히 먹은 것처럼 보였기에 바깥의 시종을 시켜 잘 차려진 식사를 가져오라 명령했다.

나는 녀석이 처리하고 있던 서류 몇 개를 확인해 보았다.

"이런 건 특무대 부하들에게 부탁해도 상관없잖아요?"

"내가 직접 하는 게 확실하니까요."

그런 녀석의 모습을 보니 새삼 나와 반대의 위치에 있다는 게 느껴졌다.

끊임없이 사람이 찾아오는 내 집무실과, 손님 하나 찾아오지 않는 녀석의 집무실.

그러면서도 녀석과 나는 닮은 부분이 있었다. 나는 그 동질감을 느끼고 있었다.

식사를 대령하자 나는 녀석을 접객 테이블로 끌어 들였다. 쥬라스는 어깨를 으쓱이더니 내 맞은편에 앉았다.

"전쟁 준비 때문에 온 겁니까?"

"그랬는데……. 지금은 그냥 밥이라도 먹고 가려고요."

"……?"

"당신 모습이 조금 안쓰러워서요."

"훗, 동정을 하는 겁니까?"

"그런 셈이에요. 당신, 그러다간 아무것도 남지 않게 될 거예요. 멜로디아나 공주마저 정나미가 떨어져서 당신을 저 버릴지도 모르죠."

"아무것도 남지 않는다라……. 그건 틀렸습니다, 알스."

"틀렸다뇨?"

"이미 내겐 아무것도 없어요."

쥬라스는 씨익 웃으며 말을 이어 갔다.

"잠시 옛날이야기를 해 볼까요?"

"제 부모님을 죽였을 때의 이야기라면 듣고 싶지 않습니다만?"

"더 옛날이야기입니다."

쥬라스는 본인의 유년 시절을 얘기하기 시작했다.

녀석은 4살 때부터 그 재능의 편린을 보이기 시작했다고 한다.

크로싱의 귀족제 폐지로 인해 몰락해 버린 귀족 가문의 장남으로 태어난 그는, 부모에게 이용을 당했다고 한다.

부모는 쥬라스를 국가의 중진으로 발돋움시켜 재흥을 할 생각으로, 쥬라스의 능력을 여러 사람들에게 보여 줬다.

그 재능은 진짜배기였으니 유명해지는 것도 금방이었다.

"그때의 저는 어른들의 노리개였습니다. 재롱을 부리는 희망의 상자라고 할까요?"

"……."

"다들 제게 멋대로 기대를 걸더군요. 너야말로 대륙을 다시 통일할 것이다. 하늘이 보내 준 인재다……."

녀석에게 느끼던 동질감의 근간은 이것이었던 모양이다.

나도 전생에 똑같은 일을 겪었다.

바둑을 조금 잘한다는 이유로 신동으로 추앙받은 가짜 천재.

그로 인해 나는 몰락한 뒤엔, 어른들의 손길에서 벗어날 수 있었지만 쥬라스는 아니었다.

녀석은 정말로 천재였으니까. 그것도 역사에 남을 만한 수준의 천재다.

"제가 열 살이 될 무렵엔 도리어 저를 두려워하더군요. 실제로 그쯤엔 혼자 대부분의 것을 할 수 있었어요. 부모가 어떻게 행동할지를 알고 그걸 이용해 내가 원하는 상황을 만들었거든요."

"그거참……."

"그래서인지 두려움을 느낀 부모가 저를 다른 유력자에게 팔아 버리려 했습니다. 뭐, 저는 그 상황을 미리 알고 국왕과 얘기를 해 두었지만요."

"그래서 파라인 국왕이 당신의 대부가 됐던 겁니까?"

"맞습니다."

"그래도 결국엔 자유를 얻게 됐으니 다행인 거잖아요."

"자유……. 그런 건 없었어요. 저는 이미 그런 걸 잊어버리고 말았으니까요."

어른들의 강요에 의해 쌓여진 지식들. 철학, 신념. 그게 쥬라스의 모든 것이었다.

잘 만들어진 천재는 다시 옛날로 돌아갈 수 없게 된 것이다.

그저 주입된 것들로 인해 움직이는 인형일 뿐.

그래서 자신에겐 아무것도 없다는 것이다.

"칠죄종에 들어가고 나서 확신을 했습니다. 내겐 감정의 편린이라는 게 존재하지 않아요. 텅 비어 있죠."

"⋯⋯."

"그러니 나에 대해선 신경 써 줄 필요 없습니다. 나는 그저 목숨이 다할 때까지 움직이는 유능한 인형일 뿐이니까."

"나는 그렇게 생각하지 않아요."

"⋯⋯?"

"그도 그럴 게, 그런 인형일 뿐이었다면 내게 이런 얘기를 할 필요도 없었을 테니까요."

"단순한 변덕입니다."

"난 당신처럼 변덕이 많은 인형이 있다고는 들어 본 적 없어요."

"⋯⋯."

"당신 자신에 대해선 천천히 찾아가면 되는 겁니다. 그걸 위해 당신을 돕는 사람이 있지 않습니까? 멜로디아나 공주도 그렇고, 안톤과 파라인 국왕도 당신이 손을 뻗으면 흔쾌히 도움을 줄 겁니다. 저도 당신이 배신을 하지만 않는다면 끝까지 함께해 줄게요."

쥬라스는 못 당하겠다는 듯 쓴웃음을 지었다.

"훗, 기대하지 않고 기다리고 있도록 하죠."

줄곧 정해진 반찬만 기계적으로 먹고 있던 녀석은 내가 먹고 있는 고기반찬으로 시선을 옮겼다.

"엘프들의 섬에서 가져온 조미료를 양념으로 해서 만든 구이예요. 한번 먹어 봐요."

쥬라스는 희미하게 웃고는 고개를 흔들며 자리를 일어났다.

"식사가 끝났으니 이젠 전쟁에 대해 얘기를 해 보도록 하죠."

쥬라스는 시종에게 식사를 치우라 지시한 뒤 전도를 펼쳐 보였다.

이 전도는 중앙 대륙에 국한된 것이 아니었다.

중앙 대륙과 더불어 외부에 위치한 동서남북의 대륙들 모두가 그려져 있었다.

이는 이번 전쟁에 세계 전체가 움직일 거라는 뜻이었다.

한 달 정도의 휴가를 끝내고 복귀한 중앙 대륙.

이곳은 이미 초겨울에 진입해 있었다.

상대가 겨울이 끝나자마자 진군을 시작할 거라 생각하면 남은 기간은 두 달 정도였다.

나는 요지가 될 만한 곳에 요새 건설을 지휘하며 시간을 보냈다.

그렇게 한 달 정도가 지난 이후엔 눈이 내리기 시작하면서 일단 복귀를 했다.

그란셀에 위치한 저택 정원에선 아이들이 눈을 가지고 놀고 있었다.

그 아이들과 놀아 주고 있던 건 놀랍게도 미라벨이었다.

마나로 된 신체로 인해 공간 전이를 할 수 없었던 그녀는 본래 중앙 대륙에 올 수 없었지만, 아이들을 전부 데리고 돌아간다고 하자 외로움을 참기 힘들었는지 따라오겠다며 억지를 부렸다.

하여 쥬라스가 함대를 이끌고 외부로 나간 것처럼, 분단 결계의 틈을 이용해 이곳에 들어오게 됐다.

미라벨은 아이들이 가져온 눈에 파묻혀 인간 눈사람이 되어 있었다.

마나로 된 신체라 추위를 느끼지 않는지 눈에 파묻혀서도 아이들을 보며 헤실헤실 웃고 있다.

이에 걱정이 됐는지 에드워드가 울상을 지으며 묻는다.

"선조님은 안 추워?"

그 걱정이 담긴 눈빛에 감동을 받았는지 팍! 굳어 버린 눈을 박살 내며 건재함을 과시했다.

이에 아이들은 괴수가 출현하기라도 한 것처럼 꺄르르 웃으며 도망갔다.

눈사람을 만들던 게 아니라 괴수를 눈으로 봉인하는 놀이였던 모양이다.

그렇게 도망가던 에르니가 나를 보곤 방향을 바꿔 달려온다.

"아빠!"

그게 신호가 됐는지 다른 애들도 내게 향했다.

가웨인도 나와 함께 온 안톤을 보고 반색하며 우다다 달려온다.

미라벨이 부들부들 떤 건 당연한 수순이었다.

"다들 안 춥니?"

"추워!"

"그럼 일단 집에 들어갈까?"

저택에서 연기가 나고 있는 걸 보면 식사를 준비 중인 모양이었다.

저택 내부에 들어가자 부인들이 바쁘게 음식을 차려 놓고 있었다.

내가 오늘 돌아온다는 소식을 듣고 진수성찬을 차리려 한 듯하다.

"도련님, 오셨습니까. 오는 길은 평탄하셨는지요."

"응, 눈이 많이 오긴 했는데, 별일은 없었어."

식탁은 금방 차려졌다.

으리으리한 저택에서 진행된 식사답지 않게 격식 같은 건 없었다.

일단 애들이 많아서 그런지 애들 먼저 밥을 먹이기 바빴다.

나도 류나를 옆에 앉혀 둔 채 밥을 먹이고 있었다.

그러던 중, 올라프가 내게 묻는다.

"알스, 적의 동향은 어때?"

"비장함이 감돌더라고요. 이번에 어떻게든 승부를 볼 생각인 것 같아요."

"그 란시아 갈레론이란 자와 토도람 돌른은 발견한 거야?"

"……아직입니다."

펜실론 제국의 전설적인 장군과 그 라이벌 토도람.

그들의 행방을 찾고 있었으나 뚜렷한 결과는 나오고 있지 않았다.

이는 우리의 첩보망이 한계를 가지고 있다는 뜻이었으니 등골이 섬뜩해질 수밖에 없었다.

"그리고 그 테토라 아니스트리에 관해서인데. 언제쯤 처형할 거야?"

"그 부분이 조금 복잡해졌어요."

우리의 군사재판으로 사형이 선고되긴 했지만 서방과 스벤너에서 협상을 요구하며 형 집행이 늘어지고 있었다.

테토라는 반드시 처형할 생각이긴 했지만 상대가 얘기를 하고 싶다고 하니 무슨 얘기를 하나 들어 보고 싶었던 것이다.

하여 일단 형 집행을 차일피일 미루고 있었다.

그러던 다음 날의 일이었다.

드디어 상대가 구체적인 회담을 요청해 왔다.

그 회담의 요청자의 이름을 본 나는 즉각 응하기로 결정했
다.

회담은 스벤너와 발라스의 국경에서 하기로 했다.

어떤 성격의 회담인지는 알 수 없으나 적의 핵심 장군들이
나온다는 첩보가 있었기에, 우리도 전력으로 향하기로 했다.

나, 카이엔, 쥬라스의 핵심 3인에 더불어 미라벨, 안톤, 그
리고 카시우스 로이드가 동행했다.

"오래간만입니다, 알스 님."

페이크 주인공, 카시우스는 깍듯하게 내게 인사를 했다.

발라스의 영주로서 통치를 하고 있는 그는, 발라스 시민들
에게 상당히 좋은 평가를 받고 있었다.

무예 실력도 더 늘었는지 안톤은 눈을 끔뻑이며 그를 바라
보았다.

반면 미라벨은 아이들과 떨어져 있다는 사실에 시무룩해
있었다.

회담은 금방 준비가 됐다.

양측은 군사를 대동하지 않은 채 천막이 없이 테이블 하나만 달랑 놓여 있는 곳에서 만남을 가졌다.

저벅! 저벅! 점점 가까워지는 양측.

'저게 캘버린이구나……!'

첩보에 있던 것과 판박이였다. 그 옆에는 애거트가 시치미를 떼는 듯한 표정으로 서 있었다.

그리고 중앙에는 스벤너의 대장군 제무토와 2장군 하시쿠란. 그 오른쪽에는 정체 모를 중년의 남자가 있었다.

이에 카이엔이 나직이 말한다.

"초상화와 똑같아……. 저자가 바로 펜실론의 개국공신이자 대장군, 란시아 갈레론이다."

그 옆엔 소름이 돋을 정도로 곱상한 미남이 있었다.

란시아 갈레론의 라이벌이었지만 젊은 나이에 요절을 하고 말았다는 에레보니아의 장군이자 기린아라 불린 토도람 돌른이었다.

여기에 구데리안과 스벤너의 맹장 린하르트까지 나와 위압감을 더했다.

'총출동을 했군.'

그렇게 마주한 양측.

서로의 기세는 대등했다.

이대로 기세 싸움만 할 수는 없었기에 내가 솔선하여 얘기를 주도하려 했으나, 상대가 먼저 입을 떼었다.

란시아 갈레론이었다.

그는 나를 보며 미간을 찌푸렸다.

"흐음…….."

"……?"

"네 녀석, 펜실론의 핏줄을 잇고 있구나."

"……!?"

내 최측근들만 알고 있는 사실을 대번에 파악해 낸 란시아.

그는 이를 악물며 말을 이어 갔다.

"네 얼굴에서 초대 황제의 편린이 보이는구나. 그 눈빛도 그렇고, 외모도 그렇고 말이야. 답하거라, 넌 펜실론의 핏줄을 잇고 있느냐?"

"그렇다고 하면 어쩌겠습니까?"

"……반드시 이 손으로 죽여 주지."

그의 눈빛은 복수의 빛으로 타오르고 있었다.

'설마 그 야사가 정설이었던 건가.'

펜실론 제국 건국 이후, 전쟁 영웅으로 추앙받으며 란시아 갈레론이 국민들의 지지를 얻자, 그게 부담스러워진 황제가 그를 암살했다는 이야기다.

당시 갈레론 가문의 사람들이 하나둘, 종적을 감춘 걸 보면 정황상 후환을 없애기 위해 그 가문까지 멸족시켰다고 보는 편이 옳았다.

'왜 모신이 그를 부활시켰는가는 명백하네.'

펜실론에 대한 복수, 그리고 야망이다.

토도람 돌른도 마찬가지. 젊은 나이에 요절하고 말았던 그는 새로운 삶에 대한 의지로 충만했다.

"찢어서 개의 먹이로 던져 주마, 네놈이 내 딸들을 죽인 것처럼……!"

으르렁거리는 란시아. 이에 안톤이 월도를 뽑아 들며 기세를 올려 받아쳤다.

"그 전에 네 목이 날아갈 거다."

"엇챠, 기다려라."

구데리안이 창을 내밀며 안톤을 견제.

토도람도 일이 재미있게 돌아간다며 레이피어를 빼 들었고, 이에 미라벨이 창을 겨눴다.

그 일촉즉발의 상황에서 탁! 카이엔이 지팡이를 내리찍으며 분위기를 환기시켰다.

"조용히!"

카이엔은 깊은 눈으로 적의 총책임자인 제무토를 응시했다.

"제무토, 이번 회담을 요청한 것은 너희 측이다. 하고 싶은 얘기가 있다면 어서 하도록 해라."

제무토는 고개를 끄덕이고는 대본을 외우듯 말한다.

"너희 리안드가 포로로 잡은 테토라 아니스트리는 클라함의 왕족이다."

클라함이라고 함은 서방 이민족의 정식 국명 같은 것이었다.

"그녀는 상응하는 예우를 받을 자격이 있다. 다른 국가에서 마음대로 처형할 인물이 아니야. 대가는 지불할 터이니 당장 석방하도록 해라."

나도 모르게 웃음이 나왔다.

"우리가 그녀를 석방할 리 없다는 건 당신들도 잘 알고 있을 테니……. 선전포고를 하러 올 생각이었군요."

"……."

끄덕. 제무토는 무미건조한 목소리로 답했다.

"그렇담 회담은 결렬이다. 우리 스벤너는 이 시간부로 그대들에 대해 전쟁을 선포하도록 하겠다."

"새삼스럽게 무슨."

일종의 명분을 선포하는 것이었다.

살기등등해진 회담장.

이때 토도람이 씨익 웃으며 말한다.

"제법이잖아? 이 정도의 인물들이 상대라니, 란시아가 내 편이니 쉬운 전쟁이 될 거라 생각했는데……. 흥분되는걸."

토도람에게서 느껴지는 기운은 굉장히 이질적이었다.

경박하고 가볍게 보이면서도, 그를 보고 있자면 심장이 불안하게 고동쳤다.

란시아와 캘버린도 동의한다며 고개를 끄덕인다.

그러나 쥬라스는 김이 빠진다며 한숨을 쉬었다.

"실망스럽군. 펜실론의 전설이라느니 에레보니아의 기린 아라느니 호들갑을 떨기에 기대를 했건만……. 어디에나 있는 조무래기들이었다니."

그 모욕적인 언사에 란시아와 토도람의 얼굴이 굳었으나 쥬라스의 마이 페이스는 깨지지 않았다.

"난 북부 전장에 있을 거다. 누가 죽으러 올 거지?"

쥬라스의 도발에 상대가 동요하는 게 느껴졌다.

쥬라스의 이질감과 불온함에 진득한 불길함을 느끼는지 란시아와 토도람은 선뜻 나서지 않았다.

쥬라스에 대한 정보가 없으니 조심스러운 것이다.

나도 그 도발에 편승하기로 했다.

"저는 남부 전장입니다만, 저를 죽이고 싶은 거라면 덤벼 보십시오."

이에 란시아는 마침 잘됐다며 전의를 불태웠다.

회담이 끝나고 난 뒤, 우리는 펜실론의 구 수도인 플라톤에 모여 앞으로의 대책을 강구했다.

카이엔은 나와 쥬라스를 꾸짖었다.

"제정신이냐, 본인들이 나갈 전장을 실토하다니!"

"어차피 상대도 알고 있었을 겁니다. 알스가 남부, 제가 북부, 카이엔 당신이 중부를 맡을 거라는 것 정도는요."

"그렇다고 해도다!"

"어쨌든 그 부분은 됐습니다."

쥬라스는 전쟁의 기본적인 브리핑을 시작했다.

그 브리핑이 끝난 뒤에 나는 플라톤의 도서관으로 향했다.

상대가 될 란시아 갈레론과 토도람 돌튼의 전쟁 사료를 확인하기 위해서였다.

그 책을 모아 두니 도합 20권이 넘었다.

'무패의 명장 란시아 갈레론……. 기적의 사나이 토도람인가…….'

책의 제목들이 다들 요란했다.

특히 란시아에 대해선 과장이 굉장히 많이 섞여 있었다.

천 번의 전투를 치러 단 한 번도 패배하지 않았다든가, 동시에 두 개의 전장에 나타났다든가. 신빙성이 부족한 이야기가 많았다.

반면 적국의 장군이었던 토도람에 대해선 과장 없이 사실만이 간략하게 적혀 있었다.

그 전과를 본 나는 그에 대해서 새삼 다시 평가할 수밖에 없었다.

5천의 병력으로 10만의 대군을 농락했다느니, 무려 10일간 강행군을 펼쳐 상대의 수도를 급습해 함락시켰다느니.

'행동력이 높은 유형이야.'

반면 란시아는 기본적으로 침착하게 병력을 운용하는 듯했다.

'이곳 지리에 대해서도 나보다도 잘 알고 있을 거야.'

테토라 아니스트리 같은 경우엔 본토 지리에 대해 미숙한 점이 있어서 약점을 노출했지만, 이 둘은 아니었다.

그 둘이 조합을 맞췄으니 나도 혼자서 대응하기보단 조력자를 하나 두기로 했다.

바로 카시우스 로이드였다.

그를 부관으로 데려온 나는, 소피아, 올라프, 루트거, 알티오르까지 전부 소집해 곧 있을 전쟁에 대한 대비를 시작했다.

상대가 선전포고를 해 오며 개전에 들어간 마지막 전쟁.

다만 아직은 겨울이었기에 진군을 하고 있지는 않았다.

봄에 본격적으로 시작될 전쟁에 대비해 겨울임에도 요새를 건설하고, 요지를 선점하는 작업이 이뤄지고 있었다.

발라스 방면 남부 전장을 맡게 된 나는 펜실론 아카데미가 위치한 플라톤에 자리를 잡고 전쟁을 준비했다.

플라톤은 이번 전쟁의 승패를 결정짓는 구역이었다.

간단히 말해 플라톤을 지켜 내면 승리, 뺏기면 패배였던 셈.

하여 우리는 플라톤을 중심으로 부채꼴 형태로 전선을 형성해 적의 공격에 대비했다.

"알스!"

정찰을 하던 가스파르였다.

"적진에 적장이 배치된 모양이다. 움직임이 활발해지고 있어."

"적장의 정체는 판명됐습니까?"

"그건 아직이지만, 네게 앙심이 있다는 그 골동품이 상대일 게 뻔하겠지."

"란시아 갈레론……."

펜실론의 개국공신이자 전설적인 장군으로 알려져 있었지만, 실제로는 이용을 당하고 황제에게 죽임을 당한 자.

역사서에 그에 대한 견해가 있긴 했으나 야사로 취급됐었다.

"괜한 복수를 당하게 됐네요. 정보원의 숫자를 늘려 적의 동태를 더 확실히 살펴보도록 하겠습니다!"

란시아는 전장에 오자마자 부산하게 움직이고 있었다.

단순 신경전을 펼치는 게 아니라, 별동대를 조직하여 물자가 이동하는 도로를 습격하거나 민가를 약탈하는 등의 방해 공작을 펼쳤다.

당초엔 그러다 말겠지 싶었지만, 이게 생각 이상으로 골치 아팠다.

란시아 본인이 이 지역의 지형에 능통한 탓인지 붙잡기가 어려웠던 것이다.

미꾸라지처럼 요리조리 움직이며 우리의 전선을 휘저었다.

겨우 파악한 정보는 그 별동대의 리더가 구데리안이라는 것이었다.

다들 모인 대책 회의장에선 그 부분에 대한 논의가 있었다.

요새 건설을 담당하며 상대 별동대에 번번이 방해를 당했던 소피아는 짜증을 냈다.

"본격적인 전투를 하기 전에 그 구데리안인지 뭔지 하는 수인 무장을 처치할 좋은 기회예요. 유인을 해서 함정에 빠뜨리도록 하죠."

그 소피아의 발언에 일리야 스승이 고개를 흔들었다.

"스승님은 어떤 함정에도 걸리지 않을 거야. 어중간한 함정은 본인의 무력으로 뚫어 낼 테고, 그 이상의 함정은 너무 요란하여 사전에 눈치를 챌 테니까."

가스파르도 동의를 표했다.

"놈의 야성은 상상을 초월한다. 차라리 정면에서 꺾어 버리는 게 상책이야."

그 말에 올라프가 염려스러운 표정으로 말을 받는다.

"하지만 구데리안 씨는 엄청난 실력자라 알고 있습니다. 그런 사람을 잡아내려면 우리도 마땅한 실력자가 나서야 하지 않겠습니까?"

마땅한 실력자라고 함은 미라벨과 안톤, 하나 더하자면 내 부관으로 합류한 카시우스 로이드 정도였다.

다만 카시우스는 이곳 발라스 지역의 통치자로서, 섣불리 목숨을 걸 수 있는 입장이 아니었다.

남은 건 미라벨과 안톤뿐.

"……?"

미라벨은 자신에게 시선이 모이자 고개를 갸웃했다.

그녀는 이곳 회의장까지 쌍둥이들을 데려온 상태였다. 자신의 품에서 곤히 자고 있는 쌍둥이들을 천천히 흔들어 주며 행복에 겨워하고 있었다.

그러자 류나는 자기도 들어오고 싶었는지 밖에서 떼를 쓰고 있었다.

이곳 회의장 테이블에 간식이 잔뜩 있는 걸 알고 있었던 것이다.

미라벨은 나를 한번 보더니 어깨를 으쓱이며 다시 쌍둥이에게 시선을 돌렸다.

이번 회의는 중앙 대륙의 언어로 하고 있었던 탓에 그녀는 우리가 무슨 얘기를 하고 있는지 모르고 있었다.

"……제가 하겠습니다."

안톤이 나직하게 말한다.

"별동대에 맹장을 배치한 건 기선제압의 의미가 다분합니다. 그러니 제가 적의 예봉을 꺾어 놓겠습니다."

순간 침묵이 흘렀다.

가장 타당한 방법이지만 가장 잔혹한 방법이었다.

안톤의 입장에선 부인의 스승을 죽이게 되는 것이니까.

그것도 그거지만 위험하다.

안톤의 실력은 의심할 여지가 없지만, 동등한 실력자들의 대결은 어떻게 흘러갈지 알 수 없는 법이었다.

소피아는 고개를 끄덕이며 말한다.

"이왕 갈 거라면 확실하게 해요. 애쉬, 가스파르, 엘레나. 당신들 셋이 안톤의 부관으로 가도록 해요. 협공을 한다면 어렵지 않게 처치할 수 있겠죠. 혹은 생포를 해도 되고요."

타당해 보이는 제안이었으나 일리야 스승이 고개를 흔들었다.

"강자들이 그 정도로 몰려다니면, 스승님은 눈치채실 거야. 게다가 그분이 노리는 건 나야. ……내가 혼자 가도록 하겠다."

웅성이는 회의장.

안톤은 오만상을 찌푸렸다.

"일리야! 널 혼자 보낼 순 없어!"

"미안해, 안톤. 하지만 이건 내가 매듭지어야 하는 일이야. 널 위험에 빠뜨릴 순 없어."

"목숨을 버리러 가는 거라고!"

"그럴지도 모르지만 그렇다고 도망칠 수도 없지. 다시 말하지만 이건 내가 해야만 하는 일이야."

안톤은 내게 시선을 돌렸다. 뭐라고 말을 해 달라는 것이다.

나도 반대이긴 했으나 일리야 스승의 표정은 단호했다.

설령 내가 말려도 혼자 용병들을 데리고 가서 맞붙을 생각인 듯했다.

"이게 왜 해야만 하는 일이라는 거죠?"

"그건 나도 몰라. 하지만 스승님이 날 부르고 있다는 건 확실해. 왜 나를 죽이고 싶어 하시는지는 모르겠지만, 뭐가 됐든 매듭을 지어야 할 것 같다."

"허……."

"너무 걱정 마라. 나도 미라벨 님이나 안톤과 대련을 하며 실력을 키웠다. 뭣보다 스승에 대해선 내가 가장 잘 알아. 알스, 부탁한다. 내게 맡겨 다오."

"……안 돼요."

"알스!"

"미안합니다, 그렇지만 스승을 사지로 보낼 수는 없어요.

이번 일에 대해선 제가 직접 담당을 하겠습니다. 많이 귀찮아지겠지만, 전술적인 함정을 유기적으로 조합하여 적이 들어올 틈을 사전에 차단하도록 하겠습니다."

내 결정에 안톤이 안도의 한숨을 내쉬었다.

그는 일리야 스승이 괜한 마음을 먹지 않도록 바짝 붙어 달래 주기 시작했다.

일단락이 된 대책 회의.

이후엔 각자의 일을 보거나 잡담을 하기 시작했다.

유미르에 의해 입장이 통제되고 있던 류나도 기어코 회의장에 들어왔다.

류나는 테이블의 과자들을 보며 눈을 부릅떴다.

다들 손을 대지 않았던 탓에 과자는 테이블마다 수북하게 쌓여 있었다.

류나는 황금이라도 본 것처럼 흥분했다. 곧장 과자를 먹으려 했지만 유미르가 류나를 부드럽게 안아 들었다.

"안 돼. 곧 저녁을 먹을 거야."

울상을 짓는 류나. 그때 미라벨의 품에서 자고 있던 쌍둥이들이 부스스 눈을 떴다.

배가 고팠는지 금방 울먹였다.

미라벨은 자연스럽게 과자를 집어 들어 먹이기 시작했다.

류나는 동생들이 맛있게 과자를 먹는 걸 보며 세상 잃은 표정이 된다.

그러다 문득 방법을 떠올렸는지 내게 시선을 돌렸다.

"아빠!"

내게 오겠다며 발버둥을 치자, 유미르도 놓아주는 수밖에 없었다.

류나는 우다다 내게 뛰어오더니 내 무릎 위에 올라탔다.

그러고는 기대하는 눈치로 나를 올려다보았다.

"도련님, 곧 저녁 식사 시간입니다."

유미르가 넌지시 만류를 해 왔지만 딸을 이기는 아빠는 없는 법이다.

"몇 개만 줄게."

"하아……. 두 개만 주세요. 그 이상은 안 돼요."

"알겠어."

승낙이 떨어지자 류나는 곧장 가장 커다란 과자를 가리켰다.

"저거!"

"저건 세 개짜리라서 안 되는데?"

"이잉……!"

"자, 이거부터 먹자. 네가 좋아하는 벌꿀 과자야."

손톱만 한 크기의 작은 과자였기에 류나는 한참이나 고민

했지만, 입으로 가져다주자 유혹을 이기지 못했는지 '냠!' 하며 과자를 물었다.

"이걸로 이제 하나 남았네."

마지막 과자도 손톱만 한 걸로 주려고 했지만, 이번에는 입을 꾹 다물고 버텼다.

어떻게든 마지막 한 개는 커다란 걸로 먹겠다는 의지의 표명이었다.

그렇게 류나가 버티고 있는 사이.

"알스, 다른 전장에서 소식이 왔어."

내무 일을 봐주고 있던 도로시였다.

군량 관리와 정보 처리를 담당하고 있던 도로시는 중부와 북부 전장에 대한 소식을 가져왔다.

"중부 전선에 배치된 적장은 캘버린이라는 듯해."

"의외네, 대장군 제무토가 중앙에 배치될 줄 알았는데……."

"나도 그렇게 생각했는데, 쥬라스 씨를 막으려면 어쩔 수 없다고 생각했나 봐."

압도적인 존재감을 가진 쥬라스. 스벤너의 대장군이자 악뇌로 불리는 제무토는 자신 외에는 쥬라스를 막을 수 있는 자가 없다고 판단했다.

하여 중부에는 캘버린과 2장군 하시쿠란을 배치하여 카이엔과 맞붙게 하고 자신이 북부로 가서 쥬라스와 대치를 한 것이다.

"구도가 독특하네."

"그러니까 말이야."

북부, 중부, 남부로 나뉜 이번 전쟁은 각각의 연계가 무척 중요했다.

"그런 의미에서 캘버린을 중앙에 배치한 걸지도 모르겠네. 그쪽은 뭐라고 할까, 유들유들하니까."

"지금 적군의 첩보망이 어떻게 구축되어 있는지 추적 중이야. 완료되면 바로 알려 줄게."

"고마워."

"휴우! 전쟁이 시작되니 바쁘네."

"아직 제대로 시작되지도 않았는데 뭐. 지금은 쉬어 가면서 해."

"그래야겠어."

도로시는 격무로 인해 당이 부족했는지 내 옆에 앉아 과자를 먹기 시작했다.

이에 류나는 새로운 먹잇감을 포착한 것처럼 도로시의 팔꿈치 쪽 옷을 잡아당겼다.

"응? 왜?"

"나도 먹을래!"

"먹여 달라고? 하여간, 넌 어쩜 이렇게 먹성이 좋니? 자."

곧바로 받아먹는 류나.

이건 내가 준 게 아니니 마지막 한 개에 카운트되지 않는다고 생각한 듯했으나……

"끝이야, 류나."

유미르는 기다렸다는 듯 류나를 낚아챘다.

"아빠가 주는 건 아직 안 먹었어!"

"그런 잔꾀는 안 통해."

"으아아앙! 아빠……!"

울부짖으며 끌려 나가는 류나.

그 보고가 들어온 건 류나가 끌려 나가고 고작 10분 뒤의 일이었다.

"폐하!"

후다닥 달려와 부복하는 첩보원.

그는 사색이 되어 소리쳤다.

"적군이 2만의 병력으로 진군 중! 목표는 우리의 핵심 진지인 포드라인 듯합니다!"

돌연 공격을 해 온 상대.

이는 우리의 예상을 벗어나는 일이었다.

겨울의 전쟁이 혹독한 이유는 날씨 때문이다.

지독한 더위로 죽는 병사들은 많지 않은 반면, 추위로 병사들이 죽는 건 비일비재한 일이었다.

아무리 옷을 두껍게 입어도 근본적인 한계라는 게 있다.

필히 난방을 해 줘야 했는데, 이곳 세계는 전기가 없는 탓에 난방은 오직 땔감에 의존해야만 했다.

그나마 건축물 안이라면 난방이 쉽지만, 외부에선 그렇지 않았다.

하물며 병력이 2만이나 되면 필요한 땔감의 물량은 상상을 초월한다.

그러니 겨울에는 장기전이 불가능한 것이다.

행군의 어려움이나 기타 다른 이유도 있긴 하지만, 날씨로 인한 영향이 가장 크다.

현재 날씨는 체감상 영하 6도 정도. 그런 상황에서 상대는 2만 명을 진군시켜 전쟁을 하려 한 것이다.

곧장 남부 전장으로 돌아온 나는 그에 대한 대처를 해야만 했다.

"적의 동태는 어떻죠?"

"목표를 향해 쾌속으로 진군하고 있습니다."

"발목을 잡히면 곤란해진다는 걸 알고 있는 거군요, 흠."

소피아가 미간을 찌푸리며 말했다.

"어리석은 짓을 하는군요. 내게 병력을 줘요, 함부로 우리 구역으로 들어온 놈들을 붙잡아 말려 죽일 테니까."

"그렇게 간단하게 될 것 같지는 않아요."

"무슨 뜻이죠?"

"이렇게 의도가 뻔히 보이는 작전이면 보통 뒤가 구린 법이거든요. 성동격서일 가능성이 높아요."

시선을 끌고 다른 곳에서 이득을 취하는 것이다.

'별동대를 이용했던 건 이런 이유였군.'

나는 상대가 노리는 지점이 어디인지 알 것 같았다.

내 설명에 소피아도 눈을 크게 뜨며 고개를 끄덕였다.

부대를 전개하며 요란하게 움직이는 적군.

내 부관으로 움직이고 있던 애쉬가 적 2만의 병력을 보며 말한다.

"그러니까 저게 전부 미끼라는 거지?"

"아마도."

성동격서의 계책.

2만의 병력을 미끼로 두어 다른 별동대의 움직임을 감추는 것이다.

"그렇담 그 별동대를 주의해야 하는 것 아니야?"

"굳이 그렇게 끌려다닐 필요는 없으니까. 상대가 노리는 건 기껏해야 군량 창고일 테니까. 그 정도는 내주지 뭐."

식량이 전부 손실된다고 하면 뼈아프긴 하겠지만, 결국엔 복구가 가능하다.

뭣보다 우리에겐 엘란 왕국이라는 든든한 아군이 있다. 항로도 개척되어 있으니 여차하면 그쪽에서 식량을 받아 와도 된다.

"그러니 차라리 미끼로 온 2만의 병력을 잡아먹는 게 이득이야. 군량 정도는 줘 버리고 말지 뭐."

"과연."

그렇다곤 해도 내가 이런 선택을 할 거라는 것 정도는 눈치를 채고 있을 테다.

'그 경우 상대도 두 가지 중 선택을 하겠지.'

미끼가 된 2만의 병력에 함정을 설치하든가, 그도 아니면 별동대의 규모를 늘리든가.

나는 그걸 알아보기 위해 상대 별동대가 본격적으로 움직이기 전에 2만의 미끼를 먼저 타격하기로 했다.

선봉장을 맡은 안톤은 목청을 가다듬고 소리친다.

"놈들이 더러운 발로 우리 영토를 유린하는 것을 용서하지 마라! 간다!"

좌측에선 안톤이, 우측에선 엘레나가 각각 3천의 병력을 이끌고 적의 측면을 후려쳤다.

여기까진 순조로웠다. 적은 둘의 돌파력에 당황하며 흔들리기 시작했다.

여기서 어떻게 군을 움직일 것인가.

펜실론의 전설적인 장군 란시아 갈레론의 선택을 지켜보고 있던 내게, 그들의 움직임은 소름이 돋는 것이었다.

"뭐야, 저건……."

적 병력의 움직임은 내 예상을 크게 빗나가 있었다.

진형이 무너지지 않도록 병력을 추스르는 게 아니라, 그냥 흐름에 맡기고 있었다.

현재는 우리가 파고드는 흐름이었던 만큼 적의 피해는 계속해서 누적돼 갔다.

"적장은 멍청이인가? 아무런 대책도 내놓지 않고 방관을 하다니 말이야."

애쉬는 한껏 조소했다.

"이러면 우리 본대도 들어가도 되겠는데?"

"……."

"알스?"

"……당장 후퇴 명령을 내려라! 후방의 소피아에게도 움직임을 멈추라고 전해!"

"뭐? 왜? 잘돼 가고 있잖아."

"상대가 의도한 바야!"

우리가 전황을 좋게 보게 만드는 것.

란시아가 쳐 놓은 함정은 그것이었다. 그것을 통해 내 심장을 후벼 파려 하고 있었다.

한편, 2만에 달하는 스벤너군을 지휘하고 있던 란시아 갈레론은 멍하니 상황을 관망하고 있었다.

　스벤너의 장교들은 발을 동동 굴렀다.

　"자, 장군님! 적의 기세가 심상치 않습니다! 대책을 세워 군의 혼란을 최소화해야 합니다!"

　"……."

　"장군님!"

　란시아는 스벤너군의 입장에선 갑자기 나타난 객장 같은 위치였기에 스벤너의 장교들은 수수방관을 하고 있는 란시아의 태도에 답답함을 참지 못했다.

　계속해서 진언을 하고 있었으나 란시아는 멍하니 상황을 지켜볼 뿐이었다.

　그러다 안톤과 엘레나가 더 깊숙이 들어온 순간, 입을 뗀다.

　"전쟁에 있어 가장 중요한 요소는 무어라 생각하지?"

　"예?"

　"조금 표현을 바꿀까. 전투를 이기기 위해선 뭐가 필요하다 생각하나?"

　"그, 그거야 병사들이 필요합니다."

　"그렇지. 병사가 있고, 그 병사들을 이끄는 장교가 있고, 그 장교에게 지시를 내리는 장군이 있는 거다."

란시아는 그중에서 장교의 중요성을 강조했다.

"아무리 뛰어난 장군이라고 해도 장교들이 무능력해서야 의미가 없지. 지금의 너희들처럼 말이다."

"⋯⋯!?"

"뭐, 걱정 마라. 이미 포석은 끝났으니까. 슬슬 시작할 때다."

그 말이 끝나기 무섭게, 병력 사이에서 움직임이 일어났다. 란시아가 미리 지시를 하여 병력 사이에 숨겨 둔 정예부대였다.

그 정예부대들이 깊숙이 파고든 안톤과 엘레나를 노리고 움직였다.

그 움직임은 음습하고, 치밀했다.

안톤과 엘레나 둘이 기세 좋게 파고든 것도 있어서, 둘은 포위를 당하고 말았다.

"적의 장교들을 노려라. 알스 일라인, 놈의 수족을 끊어 버리는 거다!"

이게 굳이 겨울에 군을 움직인 이유였다. 봄에 있을 대전쟁에 앞서 능력 있는 적의 장교들을 제거해 두는 것이다.

그걸 위해 2만의 병력을 미끼로 두고, 1만의 별동대마저 소모품으로 내버렸다.

장교들의 숨통을 조여 오는 포위망.

알스의 퇴각 지시를 발 빠르게 전달받은 안톤은 몇 명의 장교를 잃는 것으로 피해가 그쳤으나, 화끈하게 파고들었던 엘레나는 달랐다.

"크윽!"

"엘레나 님! 어서 퇴각을! 크악!"

엘레나는 진퇴양난의 상황에 빠져 있었다.

퇴각을 하려면 군을 반전시켜야 했는데, 그러기엔 너무 깊숙이 들어오기도 했고, 적진에 숨어 있던 정예 병력이 허리를 끊으며 혼란에 빠져 버리고 만 것이다.

거기다 그녀를 덮친 스벤너의 무장들의 수준도 상당했다.

그들은 기계적인 협공으로 엘레나를 몰아붙였다.

엘레나의 휘하 장교들은 필사적으로 그녀를 지키고 있었으나, 그 숫자가 계속해서 줄어들고 있었다.

'이대로 가다간……!'

붙잡힐 수도 있다고 판단한 엘레나는 필사의 각오로 창을 꼬나들었다.

설령 죽는 한이 있더라도 생포되지는 않겠다는 의지의 표명이었다.

이에 상대 무관들도 기세를 올리며 각오를 다졌다.

그러던 그때. 쾅! 하는 거친 소리와 함께 애쉬의 특공대가 진형을 파고들어 왔다.

"엘레나 씨! 제가 퇴로를 만드는 사이에 빠져나오세요!"

엘레나는 애쉬가 만들어 준 틈을 타고 가까스로 탈출할 수 있었으나 그녀의 휘하 장교들은 모조리 사냥을 당하고 말았다.

병력의 피해는 스벤너의 군대가 훨씬 많이 보긴 했으나, 알스 측은 장교들을 잃고 만 것.

알스는 그 피해에 떫은 표정을 짓고는 적진을 가리키며 소리친다.

"빠르게 태세를 가다듬어라!"

알스는 미리 빠져나온 안톤의 부대가 정비를 끝마치기 무섭게 본대와 함께 밀고 들어갔다.

란시아가 노리는 게 장교라는 걸 알았으니 힘으로 밀고 들어가려 한 것.

이에 란시아는 입꼬리를 올리며 웃었다.

"제법이군, 역시 린드민의 자손이라는 건가. 군사적 재능은 타고난 모양이야."

알스를 향해 찬사를 보낸 란시아는 미련 없이 군을 후퇴시키기 시작했다.

그 추격 과정에서 2천의 병력을 더 손해 보며 스벤너군이 가시적인 패배를 당하긴 했으나, 란시아는 웃고 있었다.

"지금 이 전투는 사족에 불과하다는 걸 알고 있겠지?"

그 말대로, 애초에 이 2만의 병력은 미끼였다.

알스는 낭패한 얼굴이 되어 있었다.

뭐가 됐든 적의 병력을 잡아먹으면 이득이라 판단을 하고 있었지만, 적은 애초에 병력의 손해는 감수하고 작전을 행하고 있었다.

2만의 미끼도, 암암리에 움직이는 별동대도.

그 목적은 장교 사냥이었다.

"한 방 먹었군……."

알스는 상대 별동대의 움직임을 따라가기 위해 능력 있는 장교들에게 병력을 주어 추격을 시켰다.

소피아, 리시테아, 루크레치아, 일리야, 가스파르 등등.

그들은 군량 창고나 민가를 지키기 위해 바쁘게 움직이고 있었으나, 상대가 진정으로 노리고 있던 건 바로 그들의 목숨이었다.

스벤너 측의 별동대는 교묘하게 움직이고 있었다.

그들은 민가나 군량 창고를 노리는 척, 움직임을 취하며 추격군을 유도했다.

본래 적의 영토에서 이렇게 움직이는 건 자기 목숨은 버리겠다는 독한 의지가 있어야 했다.

설마 스벤너군이 그런 결사의 특공을 할 거라고는 예상치 못한 소피아는 요지를 지키겠다는 심산으로 별동대를 신속하게 전개하고 있었다.

소피아는 순조로운 상황에 어깨를 으쓱였다.

그러던 중, 알스에게서 전령이 도착한다.

"급보! 전하께서 모든 군의 움직임을 멈추고 적의 매복에 주의하라고 명하셨습니다!"

"매복에 주의하라고요?"

소피아는 미간을 찌푸렸다.

적의 영토로 들어온 별동대가 매복을 한다니? 그게 성공할 가능성도 높지 않을뿐더러, 설령 성공한다고 해도 살아 돌아갈 수 있는 가능성이 낮아진다.

별동대의 핵심은 기동력이니까.

그 기동력을 희생하고 한자리에 머무르게 되면 위치를 특정하기 쉬워져서 포위망을 간단히 구축할 수 있게 된다.

"그런 위험을 감수하면서까지 왜……?"

"전하께서 말씀하시길 적의 목적은 우리 장교들의 숫자를 줄이는 것이라 하셨습니다."

"장교 사냥……?"

소피아는 그때까지도 반신반의했으나 곧 보고가 들어왔다.

"보고드립니다! 적이 습격을 도모하던 디란 마을은 안전하다고 합니다!"

"설마 정말로……!"

이후엔 적의 매복으로 인한 교전 보고가 속속 들어왔다.

스벤너는 별동대의 병력을 전부 희생한다고 해도 하나의 장교를 더 제거하면 이득이라는 듯이 움직이고 있었다.

그렇게 병사들을 소모품으로 사용하면서도, 별동대를 지

휘하던 장교들만큼은 기민하게 도주를 했다.

그 악랄한 전략에 소피아는 마른침을 삼켰다.

"듣도 보도 못한 전략이야."

이는 아킬레스건을 찌르고 들어왔다.

상대 별동대에 대해 원활하게 대처하기 위해 각각의 부대에 능력 있는 장교들을 고루 배치했기 때문.

"당장 후발대를 조직하겠습니다! 서둘러 움직여요!"

"옛!"

소피아는 직접 움직여서 적군을 몰아낼 생각이었으나 이미 늦은 상태였다.

일리야는 자신의 앞을 가로막은 상대를 보며 생에 대한 체념을 하고 있었다.

"스승님……."

"때가 왔다. 용병 일리야 안페이, 그 덧없는 목숨은 내가 거둬 가 주마."

매복에 걸려 버리고 만 일리야는 퇴로가 끊겨 있었다.

뭣보다 그들을 덮친 매복군에는 구데리안만 있는 것이 아니었다.

에레보니아 왕국의 수호신이자 모신이 되살린 전설적인 장군, 토도람 돌른도 있었다.

토도람은 구데리안에게 일리야에 대한 처리를 맡겨 두고는 다른 장교들을 사냥하기 시작했다.

"하핫, 란시아 놈의 장교 사냥 전략을 내가 직접 수행하게
될 줄이야. 나쁘지 않은걸."

그의 압도적인 무위로 인해 장교들의 숫자가 빠르게 줄어
들었다.

그로 인해 일리야의 퇴로는 더 빠르게 막혀 갔다.

다행히 원군은 있었다.

"왠지 구데리안 놈의 냄새가 난다 했더니 역시나……!"

근처에서 움직이고 있던 가스파르가 자신의 작전지를 버
리는 강수를 두며 일리야를 지원한 것이다.

일리야를 지원한 가스파르의 움직임은 그런 의미에서 적
의 작전을 파훼한 것이었다.

만약 가스파르가 그냥 자신의 작전지역으로 갔다면 그 또
한 매복군에게 덜미를 잡혔을 테니까.

다만 그렇다고 상황이 좋은 건 아니었다.

토도람 돌른은 좋은 먹잇감이 나타났다며 가스파르의 부
대를 공격했다.

"으하핫! 제 발로 사지로 걸어 들어왔구나!"

"크읏!?"

토도람의 무위는 안톤과 필적했다.

가스파르로서는 버티는 것만으로 벅찼다.

일리야를 도우러 갈 수 있는 여유는 없었다.

가스파르와 일리야, 둘 다 절체절명인 상황에서 가장 먼저

본대의 전령을 전달받은 리시테아의 기마대 3백이 원군으로 도달했다.

"가스파르 씨!"

"하아! 하아! 고맙군……. 조금만 더 늦었다면 분명 죽었을 거야."

가스파르는 온몸에 상처를 입어 피투성이가 돼 있었다.

리시테아는 그를 그렇게 만든 토도람을 보며 마른침을 삼켰다.

토도람은 떫은 표정으로 무기를 거둔다.

"기병을 상대로 난전을 벌이고 싶지는 않군."

그는 병사들을 추슬러 방진을 세웠다.

구데리안이 일리야의 부대를 괴멸시킬 때까지 시간을 벌라는 뜻이었다.

그러고선 자신도 몸을 돌려 일리야와 구데리안이 혈투를 벌이는 곳으로 향했다.

가스파르와 리시테아는 총공세를 가하며 일리야를 구해 보려 했으나, 뒤쪽의 전투는 이미 일리야의 패배로 결판이 나려 하고 있었다.

4장

적의 본군을 물리친 뒤 태세를 정비하고 있던 나는 소피아가 지휘하는 부대 쪽으로 시선을 돌렸다.

적의 목적이 장교 사냥으로 밝혀진 이상 피해가 가장 큰 곳은 병력을 분산한 별동대 쪽이 될 수밖에 없었다.

"……."

안톤은 안절부절못하며 어쩔 줄을 몰라 하고 있었다.

일리야 스승이 적의 매복군에게 붙잡혔다는 소식을 전달받은 다음부터 계속 이랬다.

애쉬가 말한다.

"차라리 안톤 형님을 원군으로 급파하는 게 어때? 본인도 그걸 원하는 것 같은데."

"안 돼, 아직 적의 본대가 멀지 않은 곳에 있기도 하고……. 증원을 가는 병력을 노릴 수도 있는 거니까. 지금 우리는 척후를 확실하게 하면서 천천히 움직이는 게 맞아."

"그건 알고 있는데……."

그런 애쉬의 안색이 변한 건 다음 보고에서였다.

"보고드립니다! 가스파르 님의 부대가 일리야 님의 부대를 지원하려 했으나 다른 매복군에 의해 교전을 벌이고 있다고 합니다!"

"급보! 리시테아 님의 기병 부대가 응원! 가스파르 님을 붙잡은 부대와 교전에 들어갔다고 합니다!"

리시테아마저 휘말렸다는 소식에 애쉬의 표정이 굳어 버렸다.

"그, 그래도 가스파르 씨와 함께 있으니까……."

그렇게 위안을 삼은 듯했으나 이어지는 보고에 녀석은 물론이고 안톤과 나도 놀랄 수밖에 없었다.

"교전 중인 적의 무장이 판명됐습니다! 하나는 구데리안 체스터! 또 하나는 자신을 토도람 돌른이라 칭하는 무장입니다!"

적의 핵심 무장 두 명.

그들이 우리 장교들을 사냥하고 있었다.

"젠장, 내가 못 참겠어! 알스! 기마대 1백 기만 줘! 바로 갈 테니까!"

"⋯⋯."

"알스!"

"그랬다간 우리가 휘둘린다는 인상을 심어 줄 거야."

"그딴 걸 일일이 따질 때야?"

"따져야지. 나는 총대장이니까. 게다가 지금 지원을 가 봤자 의미는 없어. 그러니⋯⋯. 애쉬 네게 1만의 병력을 줄 테니 적의 본대를 공격해서 완전히 쫓아내 버려. 안톤, 엘레나, 둘도 애쉬를 뒤따라 줘요."

그들에게 그런 지시를 내린 뒤에는 귄터를 호출했다.

한 팔을 잃은 뒤부터 훈련 장교로 활약하고 있던 그는 내 갑작스러운 호출에 눈을 동그랗게 떴다.

"갑자기 무슨 일이야?"

"5백의 병력을 줄게요. 당신은 당장 소피아가 있는 곳으로 가 줘요."

"⋯⋯!"

귄터는 내 지시의 의도를 파악해 내고는 서둘러 움직이기 시작했다.

요동치는 전황.

'1만에 가까운 병력을 희생해 가면서까지 장교 사냥을 하려 하다니⋯⋯. 란시아 갈레론, 평범한 장군은 아니야.'

내게는 지금껏 상대해 본 그 어떤 장군보다도 이질적으로 느껴졌다.

소피아는 바쁘게 지시를 내리고 있었다.

"근처에 있는 부대는 어서 증원을 가라 전해요! 일리야 안 페이의 부대가 위험해요!"

그녀는 자신이 있는 본진의 부대를 쪼개어서 계속 파견을 보내고 있었다.

그랬으니 자연스레 그녀가 있는 본진의 수비망은 헐거워질 수밖에 없었다.

그녀는 최후방에 위치한 이곳까지 적 병력이 도달하지 못할 거라 생각하고 안심하고 있었으나, 적은 이미 며칠 전부터 시민으로 위장하여 부근 촌락에서 매복을 하고 있었다.

그들은 소피아가 있는 진형의 수비가 헐거워지자 불화살을 쏘아 불을 지르며 기습을 가했다.

겨울이 되며 날씨가 건조한 상황이었기에 천막에 불이 붙으며 진형은 혼란에 빠지고 말았다.

"이건……!?"

"적습입니다! 소피아 참모장님! 어서 대피를……!"

그녀가 있는 진영에 실력 있는 무장은 이미 없었다.

전부 지원을 보내 버렸으니까.

그런 상황이니 적의 정예 병력은 어렵지 않게 그녀의 앞에 도달했다.

"적장을 포착했다. 틀림없이 소피아 베론이다!"

"생포해라!"

가망이 없음을 인지한 소피아는 자결을 하려 했으나 다행스럽게도 귄터의 증원이 적절하게 도착했다.

"으아아앗!"

사람 두께만 한 통나무를 한 손으로 휘두르며 적을 뒤로 물린 귄터는 데리고 온 병력으로 방진을 펼치며 소피아를 보호했다.

그러나 귄터는 적 정예병의 수준이 생각 이상으로 높다고 판단하고 부근의 군사 요새를 목적지로 삼아 서서히 후퇴하기 시작했다.

이에 적 병력도 추격을 단념하고 물러나야만 했다.

귄터는 안도의 한숨을 쉬었다.

"적들이 생포를 하려 했기에 망정이지, 그렇지 않았으면 어떻게 됐을지……. 괜찮아, 소피아?"

"전 괜찮아요. 그보다 귄터, 당신도 어서 일리야 안페이를 지원하러 가 줘요. 한시가 급해요!"

"미안하지만 알스가 내게 내린 명령은 널 보호하는 거야. 네 안전이 완벽하게 확보될 때까지는 움직일 수 없어."

"으으……! 그럼 어서 가요!"

귄터가 고집을 꺾지 않을 거라 확신한 그녀는 요새로의 발걸음을 빠르게 했다.

그녀가 도착한 요새는 중부 지역과 접경한 관문 요새였다.

알바드의 군대가 포진해 있는 곳으로, 루트거가 지키고 있는 곳이었다.

루트거는 상황을 전해 듣고는 고개를 끄덕였다.

"장교 사냥이라니……. 말도 안 되는 짓을 하는군."

"하지만 그게 정곡을 찔렀어요. 만약 일리야 안페이가 사망한다면 군의 손실은 물론이고 알스가 어떻게 반응할지는 뻔해요."

"그렇겠지. 알스는 평정을 잃을 게야. 그렇게 되면 적장으로서는 바라 마지않는 상황이 될 테고."

"병력을 주세요. 지금 당장 지원을 갈 거예요."

사후 약방문이 되겠지만 그거라도 해야만 할 것 같았다.

이에 루트거는 고개를 끄덕이곤 1천의 병력을 급파했으나 이미 그쪽의 상황은 경각에 달해 있었다.

구데리안에게 발목을 붙잡힌 일리야는 커다란 열세에 처해 있었다.

상황도 별로 좋지 않았을뿐더러, 구데리안과의 대결에서도 크게 밀리고 말았다.

실력 자체도 구데리안이 미세하게 좋았고, 뭣보다 일리야는 전력을 다하지 못하고 있었다.

캉! 구데리안은 검을 후려쳐 일리야를 밀쳐 낸 뒤 말한다.

"뭐 하는 것이냐. 그게 네 전력은 아닐 텐데."

"……."

"스승에 대한 예우를 차리는 거라면 쓸데없는 짓이다. 만약 네가 똑같은 상황에 처했다고 하면 어찌했겠느냐? 알스 일라인이 네게 칼을 겨누길 주저한다면 말이다."

"……알스에게 전력을 다하라 하겠죠."

"그걸 알고 있다면 지금 내게도 전력을 다해라."

꾹! 일리야는 병장기를 쥔 손에 힘을 주며 독기를 품었지만 곧 울상이 되며 표정이 무너지고 말았다.

"전 할 수 없습니다. 저를 나락에서 구원해 준 스승님을 죽여야 한다니……. 그런 건……."

"내가 너를 나락에서 구했다라……. 과연 그럴까?"

"예……?"

"그 반대라는 거다. 나는 너를 나락에 빠뜨리고 말았어. 그걸 바로 세우기 위해서라도 일리야 안페이, 너를 죽일 필요가 있는 거다."

"그게 무슨……?"

"일리야, 잠깐 옛날얘기를 하겠느냐?"

구데리안은 창을 땅에 세우며 애틋한 눈빛으로 말을 이어 갔다.

"네가 전쟁고아인 너를 처음 만난 게 여덟 살 때였지. 그때 너는 내게 물었었다. 사람은 어떻게 해야 행복해질 수 있냐고, 어떻게 해야 안식을 가질 수 있냐고 말이야."

일리야는 고개를 흔들었다. 자신이 무엇을 물었었는가가 기억나지 않았던 것이다. 다만 스승이 뭐라 대답했는지는 기억이 났다.

"스승님께서 말씀하셨죠, 강함이야말로 자신을 지키는 방법이라고. 그래야만 자신의 행복을 지키고 안식을 얻을 수 있다고요."

일리야는 그 말을 믿고 무예를 수련했다. 전쟁고아로서 처절한 삶을 살았었던 그녀는 구데리안의 그 대답이야말로 진리라고 믿었다.

구데리안은 회한에 젖은 표정으로 미소 지었다.

"그런데도 일리야, 너는 지금 무엇을 하고 있는 게냐?"

"예?"

"네 행복을, 안식을 찾았음에도 어째서 전장에 나왔냐는 거다."

"그건……."

"알스 일라인에 대한 충성심? 그거라면 네 남편에게 맡겨 뒀으면 충분했을 터."

"……."

일리야는 반박하지 못했다.

구데리안은 타이르듯 말한다.

"그게 네 삶이었으니 당연하다고 생각한 거겠지. 그리고 널 그렇게 만든 게 바로 나다. 뛰어난 제자를 얻고 싶어 안달이 났던 그 당시의 나 말이다."

그는 다시 창을 잡았다.

"전력으로 덤벼라, 일리야. 모든 것을 담아서 내게 부딪쳐라. 그래야만 네게 씌워져 있는 나의 망령을 죽일 수 있으니까."

"……!"

"어서!"

일리야는 입술을 질끈 깨물며 병장기를 쥔 손에 힘을 주었다.

그러고는 구데리안에게 달려들어 자신이 할 수 있는 최고의 공격을 가했다.

그러나 구데리안은 그 공격조차 받아넘기며 서걱! 일리야의 가슴께에 매어져 있던 휘장을 베어 버렸다.

그 휘장은 그녀가 용병이자 리안드의 장교임을 증명하는 것이었다.

구데리안은 웃으며 말했다.

"이걸로 용병 일리야 안페이는 죽었다. 그러니 이제 다시는 전장에 나오지 말도록 해라. 아이들을 돌보고 남편과 사랑을 나눠라. 느긋하게 자손들이 자라 가는 걸 지켜보며 사소한 행복을 즐겨라. 그게 바로 네가 줄곧 찾아오던 해답이 니까."

"스승님……."

"대답이 늦어져서 미안하구나. 20년이 지나고 나서야 제 대로 된 대답을 줄 수 있다니. 스승으로서 실격이군."

"그렇지 않습니다! 제게 스승님은……!"

"군말은 필요 없다. 이제 가라."

그 지시에 병사들은 아연해했다. 적의 핵심 장교를 살려서 보낸다는 뜻이었으니까.

이에는 일리야도 움직일 수 없었다. 이렇게 된다면 구데리 안이 어떻게 될지는 뻔했으니까.

배신자로 낙인찍혀 처형을 당할 게 뻔했다.

'스승님은 처음부터 이렇게 될 줄 알고……!'

자신의 제자를 구해 내고 본인은 전장을 무덤 삼아 죽는 것. 그것이 구데리안이 내놓은 결론이었다.

과격파 수인들의 무리를 이끌며 입장상 알스와 적대를 할 수밖에 없던 그였기에 이런 식으로 퇴장하기로 마음을 먹은 것이다.

알스와 적대하지 않을 수도 있고, 자신이 배반했다는 사실 이 알려지면 스벤너 내에서 과격파 수인들의 입지도 크게 줄 어들 테니까.

이 경우 훗날 알스가 대륙을 통일할 때도 좋은 상황이 될 것이다.

스벤너에게 버림받은 과격파 수인들은 결국 반대편인 알스에게 숙이고 들어갈 수밖에 없어질 테니까.

상황이 그렇게 되게끔 뜻이 통하는 일부 수인들에게는 미리 언질을 해 두었다.

모든 걸 끝마친 구데리안은 순순히 죽음을 받아들일 생각으로 표표하게 서 있었으나 방해꾼이 나타나고 만다.

"지금 이건 무슨 상황이지?"

가스파르와 리시테아에게 큰 부상을 입히며 적 부대를 쫓아내고 돌아온 토도람 돌른이었다.

피 칠갑이 된 그는 구데리안의 행태를 보며 눈매를 좁혔다.

"적의 장교를 처치하라고 했지, 놔주라곤 안 했는데?"

"처치는 했다. 앞으로 일리야 안페이라는 무장은 다시는 전장에 나오지 않을 테니까. 그것만으로 부족한가?"

"당연히 부족하지! 듣자니 저 여자가 알스 일라인의 스승이라고더군. 그러니 죽여야만 알스라는 놈을 흔들 수 있어."

그렇기에 일리야가 있는 쪽에 전력이 집중된 것이었다. 란시아 갈레론이 의도적으로 일리야를 노렸던 것.

"지금이라도 죽인다면 눈감아 줄 수는 있는데?"

"안타깝지만 그건 안 되겠어. 내 제자는 앞으로 펼쳐질 행복을 누릴 예정이거든."

구데리안은 살기를 피워 올리며 토도람과 대치했다.

토도람은 입꼬리를 올렸다.

"한번 맞붙고 싶었는데 잘됐군……! 여봐라! 저년을 당장 처치해라! 절대 놓치지 마!"

병사들은 토도람의 말을 따를 수밖에 없었다.

병사들은 무기를 쥔 채 일리야의 숨통을 조였다.

일리야는 1백 명이 채 남지 않은 병사들과 함께 최후를 기다릴 수밖에 없었다.

그 순간 구데리안이 고개를 끄덕였다.

"늦지 않게 와 줬나 보군."

"……?"

더그덕! 쾅! 포위망을 뚫어 내는 정체불명의 기마대.

그 선두에 선 중갑의 무장은 일리야 쪽으로 빠르게 다가왔다.

"일리야 씨! 이 말에 타세요!"

"넌…… 애거트?"

"잔말 말고요! 구데리안 아저씨의 희생을 헛되게 할 생각입니까!?"

애거트는 구데리안의 부탁을 받고 사전에 대기를 하고 있었다.

이 모습에 토도람은 오만상을 찌푸렸다.

"빠져나갈 수 있을 줄 아느냐!"

그는 오러를 잔뜩 실은 단검을 투척하려 했으나 캉! 구데리안이 그 단검을 쳐 내며 그의 목을 노렸다.

"큭!"

토도람은 그 위협적인 공세에 발이 묶여 버린다.

구데리안은 마지막으로 일리야에게 말한다.

"시트리아, 이게 네 본래 이름이다."

"······!?"

"네가 태어났던 마을의 생존자를 우연히 만났거든. 뭐, 궁금할 것 같아서 말이야. 이제 가라, 어서!"

일리야는 여전히 움직일 생각이 없었기에 애거트가 억지로 말에 태워야 했다.

"이랴!"

도주하는 애거트와 일리야.

구데리안은 그 뒷모습을 보며 미소를 지은 뒤, 자신의 최후의 전투에 임했다.

가슴을 졸이며 보고를 기다리고 있던 내게 전령이 후다닥 달려 들어와 소리친다.

"보고드립니다! 적의 매복에 발목이 붙잡힌 부대들이 대부분 퇴각하여 태세를 정비했다고 합니다!"

"일리야 안페이의 부대는요?"

"그쪽 방면의 전투도 끝이 났다고 합니다. 가스파르, 리시테아 군장님은 큰 부상을 입고 후퇴! 일리야 안페이 님의 부대도 소식이 두절된 상태입니다."

흘러가는 침묵.

애쉬는 눈을 부릅떴다.

"리시테아가 다쳤다고!? 어떤 부상인데!"

"구체적인 부분에 대해선 아직입니다."

"젠장! 지금 그들은 어디 있지?"

"슬라바 보급기지로 후퇴한 상황입니다."

애쉬는 씩씩거리며 내게 말한다.

"알스, 이것까지 막진 말아 줘."

"……그래. 유미르, 너도 같이 갔다 와."

유미르도 내심 가스파르의 상태가 궁금했는지 군말 없이 고개를 끄덕였다.

그렇게 둘이 떠나가고 난 뒤. 다른 이들 모두가 안톤의 눈치를 보고 있었다.

안톤은 눈을 질끈 감은 채 아무런 말도 하고 있지 않았다. 애쉬와는 달리 내 명령 없이는 움직일 생각이 없는 모양이다.

사사로운 감정보단 나에 대한 충성심을 우선하고 있었다.

"참 어려운 일이야. 그렇지?"

올라프가 탄식하며 그렇게 말했다.

"무슨 뜻이에요?"

"가족이 전투에 참여하고 있다는 것 말이야. 나야 메이센과 율리아는 후방 지원 역할이니 걱정이 없지만, 너희는 다르니까."

"똑같은 거예요. 메이센과 율리아 누나는 오매불망 당신의 무사 귀환을 기도하고 있을 거예요. 전장에 나와 있는 병사들도 그렇죠. 결국엔 모두 같은 겁니다."

"뭐, 이성적으로 생각하면 그렇지. 하지만 정말로 가족이 목숨을 잃게 되면 모든 것이 일그러지고 말아. 그런 이성적인 냉정함은 사라지고 복수심만이 남게 되지. 란시아 갈레론이라는 적장은 그 부분을 노린 게 아닐까 싶어."

"아마도 그렇겠죠. 놈은 내가 어떻게 반응할까를 보고 싶었을 거예요. 내 성향과 그릇을 보고 싶었던 거죠."

"단순 심리전을 위해 1만에 가까운 병력을 희생시키다니. 역시 전설적인 장군답게 통이 크네."

적이 벌인 장교 사냥은 의외로 타격이 컸다.

핵심 장교들은 둘째 쳐도 중급 장교, 상급 장교들이 무수히 많이 죽어 나갔기 때문이다.

중급 장교들이야 하급 장교들을 대거 승급시키면 일정 부분 충당이 가능하니 괜찮았지만, 상급 장교들은 아니었다.

"……."

"……."

숨 막히는 공기 속에서 조용히 흘러가는 시간.

다들 일리야 스승의 전사 보고를 기다리고 있었다. 상황이 이렇게 된 이상 스승이 생환한다는 경우의수는 상식적으로 없었으니까.

안톤도 그렇게 생각했는지 감정을 누른 목소리로 내게 말한다.

"부디 그녀의 죽음에 동요하지 말아 주십시오."

"……."

"일리야도 그러길 바라고 있을 겁니다. 복수심에 사로잡혀 일을 그르치지 말고 부디 굳게 마음을 먹어 주십시오."

"……알고 있어요."

본인이 가장 상심한 상태일 텐데도 나를 위로하고 있었다. 그렇기에 더욱 와닿았다.

복수는 할 거다. 하지만 그것으로 인해 일을 그르칠 생각은 없었다. 복수를 위해서라도 더 냉정하게 상대를 물리칠 생각이었다.

그런 각오를 하고 있던 차.

또 하나의 전령이 헐레벌떡 뛰어 들어왔다. 다들 올 것이 왔구나 하는 표정을 지었지만…….

"급보! 일리야 안페이 군장님이 생환! 무사히 소피아 님의 부대와 합류했다고 합니다!"

"대체 어떻게……! 적이 흘린 거짓 정보일 가능성은요?"

"없습니다! 귄터 장교님께서 직접 정보를 전달해 주셨습니다!"

"허……!"

어찌 된 일인지는 알 수 없었지만, 최악의 상황은 피한 것이었다.

나는 즉시 채비를 갖추고 소피아가 상황을 정비하고 있는 슬라바 보급기지로 향했다.

장교 사냥을 위해 움직인 적군.

그로 인한 병력의 피해는 적이 훨씬 더 많았지만, 장교들의 피해는 우리 쪽이 압도적이었다.

소피아는 첩보망을 종합하여 그 피해 규모를 계산하고 있었다.

일리야 스승은 그 옆에서 혼이 빠져나간 표정으로 앉아 있었다.

"일리야!"

안톤은 감정이 북받쳐 올랐는지 그녀를 와락 끌어안았다.

나는 소피아를 향해 물었다.

"당신이 지원을 보내서 스승을 구한 건가요? 그런 거라면……."

그러나 소피아는 고개를 흔들었다.

"우리와는 관계없는 적들의 내부 알력이 있었던 것 같아요."

"내부 알력이요?"

"우리 군이 아니라 적군이 그녀를 구했으니까요. 애거트라고…… 당신이 가장 잘 알고 있을 텐데요."

"애거트가……!"

캘버린의 부관으로 전쟁터를 누비며 요소요소에서 우리를 도와주고 있는 애거트.

다만 이번 전쟁에서 캘버린은 중부 전선을 맡고 있는 상황이었기에 애거트와도 연락이 힘든 상태였다.

"자세한 얘기는 일리야에게 들으세요. 전 병력 재편성으로 한창 바쁘니까요."

소피아는 올라프를 붙잡더니 자기 일손을 돕게 했다.

올라프는 괜히 따라왔다며 울상을 지었다.

나는 안톤과 스승이 해후를 나누는 걸 느긋하게 기다린 뒤 그녀에게 물었다.

"스승, 대체 무슨 일이 있었던 거예요?"

그러자 스승의 표정이 무너졌다. 닭똥 같은 눈물을 흘리며 얘기를 시작했다.

그 전말을 전해 들은 나는 한동안 말문을 잇지 못했다.

"구데리안……."

그의 태도를 보면 여러 가지 생각을 하고 있음을 느끼고 있었다.

도무지 통제할 수 없는 과격파 수인들을 입장상 억지로 이끌게 되면서 상당한 고뇌를 했을 것이다. 테토라 아니스트리가 사주를 했다고는 해도 그들은 수많은 민간인을 학살했다.

부하가 저지른 짓이라고 해도 구데리안으로서는 책임감을 느꼈을 테다.

그와 더불어 수인들의 미래에 대해서도.

그들이 민간인 학살을 자행한 이상 전쟁이 끝난 이후에는 어떤 식으로든 책임을 져야만 했다.

그걸 위해 이번 일을 벌인 것이다.

수인들의 수장인 구데리안이 대놓고 배신을 한 이상 스벤너도 수인들 전체에 대한 의구심을 품을 수밖에 없었다.

'그렇게 되면 우리에게 투항할 명분이 생기게 되지.'

아마 개심이 불가능한 자들에 대해선 스벤너 쪽에 남겨 두고, 그렇지 않은 수인들에 대해서는 전부 우리 쪽으로 투항을 시킬 생각일 테다.

그 첫 번째 단추가 되기 위해 그는 짐을 자신이 짊어지고 죽기로 결정했다.

그 타이밍이 이번이었던 이유는 일리야 스승 때문이었다.

어떻게든 자신의 손으로 마무리를 짓고 싶었으니까.

"……알스."

스승은 감정을 억누르지 못한 채 말을 이어 갔다.

"나는 이제 전장을 떠날 생각이다. 스승님의 마지막 뜻을 어기고 싶지 않아. 그러니 이해해 다오."

"이해합니다. 용병이자 우리 리안드의 군장인 일리야 안페이는 지금 이 시간부로 퇴역을 시키겠습니다."

구데리안의 뜻은 내게 있어서도 와닿았다.

나도 똑같은 생각을 하고 있었으니까.

하여 이참에 에오니아를 퇴역시키려 했으나 에오는 절대 그럴 수 없다며 고집을 부렸다.

나와 같이 퇴역한다면 모를까, 자기만 먼저 퇴역할 수는 없다는 것이다.

그 고집만큼은 도무지 꺾을 수가 없었기에 단념하는 수밖에 없었다.

일이 이렇게 끝난다면 그나마 뒤끝은 없을 수 있었으나 상대는 굳이 그 뒤끝을 만들었다.

다름 아닌 구데리안의 시신을 우리 진형으로 보낸 것이다.

이튿날의 정오.

드르르륵! 허름한 수레에 구데리안의 시신이 실려 왔다.

이게 정중한 행위였으면 오히려 호의를 샀겠으나, 그 반대였다.

시신은 여기저기 손상되어 욕보인 상태였다. 몸 곳곳에 수인들의 언어로 배신자라 쓰여 있었고, 그가 평생 병장기를 휘두르던 양팔은 갈기갈기 찢겨 뼈가 보였다.

"스승님······!!"

일리야 스승은 통곡하며 그 시신을 끌어안았다.

복수심에 불타는지 퇴역을 철회할 기세였으나 안톤이 그녀의 어깨를 꽉 붙잡았다.

"걱정 마, 일리야. 놈들에 대한 복수는 내가 반드시 끝마칠 테니까."

이글이글 타오르는 눈빛.

군의 장교들도 동료 장교를 잃었다는 복수심에 전의를 불태우고 있었다.

수많은 장교를 잃는 타격을 입었지만, 군의 사기와 결속력만큼은 오히려 전보다 상승해 있었다.

이번 교전은 전초전, 탐색전의 의미가 강했던 만큼, 적도 그 이상은 군을 움직이지 않았다.

마침 지독한 한파가 찾아오기도 해서, 양 군대는 거리를 벌린 채 웅크리기에 들어갔다.

우리도 군의 피로도를 생각해 병사들을 3일 간격으로 번갈아 가며 주둔시키고 있었다.

이럴 땐 차라리 눈이 펑펑 쏟아지는 게 더 나았다.

그 경우 우리도, 적도 진군이 불가능해지기 때문.

그 눈 소식이 온 건 일주일이 더 지난 뒤의 일이었다.

구멍이 뚫린 듯 펑펑 쏟아지는 눈.

시설 부근과 보급로 부근의 제설 작업을 끝낸 뒤에는 전체적으로 여유가 생겼기에, 적의 동태 파악을 위한 첩보 인력을 증원한 후 최소한의 병력만 남겨 두고 군에 휴무령을 내렸다.

휴무라고 해 봐야 언제 소집을 받을지 모르니 전장과 가까운 인근 도시에서 지내는 것에 불과했지만, 병사들은 그마저도 행복해했다.

그렇게 여유가 생기고 나니 우리도 휴식을 취할 수 있었다.

나는 소피아에게 현장 지휘를 맡긴 뒤 다른 가신들과 함께 그란셀의 저택으로 귀가하기로 했다.

워낙 눈이 많이 온 탓인지 마차로 꼬박 이틀을 이동해야 했다.

그 마차 안의 분위기는 더없이 무거웠다.

적장과 혈투를 펼쳤던 가스파르가 아직도 혼수상태에 있었기 때문이다.

제때 치료를 받았기에 망정이지, 그게 아니었다면 현장에서 사망했을 수도 있는 큰 부상을 입었었다고 한다.

리시테아의 경우도 무려 5일간을 혼수상태에 빠져 있었고, 심지어는 한쪽 눈을 다쳐 실명돼 버리고 말았다.

애쉬는 안타까운 표정으로 리시테아의 안대를 보고 있었다.

"토도람 돌른……."

내 가신 둘에게 큰 부상을 입히고 구데리안을 사살한 전설적인 명장.

안톤은 그 이름을 뇌까리며 조용히 전의를 불태우고 있었다.

그렇게 도착한 저택에선 그래도 무거운 분위기를 해소해 주었다.

아이들이 저택 마당에서 눈사람을 만들며 놀고 있는 모습을 보니 절로 미소가 지어졌던 것.

일리야 스승은 감정을 주체하기 힘들었는지 후다닥 달려가 아들 가웨인을 끌어안았다.

"흑! 가웨인……!"

"엄마?"

가웨인은 엄마가 우는 걸 처음 봤는지 멀뚱멀뚱한 표정을 지었다.

류나와 쌍둥이들도 나를 발견하고 우당탕 뛰어오기 시작했다.

류나는 자기가 만든 눈사람을 자랑하고 싶은지 가장 의욕적이었다.

그러나 축 늘어져 있는 가스파르를 보고는 우뚝 멈춰 섰다.

"할부지, 왜 그래? 아파?"

용케도 할아버지라는 개념을 알게 됐는지 류나는 걱정스러운 듯 가스파르를 바라보았다.

"너무 걱정 마. 곧 일어날 테니까."

그러나 상황은 말처럼 희망적이지 않았다.

가스파르가 워낙 고령인 탓에 회복력이 따라 주지 않았던 것이다. 마치 양초가 서서히 꺼져 가듯, 생명력을 잃고 있었다.

이곳의 신성 마법은 외상은 기가 막히게 치료해 줄지언정 원기를 회복시켜 주는 것은 아니었기에 다른 방법을 찾아야만 했다.

우리가 저택으로 들어가자 류나는 종종걸음으로 따라 들어왔다.

가스파르를 병상에 눕히자 울상을 지으며 일어나라는 듯 가스파르의 팔을 툭툭 때린다.

"알스, 이대로는 안 될 것 같아."

애쉬가 고개를 흔들었다.

"어서 외부 대륙으로 나가서 방법을 찾아보자."

"알고 있어. 그래서 먼저 이곳에 온 거야."

"이곳에……?"

"여기에 그녀가 있으니까."

내 말이 끝나기 무섭게 에리나와 에스텔이 나타났다.

내가 볼일이 있는 건 에스텔 쪽이었다.

에스텔은 내 말을 듣고는 눈을 치켜뜬다.

"혈마법으로요?"

"맞아, 뭔가 원기를 회복시켜 줄 방법이 없을까?"

죽은 자를 부활시키는 것까지 가능한 혈마법이니 뭔가 방법이 있을 거라 생각했다.

에스텔은 한참이나 고민하더니 조심스레 한 가지 방법을 얘기하기 시작했다.

가스파르에 대한 치료법은 마력을 통한 원기 회복이었다.

마력을 원기로 전환하는 것으로, 혈마법에만 있는 방법이라는 듯하다.

다만 이걸 위해선 막대한 마나가 필요할뿐더러, 그 마나는 생명을 가진 자의 마나여야 했다.

후자의 조건이 까다로웠다.

에스텔이 말한 마나의 양을 듣자니 수백 명분의 마나가 필요했다. 심지어 그들 하나하나가 마법에 대한 지식이 풍부해야 한다고 하니 당장 엘란 왕국에 지원을 요청해도 될까 말까 한 상황이었다.

그렇게 눈앞이 깜깜해졌을 때, 도로시가 아이디어를 내놓았다.

"그런 거라면 미라벨 씨에게 부탁하는 건 어때?"

"미라벨한테?"

"그 왜, 미라벨 씨의 몸은 마나로 되어 있다고 했잖아. 그것도 막대한 양의 마나로."

"……!"

분명 그랬다. 던전 그 자체인 미라벨은 그 몸에 엄청난 양의 마나를 품고 있었다. 그렇기에 생명으로서 활동할 수 있었던 것이다.

이에 대해 에리나, 루크레치아, 에스텔 등등 마법적 지식이 풍부한 사람들에게 상담을 해 보니 충분히 해 볼 법하다는 결론이 나왔다.

물론 이를 위해선 미라벨의 승낙이 필요했다. 과정에 있어 미라벨의 희생이 필요했으니까.

"미라벨을 어떻게 설득하냐인데……."

"뭐, 어렵지 않지 않을까? 에오니아 씨나 엘레나 씨가 부탁하면 옳다구나 하고 승낙할 것 같은데."

"음……. 하지만 자칫하다간 본인이 소멸할 수도 있으니까."

미라벨 입장에선 굳이 가스파르를 위해 자신의 존재를 희생하려 할 것 같지는 않았다.

일단은 에오니아와 엘레나를 불러서 이 부분을 상담해 보기로 했다.

이것을 류나가 용케 알아들은 모양이었다.

줄곧 가스파르의 병상 옆에 붙어 발을 동동 구르고 있던 류나는 결심을 한 듯 저택 밖으로 달려 나갔다.

"류나?"

나는 그 뒤를 따라 나갔다.

저택 밖에선 미라벨이 아이들과 놀아 주고 있었다.

본인이 눈사람이 되기로 마음먹었는지 아이들이 자신의 다리를 눈으로 덮고 있는 모습을 흐뭇하게 바라보고 있었다.

그런 그녀에게 류나가 심각한 표정으로 다가갔다.

"미라벨!"

"……?"

평소 아이들과 가깝게 지내는 미라벨이었지만 류나와는 아니었다. 류나가 다른 이를 경계하는 것도 있고, 미라벨이 워낙 쌍둥이들만 아끼기 때문이었다.

"우리 할버지 도와줘!"

미라벨은 여전히 영문을 몰라 뒤따라 나온 내게 시선을 돌렸다.

"그게……."

설명을 해 주자 미라벨은 어깨를 으쓱였다.

"사람은 언젠가 죽어서 잊혀. 나도, 너도, 누구나 똑같아. 그걸 억지로 뒤틀려고 하면 비극이 생기지. 나도 그렇고, 모신이 되살려 낸 자들도 그렇고."

"가스파르는 아직 죽지 않았어요. 당신은 죽어 가는 자들에 대한 치료도 해선 안 된다는 겁니까?"

"지금 이 방법은 명백하게 순리를 어기고 있어. 마력으로 사람의 원기를 만들어 내는 건 정도는 다를지언정 모신이 망자들을 되살린 것과 비슷한 이치야. 상대와 똑같은 우를 범할 수는 없잖아?"

"……."

정론이었다.

에스텔에게 듣기로 이 마법은 아티클 흑마법사들의 수장이 사용하던 것이었다고 한다.

이 원기 회복의 혈마법을 통해 그는 3백 년 이상을 살았다고.

그렇게 생각하면 미라벨의 말은 틀린 게 아니었다.

이는 내게 있어 무게감이 있는 선택이었다.

상대와 똑같은 잘못을 저지르면 내가 가진 명분이 약해지니까.

그렇게 내가 반박을 하지 못하고 있자 류나는 훌쩍이며 울기 시작했다. 그러고는 표독스러운 표정으로 미라벨을 노려본다.

"미라벨 미워! 에르랑 에드한테 같이 놀지 말라고 할 거야!"

"뭣!?"

"에르! 에드! 이쪽으로 와!"

류나가 울먹이며 소리치자 쌍둥이들은 무슨 일이라도 생긴 줄 알고 후다닥 류나의 곁으로 왔다.

류나는 둘을 꼭 껴안으며 미라벨을 노려본다.

미라벨은 패닉에 빠져 있었다.

류나가 작정하고 쌍둥이들에게 부탁을 한다면 쌍둥이들은 미라벨을 피하려 할 게 뻔했다. 그만한 영향력을 가지고 있었다.

"저기, 그건……."

"싫어! 안 놀 거야!"

저택으로 돌아가는 류나. 쌍둥이들은 그 뒤를 졸졸 따랐다.

미라벨은 어떻게 좀 중재를 해 달라며 나를 보았지만, 나로선 어깨를 으쓱이는 것 외엔 할 게 없었다.

결국 미라벨은 백기를 들 수밖에 없었다.

미라벨에게 있어 삶의 의미나 다름없는 쌍둥이들이 인질로 잡혀 있으니 당연했다.

치료 과정은 간단했다.

가스파르의 피에 혈마법을 걸어 순환을 시키는 것이다.

한 번의 순환 동안 계속 마나를 주입해야 하기에 상당한 마나의 소모를 요구했다.

그 처치가 끝날 무렵엔 미라벨의 몸이 흐릿해질 정도였다.

다행히 미리 준비해 둔 마강석을 주니 회복을 했다.

미라벨은 마강석을 아작아작 씹으며 마나를 충전했다.

"미라벨, 고마워!"

류나는 꽁꽁 안고 있던 쌍둥이들을 미라벨에게 보내 주었다.

미라벨은 안도의 한숨을 쉬었다. 그러곤 류나를 두려운 듯 바라보았다.

가스파르가 깨어난 건 2시간 정도 뒤의 일이었다.

"으음……!"

가스파르는 오랜 병상 생활로 몸이 뻐근한지 눈살을 찌푸린다.

"뭐야, 다들 모여서. 얼마나 누워 있었던 거지?"

"할버지!"

병상 위로 올라가 가스파르를 꼭 껴안는 류나. 가스파르는 크게 당황한다.

"왜, 왜 이리 호들갑이야?"

"호들갑을 떨 만하니까 그러죠."

무려 20일 이상을 혼수상태에 있다가 혈마법으로 생환을 한 거라 전하니 가스파르는 떫은 표정을 지었다.

"그냥 죽게 놔두지 그랬냐. 나 같은 건 전장에서 죽는 게 어울린다고."

"……."

"뭘 그렇게 봐?"

"후우! 가스파르, 당신은 오늘부로 퇴역입니다."

"뭐라고?"

다른 이들도 예상을 하고 있었던 모양이다.

"당신 말대로 용병이자 우리 리안드의 장교인 가스파르는 전장에서 죽었습니다. 이제는 류나가 커 가는 모습을 보면서 편안하게 여생을 보내도록 하세요."

"농담이라면 재미없는데? 난 말이야, 전장에서 태어나 전장에서 살았다고. 갑자기 그런……."

"그럼 이제부터 전장 밖에서의 삶에도 익숙해지세요. 이건 명령입니다."

"……."

가스파르는 납득하지 못하겠다며 고집을 부렸다.

그러다 일리야 스승을 보곤 눈을 크게 뜬다.

"일리야 안페이, 너는 어떻게 살아 있는 거지? 그 상황에서 살아 나올 방법이 있었을 리 없는데……."

"그건……."

구데리안의 희생에 대해 얘기하자 가스파르는 드물게도 울 것 같은 표정을 지었다.

자신의 친구이자 동년배였던 구데리안이 수인들의 미래, 그리고 제자의 미래를 위해 자신을 희생했다는 얘기를 들으니 느끼는 바가 많았던 모양이다.

그는 자신의 가슴에 얼굴을 묻고 있는 류나를 내려다보고는 마지못해 고개를 끄덕였다.

"알겠다, 퇴역하도록 하지. 그리고 구데리안이 안배를 했다는 수인 무리들에 대해선 내게 맡겨 둬라. 친우의 마지막 뜻을 지키고 싶다."

"잘 생각했어요."

이걸로 내 가신들 중 은퇴를 한 사람은 셋이 됐다.

귄터, 일리야, 가스파르. 그래도 죽지 않고 끝났으니 내 입장에선 다행인 일이었다.

이후엔 분위기가 잘 형성됐으니 에오니아에게 다시 퇴역을 권했으나 에오는 단호했다.

"절대 안 할 겁니다! 전 알스 님과 함께 퇴역할 거예요!"

"하여간 고집은……. 리시테아 당신은 어때요?"

눈 하나를 잃은 리시테아도 퇴역 대상에 포함이 됐으나 리시테아는 고개를 흔들었다.

"저도 비슷해요. 퇴역을 한다면 애쉬와 함께할게요."

"……그렇단다, 애쉬. 너도 원한다면 퇴역을 시켜 줄게. 리시테아와 함께 쉬어도 돼."

그러나 애쉬도 에오니아만큼이나 단호했다.

"본래대로라면 난 이전에 죽었어야 되는 목숨이야."

알바드의 군세에 포위됐던 일을 말하는 모양이었다.

"그때 네가 내 목숨을 살렸지. 그러니 지금 이 목숨은 너를 위해 사용할 거다. 뭐, 간단히 말해서 나도 알스 너와 같이 퇴역을 할 거라는 얘기다."

다른 퇴역 희망자를 찾아보았으나 다들 고집이 있었다.

"그렇다 해도, 일리야 씨와 가스파르 씨가 빠진다면 공백이 작지 않겠는걸."

올라프가 걱정된다며 말한다.

"가스파르 씨는 첩보와 별동대 운용에서, 일리야 씨는 용병술 쪽에서 탁월한 성과를 내 주고 있었으니까. 가뜩이나 적의 장교 사냥으로 인해 상급 장교들이 빠져나간 상황에서 둘의 공백은 뼈아플 거야."

나는 그에 대해 대답을 하려 했으나 내 말을 뺏은 사람이 있었다.

"헤헷, 그러면 새로운 사람이 올라가면 되는 거잖아요!"

"……!"

문 쪽에 서 있는 건장한 체격의 남자. 얼굴은 아직 소년티가 났지만 몸은 완전히 성장해 있었다.

"애거트!?"

유미르가 안내를 해 온 모양이었다.

"너, 여기에 있어도 되는 거야?"

"괜찮아. 캘버린 씨의 허락은 받았으니까."

애거트를 내가 직접 보는 건 처음이었다.

"후우! 잘 지낸 것 같아서 다행이야."

"헤헷, 알스 형도!"

올라프는 마침 잘됐다며 소리친다.

"가스파르 씨가 눈을 뜨기도 했고, 애거트도 생환을 했으니 파티를 하자고!"

가스파르도 3년 전의 음주 멤버들이 비로소 전부 모인 것에 감회 깊었는지 술을 요구하기 시작했다.

조촐하게 진행된 파티.

나는 애거트에게 붙어 지금까지의 일을 듣기로 했다.

애거트가 왔다는 말에 별택에 있던 어머니도 후다닥 달려왔다.

"애거트!"

자신을 구하고 노예사냥꾼들에게 잡혀간 애거트. 어머니는 그때의 일이 지금도 큰 심려거리였는지 애거트를 보자 꼭 껴안아 주었다.

"주군의 어머니이니까요. 당연히 해야 하는 일이었어요. 신경 쓰지 마세요!"

그 대견한 말에 안톤이 흡족스럽게 고개를 끄덕인다.

"그때 철저하게 가르친 보람이 있군. 아주 잘했다, 애거트."

"헤헷."

들자니 노예사냥꾼들에게 잡혀간 후에는 상위 연맹의 노예로서 고기잡이배에서 생활을 했다고 한다.

대부분은 지하 광산으로 보내지지만, 애거트의 경우에는 오히려 소속이나 과거가 없으니 밖에서 노예 생활을 한 것이다.

"고기잡이배라니……. 그래서 찾을 수가 없었던 거였어."

"뭐, 반년 정도밖에 안 하긴 했어. 이후엔 내가 무예의 소질이 있다는 게 알려져서 연맹의 특수부대에 들어갔거든. 쓰고 버리는 자살특공대 같은 거라고 할까. 그러고 보니 알스 형은 엘란 왕국에 있었다며?"

"그래서?"

"내가 언제 한번 엘란 왕국의 왕궁에 들어간 적이 있거든. 이상한 돌들이 있는 창고 같은 곳을 습격했었어."

"돌이 있는 창고……? 혹시 마정석 창고를 말하는 거야?"

"그게 마정석이었구나."

"허……!"

던전의 마정석을 봉인했던 창고를 습격한 무리 중 하나가 애거트였다니.

뭐라 말이 나오지 않았다.

"그 이후엔 어떻게 된 거야?"

"원래 거기서 들켜서 죽을 줄로 알았던 모양인데, 거기 근위대가 허접해서 그런지 그냥 빠져나왔어. 그러니까 걔들이 날 승급시켜 주더라고. 진짜 핵심 부대로 말이야."

그 허접한 근위대의 수장인 루크레치아의 표정이 일그러진다.

"그래서 캘버린의 부관으로 있었던 거구나."

"그렇지."

"지금껏 네가 우리를 도와준 것도 캘버린의 안배인 거야?"

"비슷한 거라고 생각해. 캘버린 씨는 나한테 하고 싶은 대로 하라고 했으니까. 그 사람은 내가 어떻게 움직일지 전부 알고 있었을 거야. 지금에 와서는 아예 그 사람의 부탁을 받고 온 거기도 하고."

"용건……?"

애거트는 돌연 표정을 굳히며 말했다.

"이제부터가 본론인데."

"……?"

"자, 이거."

애거트가 내민 것은 한 장의 편지였다.

"이건……?"

"캘버린 씨가 준 거야. 형한테 전달하라고 했어. 그 사람이 말하기론, 형이 쫓고 있는 자가 란시아 갈레론에게 보낸 편지래. 그걸 내가 가로채 왔어."

내가 쫓고 있는 자, 모신을 말함이었다.

모신이 란시아에게 보낸 편지. 캘버린이 굳이 이걸 애거트에게 가로채라 지시한 걸 보면 무척 중요한 정보가 실려 있을 게 분명했다.

더욱 거세지는 한파.

그로 인해 전장은 소강상태에 접어들었지만, 긴장감만큼은 배가가 되어 있었다.

시기상 이 한파가 마지막이 될 것이 분명했기에 이후에는 전쟁이 재개될 게 뻔한 상황이었다.

나는 그란셀의 저택에서 매일같이 작전 회의를 하고 있었다.

"애거트가 가져온 그 편지는 믿을 만한 건가요?"

소피아의 물음이었다.

"아마도요."

"그런 건 대답이 되지 않아요."

"어쩔 수 없잖아요. 내가 직접 캘버린과 대화를 나눈 건 아니니까."

애거트가 전해 준 편지에는 적의 작전이 쓰여 있었다. 전쟁의 구도 자체를 망가뜨릴 수 있는 그런 작전이 말이다.

올라프는 고개를 절레절레 흔들었다.

"나는 그 당시의 상황을 겪어 보지 못해서 뭐라 말하기가 힘드네. 소피아 씨도 마찬가지인 거죠?"

"맞아요. 그 당시의 상황을 직접 겪은 건 알스와 에리나, 엘레나, 그리고 에스텔과 루크레치아뿐이니까요. 일리야 씨는 이제 은퇴를 했으니 논외로 치고요."

"흠……. 많이 위험하다고 듣긴 했는데 말이죠."

"알스가 스스로 에스텔을 창으로 찔렀어요. 그거면 설명이 되지 않나요?"

"충분하고도 남을 정도의 설명이네요."

아무튼 적의 의도를 알았으니 대처를 해야만 했다.

"이렇게 된 이상 피아 식별이 불가능해진 상황에 대한 훈련을 하는 수밖에 없겠네요. 훈련에 대한 건 경험이 있는 루크레치아에게 맡겨 둘게요."

그렇게 작전 회의를 끝내고 거실로 나오자 류나가 우당탕하며 내게 뛰어온다. 회의장에 있던 간식을 노리고 있던 듯했다.

"아빠, 빨리!"

류나는 내 손을 잡고 회의장으로 이끌었다.

그러고는 의자를 타고 올라가 테이블에 있는 간식들을 살펴본다.

"아빠, 과자는?"

"없어. 올라프가 전부 먹었거든."

"이잉······."

"자, 이리 와. 이제 운동하러 가야지."

운동이란 말에 류나는 입을 삐죽이면서도 얌전히 따라왔다.

그렇게 향한 실내 무도장에선 가스파르가 어린이용 목검과 도복을 배치해 두고 인왕처럼 서 있었다.

마찬가지로 은퇴를 한 일리야 스승은 군의 장교들에게 무예를 가르치는 특무장교로 보직을 변경한 반면, 가스파르는 아이들을 가르치기로 했다.

가스파르에게 괜히 군대와 관련된 일을 맡겼다간 제멋대로 복귀를 하거나, 술을 퍼마시고 사고를 칠 게 뻔했기에 그 독기를 누그러뜨리기 위해 아이들을 가르치게 한 것이다.

교육 대상은 걸음마를 완전히 뗀 류나와 쌍둥이. 그리고 가웨인이었다.

이 넷의 공식적인 무예 훈련이 진행되자 보호자들도 조마조마하며 지켜보고 있었다.

유미르, 에오니아, 미라벨, 그리고 일리야 스승과 안톤까지.

"자, 똑바로 서라!"

가스파르가 팔짱을 낀 채 근엄하게 말하자 아이들은 제각각의 반응을 보였다.

류나는 운동을 한다는 것 자체가 싫은지 뚱한 표정으로, 가웨인은 군기가 바짝 든 얼굴로, 에르와 에드는 당장이라도 울 것 같은 얼굴이다.

"우선 자기가 원하는 무기를 잡아 봐라!"

그가 어린이용 목재 무기를 가리키자 아이들은 쭈뼛거리며 그곳으로 향했다.

가웨인은 창과 검, 두 개의 무기를 집어 들었고, 에르니는 평범한 목검, 에드워드는 두꺼운 중검. 그리고 류나는 얇은 목검 잡았다.

"가웨인, 내 아들……!"

일리야 스승은 자신을 닮으려 하는 아들을 보며 크게 감격했다.

반면 에오니아는 왜 창을 들지 않는 거냐며 발을 동동 굴렀다.

"좋다, 기본자세를 가르치기 전에 너희들의 기질을 보고자 한다."

바로 전사로서의 기질이다.

기본적으로 가지고 있는 투쟁심이 어느 정도인가.

가스파르는 그걸 확인하고자 다짜고짜 애들끼리 싸움을 붙였다.

이건 아니다 싶어서 말리려 했지만 정작 애들은 장난처럼 생각을 하는 듯했기에 그냥 지켜보기로 했다.

먼저 류나와 가웨인의 대결.

가웨인은 엄마를 따라 하려는 것처럼 왼손에 검, 오른손에 창을 쥐고 자세를 잡았으나 오히려 그런 자세가 움직임을 거추장스럽게 만들었다.

류나는 우직하게 달려들어 힘으로 가웨인을 넘어뜨리더니 들고 있던 얇은 목검으로 가웨인의 엉덩이를 두드렸다.

"저, 저건……."

유미르가 회초리로 류나의 엉덩이를 때릴 때와 똑같았다.

류나는 그것이야말로 최고의 공격이라 생각하는 듯했다.

"으아아아앙!"

울음을 터뜨리는 가웨인. 일리야 스승은 부들부들 떨었다.

"내 아들, 울면 안 돼! 일어나서 받아치렴!"

그러나 가웨인은 전의를 완전히 상실하여 훌쩍일 뿐이었다.

가스파르는 어깨를 으쓱였다.

"안톤과 일리야의 아들이라기에 기대를 했건만 기질이 이래서야."

반면 류나의 기질은 더할 나위 없이 훌륭하다는 듯했다. 애초에 미라벨에게서 인정을 받을 정도의 무예의 재능이었으니 당연했다.

문제는 본인이 의욕이 없다는 점.

 본훈련에 들어가서는 오히려 가웨인 쪽이 더 성실하게 훈련을 받았다. 류나는 시종일관 입을 삐죽인 채 뒤뚱거릴 뿐이다.

 '당근을 줘야겠네.'

 나는 류나를 향해 소리쳤다.

 "류나야! 열심히 하면 아빠가 맛있는 과자 줄게."

 역시 애라고 할까.

 언제 그랬냐는 듯 의욕적으로 훈련에 임하기 시작했다.

 그 움직임이 얼마나 좋았으면 류나를 아들의 라이벌이라 생각하고 있는 일리야 스승이 극찬을 한다.

 "저 애는 시대에 이름을 남길 여걸이 될 거야. 알스 너의 총명함까지 잇는다면 역사적인 명장이 될지도 모르지."

 그러나 내 생각은 달랐다.

 "전 부디 그렇게 되지 않길 바라고 있어요."

 "뭐?"

 "우리가 여기서 전쟁을 완전히 끝내고 일시적이나마 평화를 만든다면 류나는 평범하게 살아갈 수 있을 테니까요."

 "훗, 그것도 그런가. 이거, 우리의 어깨가 무거운걸."

 "스승은 은퇴하셨잖아요. 편하게 지켜봐 줘요."

 아이들이 지금 배우는 무술을 사용하지 않을 수 있도록.

 그런 미래가 걸린 일이라고 하니 더욱 비장해질 수밖에 없었다.

❖

기온이 높아지며 서서히 녹기 시작하는 눈과 얼음.

이 시기야말로 전쟁의 시작이었다.

포인트는 산지였다.

평지의 경우에는 눈이 녹아 진군이 용이해졌지만, 고도가 있는 산지의 경우에는 여전히 눈이 수북하게 쌓여 있었다.

이렇게 되면 산지에 매복군을 배치하거나 병력을 주둔시키기 어려워지는 만큼 평야 지대만 점거를 해도 주변 산지를 덩달아 차지할 수 있었다.

그걸 방지하기 위해 산지에 미리 요새를 건설하여 방비를 하는 것이지만, 양측 사이에 있는 중립 지역에는 그런 장치가 없었다.

그곳에 미리 요새를 건설하고 주둔하고 있기에는 보급로를 구축하기가 애매하기 때문이다.

그런 만큼 평야 지대의 눈과 얼음이 녹아내린 즉시 양군은 그 중간 지대를 차지하기 위해 움직였다.

"급보! 애쉬 군장님의 부대가 리캄평야에서 적군과 조우! 교전에 들어갔다고 합니다!"

"보고드립니다! 전방에서 적의 별동대가 포착됐습니다!"

이건 신경전 격의 전투이긴 했으나 적이 장교 사냥이라는 명목으로 대대적으로 움직인 전례가 있었던 만큼, 우리도 신중할 수밖에 없었다.

나는 정보 하나하나를 놓치지 않으며 포진을 짰다.

그렇게 이틀에 걸친 신경전이 끝나고 나서야 중간 지대에서 양쪽이 진지를 구축하게 된다.

'여기까지는 시뮬레이션 그대로인데…….'

변수가 있다면 중부와 북부 전장이다.

중부 전장이야 카이엔의 밑에서 일을 하고 있는 루트거가 주기적으로 정보를 전달해 주었기에 쉽게 알 수 있었지만, 북부는 그렇지 못했다.

쥬라스 녀석은 무슨 생각인지 아군에게마저 정보를 꽁꽁 감추고 있었다.

'적을 속이려면 아군부터 속여야 한다고는 하지만…….'

쥬라스 놈은 무슨 충격적인 일을 꾸밀지 알 수 없었기에 어떻게든 정보를 얻고 싶었다.

그걸 위해 애거트와 안톤을 호출했다.

"안톤, 지금 상황에서 변수가 나올 만한 곳은 우리 남부 전장과 북부 전장뿐입니다. 우리 남부야 다른 변수 없이 신경전이 끝났으니 상관이 없어졌지만, 북부는 아니에요. 무슨 일이 일어나고 있는지 직접 가서 확인해 주세요."

"명 받들겠습니다."

"애거트, 너는 혹시나 일어날 돌발 상황에 대한 대처를 맡길게. 융통성 부분에선 네가 안톤보다 나으니까."

그 말에 안톤이 충격을 받은 듯이 눈을 크게 뜬다.

애거트는 개구쟁이처럼 웃었다.

"뭘 그렇게 놀라, 에오니아 누나랑 안톤 형이 융통성 없다는 건 누구든 알고 있는 사실이라고."

"누, 누가 융통성이 없다는 거냐!"

"헤헷, 그런 부분이 융통성 없다는 건데? 애쉬 형이었다면 농담으로 받아쳤을 거라고."

"윽……! 이놈이!"

안톤은 애거트의 머리에 꿀밤을 먹이며 막사를 떠난다.

그리고 내 곁에 있던 에오니아가 나직한 목소리로 묻는다.

"알스, 내가 정말 융통성이 없어?"

지금 이렇게 묻는 것 자체가 융통성이 없다는 걸 증명해 주고 있는 것이었지만 본인은 모르는 모양이다.

어쨌든 북부에 대한 정보 수집을 지시한 뒤에는 첩보대의 인력을 증원하여 적의 동태를 예의 주시했다.

무리를 해서라도 장교 사냥을 했다는 건 우리의 지휘 체계를 시험할 수 있는 어떤 작전을 준비하고 있다는 뜻이다.

그게 애거트가 가져온 편지의 내용일 수도 있었지만, 타이밍상 적장 란시아 갈레론은 독자적으로 움직인 듯했다.

'뭔가 노리고 있는 게 있을 텐데.'

그런 생각을 하다 문득, 수동적으로 움직이는 이 상황이 마음에 들지 않았다.

'한번 상대를 떠보도록 할까.'

나는 자리를 박차고 막사로 나와 소리쳤다.

"전군 진군을 준비하라!"

상대가 움직이기 전에 선수를 치기로 한 것이다.

대장 막사에서 눈을 감은 채 명상을 하고 있던 란시아 갈레론은 호들갑스럽게 뛰어오는 병사의 발소리를 듣고는 씨익 웃으며 눈을 떴다.

"보고드립니다! 적군이 현재……."

"진군 중이라는 거지?"

"아, 예, 옛!"

"알스 일라인……. 재미있는 놈이군. 나와 한번 놀아 보자는 건가?"

지금 리안드의 군대는 먼저 움직일 이유가 하등 없었다.

중간 지대에서 벌어진 신경전에서도 밀리지 않았고, 애초에 침공하는 쪽은 스벤너 측이다.

리안드는 수비만 성공해도 승전을 하는 상황이었다.

그럼에도 알스가 먼저 박차고 나온 건 정보를 얻기 위함이었다.

공격을 가할 때 상대가 어떻게 움직이는가를 보고 작전의 진의를 파악해 보려 한 것이다.

게다가 의외인 측면도 있었다.

알스에 대한 스벤너의 첩보에는 이렇게 적혀 있었다.

병력의 피해를 최소화하려는 경향이 있음.

이는 알스가 지금까지의 전장에서 보여 준 일관된 성향이었다.

그 성향대로라면 알스는 지금 박차고 나와선 안 됐다.

즉, 기존 성향의 반대 움직임을 취함으로써 상대에게 혼란을 주기 위함이었다.

만약 상대가 알스의 이런 성향을 감안하고 작전을 짜고 있던 거라면, 지금 알스의 진군은 허를 찌르는 셈이었으니까.

"생각보다 유들유들한 스타일이군. 능구렁이 같은 면모는 초대 황제를 쏙 빼다 닮았어."

그래야지 복수할 맛이 난다며, 란시아는 싱긋 웃었다.

병사는 그 웃음에 왜인지 모를 오한을 느끼며 조심스레 묻는다.

"지시를 부탁드립니다!"

"지시고 뭐고, 가만있어도 된다."

"예……?"

"어차피 놈도 교전을 벌일 생각은 아닐 거거든. 우리가 반응해 주지 않으면 제풀에 지쳐 물러날 거다."

"만약 전면 공격을 가해 온다면 어떻게 할까요?"

"놈들이 먼저 공격을 가해 온다면……. 그건 재밌겠군."

그런 재미있는 상황이 곧 벌어지게 된다.

알스가 병력을 나눠 스벤너의 좌측, 중앙, 우측의 진지에 총공격을 가한 것이다.

먼저 공세를 취한 리안드군.

알스는 좌측에 1만, 중앙에 2만, 우측에 3만을 배치하며 우측 날개에 힘을 실었다.

이렇게 우측 날개에 병력을 집중 배치한 건 중앙 전선을 의식한 것이었다.

현재 중앙에서도 캘버린과 카이엔이 대치를 하며 힘 싸움을 벌이고 있는 중이었다.

그런 상황에서 알스가 우군에서 병력을 떼어 내 중앙으로 급파할 수도 있었던 만큼, 스벤너 입장에서도 이 우측 병력에 대해 경계를 해야만 했다.

란시아 갈레론은 전도를 말없이 내려다보고 있었다.

그런 그의 옆에서 토도람 돌른이 말한다.

"먼저 공격해 올 줄이야. 펜실론 황족의 핏줄이라고 했

었지? 그렇담 이해는 가. 그 능구렁이 놈의 자손이라는 거
니까."

"……."

"받아칠 거라면 나를 좌군에 배치하는 게 좋을 거야. 놈들
이 진지를 구축하고 중앙 전장 쪽으로 병력을 우회시킨다면
골치가 아파질 테니까."

"……아니."

란시아는 고개를 흔들었다.

"놈의 목적은 중앙이 아니다."

"뭐라고?"

"이 전술……. 내가 행했던 전술이야. 넌 기억 안 나나?"

"네가 행했던 전술이라고……?"

토도람은 뚫어지게 전도를 노려보다 곧 눈을 크게 떴다.

"하, 하핫! 정말 재밌는 놈이군! 란시아 너를 상대로 이 전
술을 꺼내다니! 그렇담 이건 단순한 떠보기라는 건가?"

"아마도 그렇겠지."

"어울려 줄 건가?"

"한번 춤을 추는 것도 나쁘진 않겠지."

란시아는 벌떡 일어나 명령을 하달했다.

그는 1만의 별동대를 조직해 중앙에 주둔시켰다.

이는 상대의 움직임에 맞춰 다른 전장으로 파견하기 위함
이었다.

장교들은 의문을 표했다.

리안드의 군대가 우측에 무게중심을 두고 있으니 미리 그쪽으로 병력을 파견하는 게 척 보기에는 정답으로 보였기 때문이다.

그러나 그건 1차원적인 생각이었다.

란시아는 리안드군의 진군 경로를 보고 이미 그 진의를 꿰뚫고 있었다.

알스가 우군에 무게중심을 뒀다곤 하지만 이 군대가 중앙 쪽으로 우회를 하려면 반드시 보급로 확보가 필요하다.

그러나 우군의 진군 경로 오른쪽으로는 험준한 산지가 펼쳐져 있다. 보급로를 확보하기 어려운 곳이라는 뜻.

그 반면 좌측으로는 진군하기 용이한 평야가 펼쳐져 있었다.

알스는 이를 이용해 순식간에 병력 배분을 바꿨다.

우군에 있던 1만의 병력이 발 빠르게 중앙으로 이동해 합류를 하고, 중앙에 있던 1만의 병력이 좌측으로 이동해 좌군이 2만의 병력이 된 것이다.

그러나 이를 미리 예상하고 있던 란시아는 중앙에서 주둔하던 1만의 별동대를 때에 맞춰 좌측 전장으로 파견을 함으로써 전력의 균형을 맞춰 냈다.

소피아와 올라프는 그 기민한 대처에 혀를 내둘렀다.

"절묘한 한 수라고 생각했는데……."

"대처가 빠른걸."

지형의 특성상, 스벤너가 미리 우측 전장에 병력을 배치했다면 이번 움직임을 따라오지 못했을 터였다.

리안드군은 평야를 통해 빠르게 움직일 수 있었던 반면, 스벤너군은 숲과 산지를 통과해야 했기에 좌측 전장에 제때 병력을 보내지 못했을 게 분명했다.

"그야 당연하죠. 이건 란시아 갈레론이 정복 전쟁 시절에 행했던 전술이니까."

알스의 말에 소피아가 미간을 찌푸린다.

"뭔가요, 그럼 알면서도 했다는 거예요?"

"그런 셈이죠."

"대체 무슨 생각이에요? 왜 알면서도······."

소피아는 돌연 입을 다물었다.

그녀는 전장의 형태를 보고는 눈을 끔뻑인다.

"설마 당신······."

"오오, 이것만 보고 진의를 알아낼 줄이야. 당신도 꽤 성장했는데요?"

"이상한 소리 하지 말고요! 정말인가요? 상대의 이목을 피한 지원군이 있는 건가요?"

"있어요. 1만에 달하는 병력이."

그렇담 얘기가 다르다며 소피아와 올라프는 눈빛을 달리했다.

알스의 곁에 서 있던 에오니아는 뭐가 뭔지 몰라 고개를 갸웃한다.

"어디서 1만의 응원군이 온다는 건가요?"

"여기야."

알스는 지휘봉으로 우측 전장을 가리켰다.

좌측, 중앙, 우측에 1, 2, 3만의 병력을 배치한 알스는 그 병력을 도미노의 형태로 1만씩 좌측으로 이동시켰다.

하여 처음엔 2만, 2만, 2만이 되어 균형이 맞춰졌다.

이에 스벤너도 중앙에 조직해 놨던 1만의 병력을 좌측 전장으로 급파하며 2만, 2만, 2만의 병력 균형을 맞춘다.

여기까지는 란시아 갈레론도 예측을 하고 있는 범주였다.

문제는 그 이후다.

알스는 또 한 번 병력을 이동시키며 3, 2, 1만의 형태로 만들었다.

그렇게 리안드의 군대가 좌측 전장에 힘을 집중하자 스벤너도 대응을 할 수밖에 없었다.

"흠……."

란시아는 그 이동을 보며 계속해서 첩보병을 닦달했다.

"정말로 파악된 군세가 없는 거냐?"

"그렇습니다. 어떤 곳에서도 이 전장으로 향하는 군세는 포착되지 않았습니다."

"이상하군."

란시아가 신음하고 있자 토도람이 이해하지 못하겠다며 묻는다.

"뭐가 이상하다는 거야? 적은 우리가 예상보다 더 빠르게 대처를 하니 1만을 더 움직인 거지. 그게 전부 아닌가? 우리도 어서 1만의 병력을 좌측 전장에 더 파견을 해야 돼."

지형적인 특성상 한 발자국 늦긴 하겠지만 그래도 제때 도착할 수는 있다.

그러니 서둘러 병력을 추가적으로 파견하자는 것이었지만 란시아는 고개를 흔들었다.

"지금 이 형태 속에서 우측 전장에서 적의 군세가 추가적으로 나타난다면 난처한 상황이 된다."

"그거야 그렇겠지만 첩보에선 없다고 하잖아. 그걸 못 믿겠다고?"

"……믿지 못하겠군. 병력은 투입하지 않는다. 좌측 전장은 형세가 불리해질 경우 진지를 버리고 후퇴하도록."

"허……!"

얼핏 보기엔 겁을 먹은 듯한 행동이었기에 장교들은 불만을 품었으나, 2시간 뒤에 나온 보고를 듣고는 화들짝 놀라게 된다.

"급보! 중앙 방면에서 적군이 출현! 기존 적의 군세와 힘을 합쳐 우리 진지를 공격하고 있다고 합니다!"

"흥, 역시 있었군."

좌측으로 병력을 집중시키는 척하면서 중앙에서 빌려 온 1만의 군세로 우측 진지를 공략하는 것, 이것이 알스의 노림수였지만 조심스러운 란시아에겐 통하지 않았다.

"말도 안 돼……. 어떻게 1만에 달하는 병력이 첩보에 걸리지 않고 여기까지……!"

전율하는 장교들을 향해 란시아가 말한다.

"이곳은 적의 영토다. 지리에 대한 부분은 상대가 우위에 있을 수밖에 없지. 여봐라, 첩보망을 재구축하겠다!"

수월하게 수비를 해내는 란시아.

그러나 알스의 진짜 책략은 지금부터였다.

이틀 뒤, 스벤너의 군영이 시끄러워졌다.

"보고드립니다! 적의 군세가 소멸! 돌연 자취를 감췄습니다!"

"적의 본진도 비어 있다고 합니다!"

감쪽같이 사라진 리안드의 군대.

그들이 주둔하고 있는 곳에 남겨져 있는 건 급조해서 만들어진 허수아비들뿐이었다.

그걸 통해 동이 틀 때까지 상대의 첩보를 교란시킨 것.

"적군이 대체 어디로 사라졌다는 거냐."

란시아의 미간에도 주름이 생겼다.

"현재 정보를 수집 중입니다!"

답답함에 첩보원들을 질책하고 싶었지만 그럴 수 없었다.

그도 그럴 게 첩보망을 재구축하라 지시를 내린 게 란시아 본인이었기 때문이다.

'설마 이걸 노리고?'

알스는 스벤너군이 첩보망을 재구축하는 그 틈에 자취를 감췄다. 그 탓에 첩보가 제대로 잡히지 않고 있는 상태였다.

일단 그 병력이 어디로 향했는가가 중요했던 만큼 란시아는 하려던 계책을 중단하고 첩보에 인력을 더 투자하는 수밖에 없었다.

곧 그런 그에게 수십 가지의 첩보가 들어왔다.

"보고드립니다! 적의 병력이 남부로 진군! 목표는 우리 스벤너의 본토인 것 같습니다!"

"급보! 적의 병력이 북진! 목표는 중앙 전장인 것 같습니다!"

사방팔방에서 전해져 오는 보고.

란시아는 그중 대부분이 기만이고 하나만 정답이라 생각했다. 그리고 알스의 진짜 목적은 자신들이 병력을 떼어 내면 그걸 매복군으로 급습하는 것이라 판단했다.

"그런 얄팍한 수에 당해 줄 줄 아는가……!"

이렇게 병력을 분산시킬 경우 보급도 어려워지고 군의 피로도도 높아진다.

　버티고 있기만 해도 이득이라는 판단을 한 란시아는 더욱 정보 수집에 심혈을 기울이며 자기 자리를 지키기 시작했다.

　그란셀의 저택으로 돌아온 나는 곧장 방으로 향했다.

　"아함……. 피곤하네."

　잠깐 눈을 붙일 생각으로 침대에 눕자 아이들이 급습을 해 왔다.

　"아빠, 놀자!"

　"으으……. 아빠 조금만 쉬면 안 될까?"

　"안 돼!"

　내가 집에 있는 날이 많지 않기 때문인지 애들은 우격다짐 으로 밀어붙여 왔다.

　어쩔 수 없이 아이들과 놀아 주고 있자니 우당탕하는 소리 와 함께 헬리안 공작이 나타났다.

　전쟁 경과를 보고선 어이가 없었던 모양이다.

　"알스! 이게 대체 어떻게 된 일인가!? 병력을 전부 해산시 켰다니!"

　"잠깐 해산시킨 겁니다. 지금은 농번기이니까요. 기초 작업만 해도 충분한 도움이 될 거예요."

"그, 그거야 그렇지만……! 만약 지금 적군이 진군해 들어 온다면 속절없이 영토를 뺏길 걸세!"

"그게 핵심이죠. 적은 아마 움직이지 못할 겁니다. 우리가 매복을 하고 있다고 생각할 테니까요. 그 매복군을 찾기 위 해 애꿎은 첩보 부대만 닦달하고 있을 테고요."

사방팔방에서 포착된 우리 병력을 보고 군사적인 움직임 이라 생각한 상대는 긴장을 하고 있겠지만, 정작 우리 병력 은 예정된 경작지나 요새 건설지로 이동한 상태였다.

거기서 대략 6일 정도 작업을 수행한 뒤에 다시 진지로 복 귀를 할 예정이었다.

그 6일이란 시간은 상대가 속았음을 깨닫고 진군을 시작 하는 시간이었다.

헬리안 공작은 어이가 없다며 고개를 흔든다.

"그걸 깨달았을 때의 상대 표정이 볼만하겠군그래."

"그게 목적이긴 합니다."

"심리전인가……."

"예, 적장에게 수치를 줌으로써 자극을 하는 거죠. 뭐, 통 하지 않는다고 해도 우리 입장에선 이 전쟁통에 귀중한 농사 작업을 한 것만으로 이득인 거고요."

"만약 적군이 진군을 선택했다면?"

"우리 진지를 주고서 새로이 전선을 만들 생각이었어요.

솔직히 지금 진지 위치가 별로 마음에 들지 않았거든요."

내가 새로운 전선 구도를 얘기하자 헬리안 공작은 고개를 끄덕였다.

"수비를 하기에는 그편이 용이하긴 하지. 애초에 지금 위치에 진지를 만든 건 영토를 하나라도 뺏기지 않기 위한 고집이었으니 전략적으로 선택을 한다면야……."

내가 놀아 주지 않고 헬리안 공작과 얘기만 하고 있자 류나가 심통을 부리듯 내 얼굴을 몸으로 끌어안아 버린다.

"우읍……! 어쨌든 추가적인 부분은 맡겨 두겠습니다."

"그래, 자네도 빨리 복귀를 하게. 내가 보기엔 자네가 쉬고 싶어서 이런 작전을 한 것 같군."

"설마요."

뭐, 그렇다고 해도 휴가는 꿀맛 같았다.

애들도 배가 고파졌는지 엄마를 찾으러 나갔기에, 나도 눈을 붙일 수 있었다.

'란시아 갈레론…….'

그는 굉장히 신중한 장군이었다.

그렇기에 이번 기만 작전이 성공할 수 있었던 거긴 하지만 결국엔 기만 작전일 뿐 승기를 가져온 건 아니었다.

'어떻게 공략해야 할지는 알겠네.'

신중한 장군들의 장점은 함정에 걸리지 않는다는 것이지만 약점도 명확하다.

너무 신중하게 움직이다 보니 기회를 놓치고 만다. 바로 지금처럼.

'이번 일이 공략의 단초가 될 거야. 본격적으로 미끼를 투척해 보실까.'

눈을 감은 채 그 부분을 생각하고 있자니 잠이 쏟아져 왔다.

리안드군의 기상천외한 작전이 스벤너 군영에 알려진 건 알스가 예상한 6일째의 아침이었다.

란시아 갈레론은 눈을 부릅뜬 채 보고를 듣고 있었다.

"그게 정녕 사실이란 말이냐?"

"예! 뿔뿔이 흩어졌던 리안드의 군세는 그 어떤 전선으로도 이동하지 않고 본토로 이동하여 농업과 건설 작업을 실시했다고 합니다!"

농락을 당했음을 깨달은 란시아의 얼굴이 빨개졌다.

반면 토도람 돌른은 호탕하게 웃어 젖혔다.

"아하하핫! 이거 제대로 한 방 먹었는데? 이렇게 빠르게 란시아 네 성향을 파악해 내고 뒤통수를 치다니 말이야."

"닥쳐라!"

"알스 일라인……. 생각 이상의 걸물인걸."

리안드군의 행방을 쫓기 위해 첩보에 온 힘을 쏟은 스벤너. 이를 비웃듯 리안드군은 본토로 돌아가 느긋하게 농사를 지었다.

　만약 그 도중에 진군을 했다면 큰 이득을 취할 수 있었음을 감안하면, 란시아가 제대로 물을 먹은 격이었다.

　"이젠 어쩔 거지? 지금이라도 진군을 할 건가?"

　"……지금은 안 된다. 이미 병력이 복귀했을 거야. 매복군을 새로이 편성했을 가능성이 높다."

　"그러다가 호기를 놓친 것 아닌가?"

　"그렇다 해도 섣불리 움직일 수 없다."

　"이거야 원, 상대의 수법에 완전히 말려들었구만."

　심리전에서 패배한 부분은 크게 작용을 한다.

　이제 란시아가 어떤 결정을 내리든 알스의 영향을 받은 것처럼 느껴지기 때문이다.

　본인은 그게 아닐지라도 주변의 장교들은 그렇게 생각할 수밖에 없다.

　"이렇게 되면 기존 작전을 변경해야 할 텐데?"

　"어쩔 수 없지."

　"……."

　한 번 침묵한 토도람은 란시아를 바라보고는 말을 이어 갔다.

　"내게 3만의 병력을 붙여라."

"어떻게 할 생각이지?"

"내 전술은 알고 있을 텐데? 넌 그 알스 일라인이라는 녀석의 발을 묶고 있기만 하면 된다."

란시아는 고심 끝에 고개를 끄덕였다.

그렇게 토도람 돌른은 3만의 군대를 이끌고 기습적으로 중부 전선으로 넘어가게 된다.

이 소식은 곧장 리안드의 진영에 전해졌다.

"보고드립니다! 적군이 병력을 두 갈래로 나눠 진군 중! 한 군세는 빠르게 중부 전선으로 넘어가고 있다고 합니다!"

"오호……."

알스는 상황이 재밌게 돌아간다며 눈매를 좁혔다.

"중앙에서 승부를 보겠다는 건가."

군을 좌측, 중앙, 우측의 진지에 분산하여 배치해 두고 있던 스벤너군은 그 군을 우측 진지에서 합친 뒤에 3만의 병력을 인근한 중앙 전선으로 파견했다.

이는 알스의 입장에서는 대처하기가 힘든 움직임이었다.

군을 한번 해산시킨 다음에 소집을 하고 있는 중이었으니까.

상대가 공격을 해 온다면 모를까, 우회를 하는 것에 대해선 대처하기가 힘들었다.

'란시아 갈레론이 이런 식으로 움직일 것 같지는 않은데. 그렇담 토도람 돌른 그자가 움직인 것일 수도 있겠어.'

에레보니아 왕국의 수호신이라 불린 전설. 란시아 갈레론과 수없이 많은 전투를 치른 자로 알려진 명장이었다.

소피아는 초조한 듯 입맛을 다셨다.

"어서 쫓아가야 해요! 중앙 전선이 무너지면 우리도 크게 후퇴해야 한다고요!"

"아마 그렇겠죠. 지금 이건 우리가 가진 유일한 허점을 찔린 격이니까요."

"그렇담……!"

"그래도 뭐, 괜찮을 겁니다. 날개는 우리만 있는 게 아니니까."

자신들의 대처가 늦는다면 다른 날개 쪽에서 대처를 해 줘야 했다.

알스가 바라보고 있는 곳은 북쪽.

쥬라스가 있는 곳이었다.

북부 전장에 주둔하고 있던 쥬라스는 스벤너의 대장군 제무토를 상대로 연일 흉계를 걸고 있었다.

바로 내부 첩자를 이용한 장교 암살이었다.

란시아 갈레론이 장교 사냥을 위해 군을 움직인 것처럼, 쥬라스는 자신이 가진 첩자라는 무기를 이용해 그 작전을 수행하고 있었다.

스벤너 진영에선 걸핏하면 장교들의 시체가 나오고 있었고, 또한 그만큼의 첩자들이 색출되고 있었다.

그로 인해 스벤너의 지휘 막사는 살풍경한 분위기가 흘렀다.

"서, 설마 도리안 군장이 크로싱의 첩자였을 줄이야! 그는 20년이나 군에서 활약한 자인데……!"

전율하는 스벤너의 장교들.

총대장 제무토는 눈을 질끈 감은 채 생각에 빠져 있었고, 그의 책사이자 2장군인 하시쿠란은 마른침을 삼키고 있었다.

하시쿠란이 말한다.

"밤에도 군영의 빛을 밝게 유지해라! 더불어 장교들은 반드시 4인 1조로 이동하도록! 아니, 아니다! 5인 1조로 이동하도록 해라!"

아직 얼마나 많은 첩자가 남아 있는지 모를 일이니 더욱 심혈을 기울여야 했다.

심지어는 이 지휘 막사 내부의 장교들 중에도 첩자가 있을 수 있는 상황이었다.

그런 상황이니 장교들의 긴장감이 높을 수밖에 없었다.

"……허둥대지 마라."

제무토의 말이었다.

"이것이 쥬라스 파밀리온이라는 자의 진짜 실력이다. 적에게 의심을 심어 주는 것이지. 알고서 휘둘리는 건 멍청이들이나 할 짓이다."

"하오나 연일 적의 첩자들이 암약하고 있는 것도 사실입니다. 현재 사망한 장교의 숫자만 해도 30명이 넘습니다. 그 공백을 채울 방법도 생각해 두어야 합니다."

그때 하시쿠란이 고개를 끄덕이며 말을 받는다.

"서방의 인물들을 사용하는 건 어떠십니까?"

"서방의 인물?"

"테토라 아니스트리의 잔존 세력 말입니다. 그중에 케스퍼 밀리아스가 있습니다. 그자는 알스 일라인을 일생일대의 원수로 생각하고 있습니다. 크로싱의 첩자일 가능성은 희박하지요. 기량도 충분하니 지휘권을 주어 우대하는 게 좋을 것 같다고 생각합니다."

모든 장교들이 고개를 끄덕였다.

현재 서방은 구데리안의 배신으로 인해 그 입지가 굉장히 낮아져 있었다.

구데리안이 배신한 직후, 수인 세력의 절반가량이 리안드로 투신한 탓이었다.

그러니 서방 전체에 대한 신뢰도가 낮아진 상황이었다.

다만 오히려 그렇기에 스벤너의 신뢰를 얻으려 했다.

만약 전쟁이 패배로 돌아간다면 그들은 전후 과정에서 숙청당할 게 뻔했기 때문.

"그들을 우대하고 역할을 맡긴다면, 목숨을 걸고 싸울 것입니다."

현재는 첩자에 대한 공포감이 컸기에 모든 장교들이 동의를 했다. 그만큼 서방은 첩자에 대해 자유로울 거라는 인식이 있었다.

그러나 제무토는 신중했다.

"……공교롭군."

"무슨 뜻이신지요?"

"상황이 아주 공교로워. 마치 우리가 서방의 인물들을 중용하게끔 상황이 만들어진 듯한 느낌이라 이 말이야."

"장군님께선 서방이 크로싱과 결탁하고 있다고 생각하시는 겁니까? 그런 거라면 안심하셔도 됩니다. 케스퍼 밀리아스는 장담컨대 첩자가 아닙니다. 그는 목숨 바쳐 우리를 도울 것입니다."

"……그렇담 하시쿠란, 이 부분은 너에게 맡기겠다. 그 대신 케스퍼라는 자의 주변 인물들도 확실하게 검증을 하도록 해라."

"옛."

회의가 끝난 뒤, 하시쿠란은 케스퍼가 있는 곳으로 향했다.

케스퍼는 그 얘기를 듣고 뛸 듯이 기뻐했다.

"영광입니다! 이 몸이 부스러지는 한이 있더라도 반드시

적을 물리치도록 하겠습니다!"

"그 부분은 믿고 있다. 다만 최근에 벌어지고 있는 흉흉한 사건들은 알고 있겠지?"

"물론입니다."

"네가 믿을 수 있는 자만을 곁에 두도록 해라."

"그런 거라면 페드로 한 명밖에 없습니다."

"그 페드로라는 자는 정녕 믿을 수 있는 건가?"

"만약 그가 첩자라면 제 목을 치십시오. 웃으면서 받아들이겠습니다."

"……좋다. 그럼 다음 작전 회의부터는 출석하도록."

"명을 받들겠습니다!"

그렇게 서방을 대표하여 케스퍼와 미틀린이라는 자가 군부 회의에 참석을 하게 된다.

대대적으로 군영을 개편한 스벤너. 이 소식을 들은 쥬라스는 피식 웃는다.

"드디어 적의 심장에 벌레가 들어갔군요."

알스의 명을 받고 진영에 합류해 있던 안톤은 고개를 절레절레 흔들었다.

"쥬온, 넌 정말이지……. 설마 이 상황까지 염두에 두고 케스퍼 밀리아스를 이용한 건가?"

"그럴 리가요. 그저 흐름이 이렇게 된 것일 뿐입니다. 그보다 안톤, 알스는 무얼 하려는 겁니까?"

"그게……."

알스의 기만책을 전해 들은 쥬라스는 한참이나 웃었다.

"그 상황에서 병력을 소멸시키고 농사를 하러 보내다니. 역시 그는 재미있군요."

"적장이 진군을 택하면 대단히 위험한 상황에 놓이게 될 텐데?"

"그러지 않을 거라 계산을 한 겁니다. 설령 그렇게 한다고 해도 대처할 방법 정도는 생각해 뒀겠죠. 다만……."

"다만?"

"적이 중앙 전선으로 우회를 할 경우에는 골치 아파질 수 있어요. 안톤, 당신을 보낸 걸 보면 그 부분은 내게 맡겨 두려고 한 모양이지만."

쥬라스는 좋은 여흥거리가 되겠다며 서둘러 병력을 재편했다.

2만의 병력을 따로 빼내어 직접 중앙으로 이동하기 시작한 것이다.

이는 토도람 돌른이 3만의 병력을 가지고 중앙으로 이동하기 하루 전의 일이었다.

이번 전쟁의 핵심은 두말할 것도 없이 중앙 전선이었다.

과거 펜실론 제국의 수도 플라톤이 위치한 곳이자 핵심 요충지가 줄줄이 늘어서 있는 지역이었다.

배치된 병력의 숫자만 봐도 그 중요성을 알 수 있었다.

스벤너는 15만의 병력을 중앙에 배치했고, 연합군은 12만의 병력을 배치했다.

연합군 측이 3만이 적긴 했으나 수비하는 입장의 이점, 그리고 여차할 때는 시민들을 동원해 민병대를 조직할 수도 있었기에 전력은 엇비슷했다.

특히 민병대의 전력이 상당했다.

보통 일반 시민을 무장시키는 경우 사기 유지가 극도로 힘들어 없느니만 못한 상황이 되기 마련이지만, 이번 전쟁은 달랐다.

발라스 지역의 시민들은 결사 항전의 결의를 다지고 있었다.

이는 수년 전에 벌어진 서방과의 전쟁 때문이었다.

당시 알스와 대치를 한 테토라 아니스트리가 마을을 습격하고 대대적으로 학살을 한 탓에 서방과 스벤너에 대한 지역 민심은 최악이었다.

그 탓에 민병대의 사기 수준이 만만치 않았다. 패배할 경우 가족들이 학살을 당할 테니 그럴 수밖에.

스벤너는 이러한 견고함에 애를 먹고 있었다.

중앙 전선의 총대장 캘버린은 신중하게 움직이고 있는 상황.

그러한 상황에서 토도람 돌른이 3만의 병력을 이끌고 남쪽 지역에서 올라오자 전황이 급변하기 시작했다.

토도람은 중앙 지역의 허리를 끊겠다는 판단으로 보급로의 중심이 되는 할리온 갈림길로 향했다.

할리온 갈림길은 서부와의 연결 고리 역할을 해 주는 광활한 평야로서, 이곳이 끊길 경우 순간적으로 최전선에 대한 보급이 끊길 수밖에 없었다.

그 틈을 캘버린이 찌르고 들어가면 큰 승리를 거둘 수 있는 상황이었다.

토도람은 승기를 잡았음을 확신하며 할리온 갈림길로 강행군을 펼쳤다.

알스가 대처를 할 수 없는 지금은 정곡을 찌르는 한 수가 될 수 있는 상황이었지만.

"……놀랍군."

토도람은 할리온 갈림길에 진을 치고 있는 크로싱의 군대를 보며 눈을 끔뻑였다.

"벌써 손을 써 놨을 줄이야. 알스 일라인……!"

토도람은 그러더니 섬뜩하게 웃었다.

"뭐, 조금 뻔한 움직임이긴 했지."

그리고 그것이야말로 그가 전설적인 명장으로 있게 해 준 원동력이었다.

그런 뻔한 움직임으로 대부분의 전투를 승리로 이끌었으니까.

"스으으읍! 하아……!"

공기를 크게 들이마시고는 취한 듯이 비틀거리는 토도람.

"어디 춤춰 보실까."

그는 망설이지 않고 전 병력으로 공격을 감행.

쥬라스와 정면으로 부딪치게 된다.

5장

중앙에서 쥬라스의 부대와 토도람의 부대가 부딪쳤다는 소식에 전장이 요동치고 있었다.

병력의 재정비를 끝낸 알스는 전 병력을 끌고 란시아 갈레론이 방진을 펼치고 있는 곳으로 진군했다.

적은 3만의 병력을 떼어 내 중앙으로 우회시킨 상황이었기에 전력이 크게 약화된 상황.

그 부분을 보완하기 위해 요새를 끼고 견고한 방진을 펼치고 있었다.

올라프는 적의 동태를 보며 눈살을 찌푸렸다.

"저걸 격퇴하려면 못해도 사흘은 필요할 거야. 그랬다가 중앙에서 결판이 나 버리면 곤란해질 텐데……. 어쩔 거야?"

"……."

지금 알스가 취할 수 있는 전술은 둘.

병력의 우세를 이용해 어떻게든 눈앞의 상대를 격퇴하는 것.

혹은 리안드군도 병력을 떼어 내 중앙으로 우회시키는 것이다.

지금 우회를 시켜 봤자 늦기야 하겠지만, 중앙의 싸움이 길어질 경우 충분한 변수가 될 수 있었다.

적의 보급로를 끊어 버리면서 뒤를 잡을 수 있기 때문이다.

그러나 이건 상대도 마찬가지였다.

북부 전장에 진을 치고 있는 스벤너의 군대도 똑같이 병력을 파견시킬 수 있으니까.

"……훗."

알스는 씨익 입꼬리를 올렸다.

"응? 뭐야, 뭐 대책이라도 있어?"

"예. 뭐, 지금 이건 쥬라스 녀석이 상대에게 건 술책이에요. 지금은 일단 쥬라스 녀석의 계책이 통하는지 확인을 해 보도록 하죠. 올라프, 이곳은 당신에게 맡기겠습니다."

알스는 서둘러 2만의 병력을 편성. 중앙으로의 발걸음을 빠르게 했다.

그리고 예상대로 북부의 스벤너군도 똑같은 움직임을 취

했다.

대장군 제무토는 똑같이 3만의 병력을 떼어 내 중앙으로 우회를 시키려 했다.

보급로를 끊고 쥬라스의 뒤를 잡아 버리기 위함이었다.

문제는 그 부대의 책임자였다.

"……."

제무토는 가슴을 옥죄는 불길한 감각으로 인해 결단을 내리지 못하고 있었다.

지금 상황에서 병력을 3만이나 떼어 낼 경우 필히 군에 합류해 있는 서방의 영향력이 높아질 수밖에 없다.

그 병력을 중앙으로 보내건, 이곳에 주둔시키건 말이다.

케스퍼를 비롯한 서방 인물들에 대해 의구심을 품고 있던 제무토는 지금 이 상황이 쥬라스가 파 놓은 함정일 거라고 판단했다.

그리고 이는 정답이었다.

쥬라스가 파 놓은 함정은 교묘했다.

만약 중앙으로 우회시킨 군에 케스퍼 그리고 그 심복이자 첩자인 페드로가 포함돼 있다면, 그 병력을 선동해 지휘를 무너뜨리고 중앙에서 대승을 거둘 생각이었다.

혹은 제무토가 그 무리를 북부에 그대로 주둔시킬 경우에는 본대의 움직임과 맞춰 내부에서 반란을 일으켜 제무토를 암살할 생각이었다.

어떤 경우가 됐든 이득을 취할 수 있는 외통수.

그런 쥬라스의 악독한 술수에 제무토는 극약 처방을 내놓는다.

"서방의 장교들을 모조리 포박해라!"

아무런 죄도 저지르지 않은 서방의 장교들을 모두 포박하여 감옥에 가둬 버린 것이다.

졸지에 감옥에 가게 된 케스퍼는 악을 쓰며 소리를 질렀다.

"그, 그게 무슨 소리입니까!? 우리가 배신자라니요?"

포박을 주도한 2장군 하시쿠란은 곤혹스러운 기색을 숨기지 못했다.

"미안하다, 총대장께선 너희들 중에 첩자가 반드시 존재한다고 확신하고 계신다. 그것도 고위 첩자가 말이야."

"그럴 리 없습니다! 여기의 장교들 모두 동고동락한 이들입니다! 신분도 확실하고요! 첩자일 리가요!"

"나도 그렇게 생각은 한다만 쥬라스 파밀리온, 그자는 상상을 뛰어넘는 계책가야. 총대장께선 이게 최선이라고 판단하셨다."

"납득할 수 없습니다! 장군님도 아시지 않습니까? 저희를 이렇게 대우한다면 우리 병력들은 당신들을 신뢰하지 않을 거예요!"

"……."

하시쿠란은 눈을 질끈 감았다. 그 또한 제무토의 이 판단이 잘못된 것이라 생각하고 있었으니까.

그러나 그는 충복이었다. 판단이 아무리 불합리해도 믿음을 가지고 있었다.

"최대한 빨리 복귀를 할 수 있게 해 주마. 다만 그 전에……."

절그럭! 고문 도구를 들고 나타나는 우락부락한 인상의 남자들.

케스퍼는 입을 떡 벌렸다.

"서, 설마 우리를 고문할 생각이십니까!? 단지 근거 없는 의구심 때문에……!"

"이런 상황에서 제무토 대장군님의 예감은 빗나가는 경우가 없다. 나도 마음이 아프지만 부디 버텨 내 다오."

"이럴 순 없는 겁니다! 그렇담 저만이라도! 저만이라도 풀어 주십시오! 저는 절대 첩자가 아닙니다!"

"미안하지만 예외는 없다."

"안 됩니다! 으아아……!"

비명이 울려 퍼지는 감옥.

이는 엄밀히 말해 미친 짓이었다. 무리 중에 첩자가 있을거라 추측하고 그 무리 모두를 고문하는 건 말도 안 되는 일이었다.

다만 그 말도 안 되는 미친 짓이 쥬라스의 계책을 깨부쉈다.

계책의 핵심이 되는 페드로가 감옥에 갇혀 고문을 받게 됐으니까.

물론 페드로가 자신이 첩자라는 걸 실토하지는 않았으나 어쨌든 고문을 받는 와중에는 움직일 수 없었다.

그렇게 제무토는 서방의 장교들을 모조리 속박하여 영향력을 죽인 뒤에 하시쿠란에게 3만의 병력을 주어 중앙으로 파견하게 된다.

중앙에서 격돌한 쥬라스와 토도람의 군대는 탐색전을 벌였다.

탁 트인 평야 지대에서의 전투인 만큼 한 방 싸움이 될 것이 분명했기에 섣불리 움직이지 못한 것이다.

뭣보다 북부와 남부에서 지원군이 올라올 게 뻔한 상황.

양측은 소규모 기병들로 신경전을 벌이며 시간을 죽이고 있었다.

그러던 중 보고가 들어온다.

남부에서 알스가 3만의 병력으로 북상. 북부에선 하시쿠란이 3만의 병력으로 남하하고 있다는 소식이었다.

이 소식에 쥬라스는 미간을 찌푸렸다.

"그게 사실입니까?"

"옛, 제무토는 출격 직전 서방의 장교들을 모조리 포박하여 감옥에 가뒀다고 합니다."

"……."

안톤의 안색이 굳어졌다.

"설마 우리의 계책을 읽고서? 어떻게 그럴 수가……. 근거는 없었을 텐데!"

페드로는 쥬라스가 심혈을 기울여서 키운 첩자였다.

줄곧 서방 세력을 견제하고 있던 쥬라스는 그걸 대비하기 위해 두 명의 핵심 첩자를 키웠다.

하나는 뷜랑에 투입한 카시우스 로이드.

그리고 두 번째가 이 페드로였다.

쥬라스는 페드로의 정체가 절대 발각되지 않도록 페드로를 단 한 번도 크로싱 쪽으로 오게 하지 않았다.

특무대를 투입하여 적지나 다름없는 스벤너의 영토에서 육성했다.

육성을 완료한 이후에는 투입 시기를 가늠하고 있었는데, 알스를 사칭하여 국외로 쫓겨나고 있던 케스퍼는 아주 좋은 먹잇감이었다.

쥬라스는 페드로에게 케스퍼를 구출하여 서방으로 투신할 것을 지시.

그렇게 페드로는 케스퍼에게 있어 은인이자 친구로 서방

에 침투를 했다.

케스퍼가 출세를 하면 페드로도 덩달아 깊숙하게 침투를 하는 식이다.

그러니 상대는 페드로를 의심하기가 쉽지 않다. 페드로는 첩자로서 딱히 뭘 하지 않았으니까.

실제로 테토라 아니스트리는 케스퍼보다도 우직하게 자기 일을 잘하는 페드로를 더 깊게 신뢰했다.

"……훗, 꽤 하는군요."

쥬라스는 입꼬리를 씨익 올렸다.

"제무토…… 십걸이란 명성은 허투루 얻은 게 아니라는 겁니까."

"쥬온, 이렇게 되면 필히 전투를 치러야 한다."

"그렇게 되겠죠. 그리고 아마 알스는 상대보다 늦게 도착할 겁니다. 내가 건 계책이 성공할 거라 판단하고 적의 도주로를 틀어막으면서 북상을 할 테니까요."

이렇게 되면 쥬라스의 군대는 알스의 지원이 올 때까지 위아래로 협공을 당하게 된다.

그렇다고 이 지역을 포기하고 군을 물리자니 상대가 이곳에 자리를 잡아 힘을 뭉친 뒤에 서부 전선을 공략하게 된다.

"……버티고 있도록 하죠."

지금은 상대에게 기회를 줘선 안 됐다. 상대가 선수를 취하여 가시적인 이득을 보기라도 한다면, 전선이 도미노처럼 무너질 수 있기 때문이다.

그러니 지금은 알스가 도착하기를 기다리면서 버티는 게 상책이었다.

쥬라스는 버텨 낼 자신이 있었다.

그러나 그때 쭈뼛거리며 의견을 표한 자가 있었다.

"저기……."

안톤과 함께 크로싱의 진영에 합류해 있던 애거트였다.

"알스 형이라면 계책이 실패할 걸 예측하고 다음 수를 준비해 두지 않았을까요?"

"……."

"아, 아뇨, 그냥. 알스 형이라면 전투 외적으로 어떻게든 해 주지 않을까 해서요. 알스 형은 전투 피해를 최소화해서 승리하는 걸 좋아하니까요."

침묵이 흘러가는 회의 막사.

애거트는 뒤통수를 긁적인다.

"죄송합니다. 그냥 흘려들어 주십쇼."

안톤도 못 말린다며 한숨을 쉬었으나 쥬라스의 반응은 달랐다.

뭔가 짚이는 게 있던 그는 서둘러 전도를 펼쳤다.

"설마……?"

소름이 돋았는지 쥬라스는 손가락을 파르르 떨더니 곧 광소를 터뜨렸다.

"하하하하핫!"

그러고는 부대에 후퇴 명령을 내렸다.

예상대로 먼저 목적 지역에 도달한 것은 하시쿠란이 이끄는 3만의 병력이었다.

그들은 보급 마차를 대거 이끌고 오면서 보급에 대한 걱정도 덜어 주었다.

토도람은 그 모습을 보고 만족스럽게 웃었다.

"제무토라고 했었나? 십결의 일원이라고 하더니 능력이 제법인걸."

"말조심하시길. 제무토 대장군님은 당신의 상관입니다."

"흥, 나는 객장이라고. 그런 사사로운 건 넘어가자고. 그보다 앞으로의 방향에 대해선 알고 있겠지?"

"예, 서부로 이동을 하면서 적의 요새를 부수고 뒤를 잡는 것이겠죠."

그러면 정면에 있는 캘버린의 군대가 물밀듯이 밀고 들어오며 중앙 서부 전선은 무너진다.

그렇게 서부 전선이 무너지면 전선이 대도시 플라톤 부근으로 쭉 밀려나며 남부와 북부 전선도 얻어 낼 수 있게 된다.

"쥬라스 파밀리온의 군대는 어느 방향으로 후퇴를 했습니까?"

"서부로 향했다. 어떻게든 진을 치고 막아 보겠다는 거겠지."

"지체할 시간이 없군요. 남부의 군이 올라오기 전에 뚫고 나가는 게 좋을 겁니다."

"알고 있다."

병력을 규합한 그들은 서부 전선으로 이동할 준비를 했다.

서부로는 가도가 잘 정비가 되어 있고, 길도 여러 개가 있었기에 그들의 진군을 막을 방법은 요원했다.

그러나 막상 진군을 시작한 스벤너군은 예상 밖의 상황을 마주하게 된다.

토도람도, 하시쿠란도 눈을 부릅뜨게 되는 그런 상황이었다.

"……저건 뭐지? 첩보에는 없었는데?"

가도를 막고 있는 목책. 그 외에 다른 우회로에도 간소하게 요새가 지어져 있었다.

쥬라스의 부대는 그 요새를 끼고 철통같이 길을 막아서고 있었다.

하시쿠란은 경악한다.

"그런 말도 안 되는……! 가장 최근에 있던 첩보에도 저런 시설에 대한 정보는 없었습니다!"

"그렇다는 건 지어진 지 며칠 안 됐다는 건데……."

토도람은 문득 얼마 전에 있었던 알스의 기행을 떠올렸다.

"하, 하하하! 그랬나. 그랬던 건가……!"

병력을 일시에 소멸시켜 뿔뿔이 흩어지게 한 알스의 계책.

그 행방을 알아내기 위해 스벤너의 첩보 인력이 총동원됐었다.

행방을 감춘 병력이 어떤 전선을 노리고 있는지를 알아내기 위함이었다.

그 탓인지 전선 안쪽에 대한 경계는 소홀해지고 말았다.

알스가 흩어지게 한 병력 중 일부는 이곳 중앙으로 들어와 상대 첩보의 시선을 피해 간이 요새를 건축한 것이다.

"그건 란시아를 농락하기 위한 단순한 기만책인 줄 알았건만. 이런 꿍꿍이속이 있었군……."

"그런……!? 그렇담 알스 일라인은 전황이 이렇게 될 것을 전부 내다보고 있었다는 겁니까!?"

"그거야 모르지. 단순히 보험을 걸어 둔 것일 수도 있으니까. 어쨌든 제대로 한 방 먹은 건 사실이야."

이렇게 되면 시간이 끌리고 만다.

그 경우 알스가 뒤에서 숨통을 조이고 올 게 분명했다.

이곳은 적지이기도 한 만큼 고립이 되면 답이 없어진다.

"이러면 어쩔 수 없어. 손해를 감수하고서라도 빠져나가야 된다."

"큭……!"

"강행군을 펼쳐 퇴각하겠다!"

토도람은 쿨하게 이 전황의 패배를 인정했다.

그는 내심 알스에게 찬사를 보내며 강행군을 시작. 알스, 쥬라스의 추격을 받아 6천가량의 병력 손해를 보며 서남부 전선을 억지로 뚫고 빠져나오게 된다.

알스의 묘책으로 인해 패퇴한 스벤너군.

그 군영엔 침통한 공기가 흘렀다.

북부, 중부, 남부. 세 곳의 어떤 전장에서도 전과가 나오지 않았기 때문이다.

"놀랍군. 명장들이 이렇게나 모였는데도 전혀 성과가 없다니 말이야."

캘버린이 입꼬리를 올리며 웃자 다른 장군들의 안색이 꿈틀거렸다.

그렇지만 아무런 말도 할 수 없었다.

그나마 성과를 내고 있던 게 캘버린이었으니까.

캘버린은 야금야금 영토를 뺏어 가며 중앙 전선을 압박하고 있었다.

"그것도 이젠 불가능하게 됐군. 당신들이 북부와 남부에서 패전을 해 버렸으니 말이야."

병력적인 손실은 크지 않았지만 움직임 측면에서 손해를 본 게 컸다.

　스벤너군은 일방적으로 패주한 반면, 연합군은 추격을 함과 동시에 효과적인 병력 배치를 했기 때문이다.

　"이미 지나간 일이다. 계속 얘기해 봤자 사기만 떨어질 뿐이야."

　란시아 갈레론은 캘버린을 매섭게 노려보고는 제무토에게 시선을 돌렸다.

　"제무토, 전황을 바꾸려면 이젠 교전밖에 없다. 결단을 내릴 시간이야."

　그들에겐 비장의 수가 있었다. 그걸 사용하느냐 마느냐의 방아쇠를 쥔 건 대장군인 제무토였다.

　사실 제무토의 허가 없이도 사용하려면 사용할 수도 있었지만, 굳이 그러지는 않았다.

　그 비장의 수를 준비한 모신도 제무토의 실력은 인정을 하고 있었으니까.

　제무토라면 최선의 상황에서 그 수를 사용해 줄 거라 믿어 의심치 않았다.

　한참이나 고민하던 제무토가 나직하게 말한다.

　"……정말 드래곤이 전황을 바꿀 수 있는 건가? 애초에 드래곤이 이곳으로 올 수 있는 건가?"

　"그렇다, 너도 들어서 알고 있겠지만 이미 크로싱의 함대가 분단 결계를 뚫고 외부로 나갔다. 그로 인해 외부에 있는 우리 세력은 심대한 타격을 입고 말았지."

"흠."

"이번엔 우리 차례다."

쥬라스가 중앙에서 외부를 공격한 것처럼, 이번엔 그들이 외부에서 중앙을 침공할 생각이었다.

그걸 위한 비장의 무기가 드래곤 메파트라였다.

알스가 흑마법사 집단 아티클과 부딪쳤을 적에 맞섰던 혼돈의 드래곤.

피아를 식별하지 못하게끔 만드는 그 특유의 능력으로 상대를 자중지란 상태에 빠뜨릴 생각이었다.

대략 수만의 병력이 자중지란에 빠져 버린다면, 연합군은 심대한 타격을 입게 될 게 분명했다.

그걸 기점으로 플라톤을 탈환하여 중앙 지역을 점거하고, 그곳을 교두보로 중부에 위치한 알바드를 멸망시키고 리안드의 수도인 알펜서드까지 함락시킬 생각이었다.

그렇게만 한다면 연합은 북부와 남부가 단절된 형태가 된다.

제무토는 이윽고 고개를 끄덕였다.

"……좋다. 사용하도록 하지. 다만 어디에서 어떻게 사용하는가는 내가 정한다."

"무슨 뜻이지?"

"흐름상 너희들에게 병력의 지휘를 맡기긴 했지만, 거기까지에 불과해. 총대장은 나다. 애초에 난 너희들을 믿지 않아."

제무토는 한 가지 첩보 자료를 공개했다.

"적은 최근 들어 한 가지 훈련을 집중적으로 실시하고 있다."

"훈련?"

"바로 야전이지."

야간을 염두에 두고 하는 훈련.

"야전 훈련이라면 통상적인 것 아닌가?"

"일반적이라면 그렇지. 하지만 상대는 수비를 하고 있는 입장이다."

수비를 하고 있는 입장에서 야전은 크게 무섭지 않다. 자기들 본진에서 전투를 하는 것이기도 하고, 진영 여기저기 횃불이 밝혀져 있어서 크게 어둡지도 않으니까.

"그럼에도 야전을 상정하고 훈련을 한다는 건 드래곤의 존재를 눈치챈 것일 가능성이 높아."

야전 훈련의 핵심은 피아를 식별하는 것이기 때문이다.

제무토는 연합군이 드래곤의 존재를 알고 그 훈련을 하고 있다고 생각했다.

이에 캘버린이 반박한다.

"그야 알고 있을 수밖에. 2년 전에 벌어진 아티클과의 전쟁에서 알스 일라인은 메파트라의 능력을 직접 경험했다. 그 드래곤이 우리들의 손아귀에 들어와 있다는 것도 어렴풋이 알고 있겠지. 그러니 적이 대비를 하는 건 당연하다."

"그럴지도 모르지만, 단순히 배신자가 있는 건지도 모르지."

제무토는 셋 중에 배신자가 있을 수도 있다고 의심하고 있었다.

"그 가능성을 배제할 수 없는 한, 이번 작전은 내가 모신이라 불리는 여인과 직접 담판을 짓도록 하겠다. 그 드래곤은 임의의 전장에 투입할 생각이니, 일련의 상황에 대비하고 있도록."

셋은 침묵했다.

그러던 중 토도람이 말한다.

"네놈……. 생각 이상으로 유능한걸. 그래, 그렇게 해야지. 아군을 속여야 적을 속일 수 있는 법이거든. 나는 이의 없다."

란시아도 내심으론 동의를 했다.

제무토의 이 선택은 상대 입장에선 절대로 예측할 수 없는 것이었다. 그야말로 무적의 책략이 된다.

"……."

캘버린은 의미심장한 표정으로 제무토를 응시했다.

그러다 곧 고개를 끄덕이며 마지못해 동의를 표했다.

조금씩 유리하게 흘러가는 전장.

애초에 우리는 수비만 해도 충분한 상황이었기에 적의 침공을 격퇴한 이번 전과는 컸다.

적이 그 병력을 추슬러 다시 전장에 파견하려면 못해도 4일은 걸릴 테니까.

나는 그 4일 동안 병력을 재편하고 방비를 굳힐 생각이었다.

'변수는 하나.'

적이 투입하게 될 드래곤의 존재였다.

그 드래곤이 얼마나 위협적인가는 직접 겪어 봐서 아는 만큼, 그 대비를 해야만 했다.

다만 장교들에게 마법이나 드래곤에 대해 설명을 해 봐야 제대로 알아먹지 못하니 야전이라는 명목으로 훈련을 하고 있었다.

'캘버린이 말한 장소는 중앙…….'

캘버린이 보낸 편지에는 시기와 장소가 적혀 있었다.

북부, 중부, 남부의 병력을 모두 한곳에 모아 우리 수비군의 집결을 유도한 뒤에 우리 진영에 드래곤을 떨어뜨리는 작전이다.

그걸 대비하여 우리도 준비를 하고 있었다.

드래곤이 낙하한 그 즉시 핵심 전력을 투입하여 드래곤을 척살하는 것이다.

여기에 같은 드래곤인 반달린이 도움을 주기로 했으니, 쉽게 수습을 할 수 있을 테다.

그렇게 안일하게 생각하고 있었던 때였다.

"급보—!"

허겁지겁 뛰어 들어오는 전령. 그 표정은 귀신이라도 본 것 같았다.

"부, 북부 전장에 다수의 괴물이 출현했다고 합니다!"

"무슨 소리지? 다수의 괴물이라니?"

"그게……. 저도 그런 보고밖에 받지 못한지라…….."

"더 자세히 말해 봐!"

그 보고를 들은 나는 해머로 강하게 맞은 듯한 착각을 느꼈다.

'속았구나!'

캘버린의 편지는 속임수였다. 그렇게밖에 설명할 수 없었다.

캘버린은 작전의 개요를 흘린 척, 내게 심리의 빈틈을 만든 다음 기습적으로 드래곤을 투입해 버렸다.

"애거트! 있냐! 안톤! 당신도요!"

내 노성이 깃든 목소리에 둘은 어리둥절해한다.

"캘버린에게 속았습니다. 현재 북부 전장에 드래곤이 출현하여 혼란을 주고 있다고 해요. 어서 이 사실을 모든 군영에 알리고 대비에 들어가라고 전해요!"

"자, 잠깐만! 캘버린 씨가 우릴 속였다니. 그럴 리 없어!"

"너도 속은 거야, 애거트."

"그럴 리 없다니까!? 그 사람은 그럴 사람이 아니야! 뭔가 착오가 있는 거라고!"

"착오든 뭐든, 지금에 와서 그 부분은 중요하지 않아. 어쨌든 빨리 움직여!"

이번 상대의 움직임은 더없이 까다롭게 느껴졌다.

차라리 편지에 적힌 것처럼 큰 거 한 방을 노리고 사용을 했다면 우리도 준비를 해서 받아칠 수 있었지만, 이렇게 게릴라 형태로 드래곤을 이용해 버리면 대처하기가 어려워진다.

'그렇다 해도 쥬라스가 있는 북부를 노리다니.'

쥬라스를 처리하는 게 선결 과제라 생각한 모양이었다.

'나라도 그렇게 했겠지.'

지금은 북부에 지원을 보내기 어려운 상황.

'쥬라스 녀석도 나름대로 대비를 하고 있었을 텐데.'

그 대비가 무엇인지는 나도 알지 못했다. 지금은 부디 그 대비책이 제대로 맞아떨어져 쥬라스 스스로가 전황을 극복하길 바라는 수밖에.

드래곤의 출현으로 혼란이 발생한 크로싱의 진영.

쥬라스는 그 혼란 속에서도 웃음을 잃지 않았다.

"과연, 이것이 알스가 겪었다는 대혼란입니까……."

포효하고 있는 드래곤 메파트라. 그로 인해 병사들은 서로가 괴물처럼 보이고, 말이 통하지 않게 됐다.

이러한 상황을 대비한 야전 훈련을 계속하긴 했지만, 효과는 거의 없었다.

그도 그럴 게 주변 사람이 전부 인외의 괴물로 보이고 있었으니까.

그나마 미리 구체적인 정보를 전해 들은 장교들은 사정이 괜찮았다.

크로싱의 2장군 놀락은 혼란 속에서 분탕을 저지르고 있는 일부의 적들을 포착해 냈다. 드래곤과 함께 나타난 자들이었다.

그들은 병사들을 공격하며 분란을 만들고 있었다.

"이놈들!"

놀락은 그들을 노렸다.

그는 할버드를 휘두르고 있는 괴한을 향해 철로 된 몽둥이를 휘둘러 쳤다.

콰드드득! 팔을 분지르며 갈비뼈와 내장을 분쇄해 버리는 아찔한 충격.

상대가 전투 불능이 됐다고 판단한 놀락은 그에게서 등을 돌리고 다른 자들을 처리하려 했으나, 그때였다.

콱! 놀락의 팔을 절단해 버리는 할버드의 날.

오른팔을 잃은 놀락은 재빨리 뒤로 물러나려 했지만, 다른 시체에 발이 걸리며 넘어지고 만다.

"무슨……!?"

놀락은 아연하게 상대를 올려다보고 있었다.

팔이 부러지고 갈비뼈가 아작 난 상대가 어느새 멀쩡하게 회복해 있었으니까.

그 상대, 커스버트는 부러졌던 팔을 흔들며 씨익 웃었다.

"멍청한 놈, 곧바로 머리를 노렸으면 날 죽일 수 있었을 텐데 말이야. 뭐, 이렇게 말해 봤자 알아듣지도 못하려나. 이 만 죽어라."

부웅! 날아가는 놀락의 목.

커스버트는 주변을 둘러보며 부하들에게 소리친다. 그들은 모종의 마법으로 인해 소통이 가능한 상태였다.

"적장을 찾아라! 쥬라스 파밀리온, 그자를 놓쳐선 안 된다!"

그들의 목적은 쥬라스였다.

제무토는 이 드래곤을 통한 작전으로 쥬라스 하나만을 처치한다고 해도 이득이라 생각했다.

굳이 거창하게 사용하기보단 사소한 이득만으로 충분했다. 그것만 있어도 전장의 유불리가 바뀔 테니까.

"흠……."

쥬라스는 침음성을 흘렸다.

뭐라 명령을 내리고 싶어도 말이 통하질 않아 들어먹질 않았으니까.

그래도 방법은 있었다.

"어디 한번 해 볼까……."

펄럭! 대장 막사에 있던 그가 빨간색 기를 높이 내걸자 시간 차를 두고 여기저기서 펄럭! 펄럭! 하며 빨간색 깃발이 흩날렸다.

이런 때를 대비한 작전 신호였다.

정해진 방향으로 뛰어라. 이때 반대 방향으로 이동하는 상대는 모두 적으로 간주하라는 신호.

그 정해진 방향이라고 함은 바로 제무토가 있는 스벤너의 진영이었다.

그 스벤너의 진영도 드래곤의 영향을 받으며 혼란에 빠져 있었지만, 이쪽은 타이밍을 미리 알고 있었기에 대처가 가능했다.

병사들은 서로가 괴물로 보이는 와중에도 어떻게든 평정을 유지했다.

크로싱의 진영이 아수라장으로 변한 것을 보며 안심하고

있었다.

그런 와중에 크로싱의 병사들이 일제 돌격을 감행하자 이쪽도 난리가 날 수밖에 없었다.

크로싱의 장교들과 병사들은 혼란한 와중에도 쥬라스의 작전 지시를 완벽하게 수행했다.

그들도 내심 주변에 보이는 괴물들이 아군일 수도 있다고 생각을 하고 있었다. 그러니 작전 신호가 떨어지자 아군일 수도 있는 괴물들을 의심하며 혼란해하기보단 적진에 있는 괴물들을 죽이기 위해 돌격하는 게 더 낫다고 판단을 했다.

"뭐, 뭐야!?"

"젠장! 받아쳐!"

얽히기 시작한 양측의 군대.

이는 스벤너의 의표를 찌르는 것이었다.

제무토는 상대에게 자중지란을 일으켜 일방적으로 이득을 볼 생각이었지만, 이렇게 되면 스벤너의 병력에도 혼란이 발생하여 심대한 피해를 입는다.

게다가 그뿐만이 아니었다.

"이거야 원, 저쪽에서 직접 이런 기회를 만들어 줄 줄이야."

쥬라스는 딱 좋은 위장이라며 섬뜩하게 미소 지었다.

그는 자연스럽게 병력 사이에 스며들었다. 그렇게 제무토의 목을 노리기 위해 적진으로 향했다.

드래곤의 등장으로 인해 어수선해지기 시작한 전장.

병사들 사이에서도 동요가 일고 있었다.

"알스!"

중간 지점에서 합류한 소피아는 험악한 표정으로 말해 온다.

"북부는 지금 종잡을 수 없는 형국이라고 해요. 우리 첩보원들조차 정보를 수집하지 못하고 있어요."

"그 정도라고요? 그래도 퇴각을 했다면……."

"퇴각을 하지 않았거든요. 쥬라스 파밀리온 그 작자가."

듣자니 쥬라스는 만에 하나의 경우를 대비해 한 가지 작전 신호를 숙지시켜 뒀다고 한다.

"무차별 돌격……?"

"맞아요. 크로싱의 병사들은 혼란한 와중에도 스벤너 진영을 향해 공격을 감행한 모양이에요."

"허!"

그런 상황에서 용케도 그런 짓을 했다 싶었다.

어쨌든 그로 인해 전황은 미궁에 빠져 버렸다.

쥬라스는 손해를 감수하며 퇴각을 하기보단 상대도 똑같은 상황에 처하게 만들었다.

이래서야 결과가 어떻게 될지도 알 수 없었다.

남은 문제는 우리가 어떻게 움직이느냐였다.

소피아가 묻는다.

"반달린에게 연락은 취했나요?"

"취했어요. 하지만 워낙 갑작스러운 일인지라 그쪽도 준비를 하려면 반나절 정도는 걸릴 거예요."

"어쩔 거죠? 북부 전장을 도우러 갈 건가요?"

"……."

북부가 혼전을 벌이고 있는 지금, 중앙의 움직임은 제한이 된다.

중앙 전장은 북부의 결과가 어떻게 되느냐에 따라 대처가 달라지는 만큼 전선을 확실히 수비하며 신중하게 움직일 수밖에 없다.

그렇게 되면 키포인트는 우리 남부 전장이 된다.

남부에서 우위를 점하게 될 경우 중앙에 있는 상대가 위아래로 압박을 받기 때문에 전황이 크게 흔들린다.

우리가 눈앞에 있는 상대를 무찌르고 압박을 가한다면, 결과적으로 북부도, 중앙도 숨통이 트이는 셈이다.

'어쩌지……?'

그런 고민을 하던 차, 상대가 먼저 움직이기 시작했다.

"보고드립니다! 대치하던 적군이 진군을 준비 중! 목표는 우리 진지들인 것 같습니다!"

상대 란시아 갈레론도 똑같은 생각을 한 모양이었다.

애초에 드래곤을 기습적으로 투입한 작전 자체가 공세를 취하기 위함이었으니 어찌 보면 당연한 움직임이었다.

"적의 병력 규모는요?"

"첩보에 의하면 4만에 육박한다 합니다!"

그에 맞서는 우리의 병력 규모도 4만. 동수의 싸움이니 충분히 해볼 만했다.

"……전군 전투준비! 응전토록 하겠다!"

북부와 남부. 양 날개에서 불이 붙은 전장.

이는 전쟁의 승패가 걸린 중요한 전투였다.

진군하기 시작한 스벤너군.

란시아 갈레론은 토도람 돌른, 그리고 스벤너의 2장군 하시쿠란을 부관으로 두고 진군을 시작했다.

토도람이야 본래 란시아와 함께 행동을 하는 자였으니 그러려니 해도, 하시쿠란은 달랐다.

대장군 제무토의 수족이자 군의 책사.

그는 지난번 중앙 전선 침공 과정에서 남부군에 합류를 한 상태였다.

군의 전반적인 연계를 위해 제무토가 파견을 해 놓은 것이다.

그 하시쿠란은 초조한 듯, 연신 북부 방향을 바라보고 있었다.

이에 토도람 돌른이 씨익 웃으며 말한다.

"네 주인이 걱정되나 보지?"

"……."

"흥, 네 주인이 그만한 역량을 가지고 있다면 걱정할 이유도 없지 않나? 그도 아니면 네 주인을 믿지 못하는 건가?"

"그렇지 않습니다. 제무토 님은 불세출의 명장이십니다. 다만……."

그 스타일이라는 것이 있다.

제무토는 하나부터 열까지 본인이 판을 만들어야 직성이 풀리는 유형이었다.

패배의 가능성을 전부 배제하고 난 뒤에 전투를 시작한다.

본인이 패배할 수 있는 요소가 배제된 전투만 하니 무적의 장군이 될 수밖에.

하지만 이번 전투는 달랐다.

쥬라스의 음흉한 괴롭힘에 제무토의 인내심이 바닥을 드러내고 있었던 것.

게다가 스벤너가 침공해 온 입장이라는 것도 있었다.

제무토는 쥬라스의 흉계가 걷잡을 수 없을 정도로 내부에 침투해 있는 상태라고 판단을 내렸다.

하여 드래곤이란 비장의 수를 쥬라스 하나를 처치하기 위해 사용해 버렸다.

문제는 이 드래곤이라는 것이 검증되지 않은 불확실한 전략 자원이라는 점이었다.

그 효과는 얘기로 들어서 알고 있긴 했지만 그뿐. 애초에 마법에 대해 능통하지 않았던지라 그게 구체적으로 어떤 효과인지를 알지 못했다.

이런 중요한 국면에서 철두철미하기로 유명한 제무토가 불확실한 작전을 사용한 것이다.

하시쿠란은 그게 마음에 걸렸다.

"정 마음에 걸린다면 개인 첩보원을 파견해라. 그것보다 지금은 눈앞의 전투에 집중해. 알스 일라인, 그놈에게 두 번이나 당하고 싶지는 않잖아?"

"물론입니다."

알스의 기책으로 인해 패퇴를 했어야 했던 둘은 이를 갈고 있었다.

이번 전투의 형태도 복수를 하기 딱 좋았다.

스벤너군은 속전속결을 위해 군을 두 갈래로 나눈 상태였다.

핵심이 되는 상대의 진지 두 곳을 일시에 함락시켜 빠르게 전선을 밀어내기 위함이었다.

병력은 각각 2만.

한쪽은 란시아 갈레론이 이끄는 군대였고, 다른 한쪽은 토도람과 하시쿠란이 이끌고 있었다.

이에 맞서 알스는 소피아에게 2만의 병력을 주어 란시아의 군대와 붙여 놓고, 본인이 직접 토도람을 상대했다.

이는 토도람이 공격해 오는 지역의 수비가 약했기 때문이다.

소피아가 수비하는 지역은 돌로 지어진 요새를 끼고 수비를 할 수 있었지만, 이쪽은 목책뿐이었다.

물론 목책만으로도 전략적으로 큰 이점을 준다.

심지어 목책은 1차, 2차까지 세워져 있어서, 여차할 땐 1차 목책을 버리고 2차 목책으로 도주할 수도 있었다.

시간을 버는 용도로는 최고라고 할까. 속전속결을 원하고 있는 스벤너 입장에선 짜증 나는 상황이었다.

토도람은 일렬로 길게 세워진 목책을 파괴하기 위한 책략을 궁리했다.

"목책이 견고하지 않다면 기병으로 짓이길 수도 있지만……."

목책이 그 이상으로 단단하다면 무의미하게 기병을 잃어버릴 가능성이 높다.

정석적으로는 보병들을 접근시켜 천천히 파괴를 하는 게 맞지만, 그러기엔 병력의 피해가 커진다.

"불을 이용해 보는 건 어떻습니까?"

하시쿠란의 말이었다.

"불?"

"과거 용병 웨이드……. 알스 일라인이 키메라 전쟁에서 사용했던 전략입니다. 목책 앞에서 불을 피워 연기를 올려 우리의 움직임을 파악하지 못하게 하는 겁니다."

"호오, 그래서?"

"이후엔 일점 돌파를 하여 파고든 뒤에 그곳에서부터 축성을 했죠."

그 얘기를 들은 토도람은 피식 웃는다.

"괴짜 같은 놈이군. 화공을 속임수로 두고 적진에 자리를 잡는다라. 흠, 재미있군."

토도람은 문득 하늘을 올려다보았다.

그러곤 눈을 감고 무언가를 느끼듯 명상을 했다.

하시쿠란은 갑자기 무슨 짓이냐며 고개를 갸웃한다.

"조용히."

토도람은 이후로도 눈을 감은 채 30분가량을 못 박힌 채 서 있었다.

그러더니 씨익 입꼬리를 올렸다.

"해 볼 법하겠군. 여봐라!"

토도람은 군에 명령을 내려 땔감을 모으기 시작했다.

작전의 요지는 알스가 과거 키메라 전쟁 때 했던 것과 유사했다.

바로 화공이었다.

분주하게 움직이는 적군.

스벤너군은 주변 나무를 베어 낸 뒤, 그것을 건조시켜 땔감으로 사용할 준비를 하고 있었다.

'무슨 짓이지? 설마 불을 지를 속셈인가?'

효과 자체는 나쁘지 않을 테다. 이 지역은 평탄하긴 해도 본래 산지였던 곳인지라 진영에 나무가 많았다.

지금은 봄이 완연하여 그 나무에 잎사귀가 달려 있고, 바닥에도 풀이 자라고 있었다.

그것들에 불이 이어 붙는다면 잠깐 동안은 혼란에 빠질 터.

다만 그렇게 불이 붙는다고 해도 상대가 그 불을 넘어오지를 못하면 의미가 없다.

우리가 불을 피해 뒤로 물러난다면 상대도 추격하지 못한다. 이는 결과적으로 시간을 소모하는 꼴이 된다.

"알스 님, 진화 작업을 준비시킬까요?"

에오니아는 소일거리가 생겨서 기뻤는지 설레하고 있었다.

"아니야, 굳이 그렇게 진지하게 대처할 필요는 없어. 만약 불을 지르면 소화 작업을 하지 않고 뒤로 물러날 거야."

"예……."

시무룩하여 입술을 삐죽 내미는 에오.

그때 내 책사로 합류해 있던 올라프가 진언한다.

"우회를 노리고 있는 게 아닐까?"

"흠."

"목책을 상대하기 싫으니 불을 질러서 시선을 뺏고 다른 지역으로 우회를 하려는 거지."

그렇다고 하면 유력한 지역은 바로 위에 있는 마드리 산지였다.

그곳은 지형이 일정하지 않고 산길도 제대로 만들어져 있지 않아 우리도 마땅한 요새를 만들어 두진 못했다.

그곳에서 전투를 한다고 하면 비교적 동등한 입장에서 전투를 하게 될 터였다.

"그치만 듣기로는 적 병력 중에 기병의 비율이 은근히 높다더군요. 산지에 들어가면 그 기병은 사용하지 못할 텐데요."

"그거야 기병은 짐말로 전환해서 보급 수송의 역할을 맡기지 않을까? 마드리 산지로 들어와서 전투를 하면 단기 결전으로 끝내지는 못할 테니까. 물자 수송이 중요해지겠지."

뭔가 석연치 않았다.

하지만 그것 외에는 생각할 수 있는 게 없는 것도 사실이었다.

"좋습니다. 그렇게 생각하고 대비를 하고 있도록 하죠."

상대가 불을 지르면 빠르게 뒤로 물러나 마드리 산지로 이동을 준비한다.

그렇게 대비를 하고 있는 우리에게, 상대는 기상천외한 행동을 하기 시작했다.

개전 3일 차.

상대는 본격적으로 화공을 펼치기 시작했다.

척! 척! 발을 맞춰 접근해 온 상대 보병대는 준비해 둔 땔감 수레를 우리 목책으로 밀어 넣더니 그 수레에 불을 놓았다.

화르르륵! 수레 자체에 특수한 기름을 발라 났는지 수레가 불타면서 땔감들이 맹렬하게 타올랐다.

혹시 몰라 목책에 물을 적셔 놓긴 했지만 금방 불이 옮겨 붙었다.

"물러나라!"

나는 주저 없이 1차 목책에 서 있던 병력을 후퇴시켰다.

하늘 높이 피어오르는 검은 연기.

이로 인해 적군의 움직임을 파악할 수 없게 됐다.

이대로 마드리 산지로 우회를 한다고 하면 올라프의 예상대로 되는 것이었지만······.

"쏴라!"

피피피핑! 하늘을 뒤덮는 불화살.

다만 그 타이밍이 무척 애매했다.

우리를 맞힐 생각이었으면 곧바로 불화살을 쏴야 했건만,

우리가 2차 목책 뒤로 이동한 뒤에야 불화살을 쏘기 시작했던 것.

하여 불화살들은 땅이나 나무, 목책에 박히며 인명 피해는 내지 못했다.

다만 불로 인한 효과는 있었다.

바닥과 나무, 그리고 우리가 남기고 간 막사에 불이 붙기 시작하면서 불난리가 난 것이다.

심지어는 2차 목책에도 불이 붙어 타오르기 시작했다.

애초에 2차 목책은 1차 목책에 비해 규모도 작고, 허름했기에 금방 불타기 시작했다.

'대체 뭐지?'

우회를 할 작정이었다면 1차 목책만 불태우고 갔으면 그만이다.

그렇게만 해도 우리가 우회를 하는 적군의 꽁무니를 붙잡을 수는 없게 되니까.

굳이 2차 목책까지 노리는 이유를 알 수가 없었다.

뭐가 됐든 상대는 우리를 직접적으로 공격하지 못하니까.

올라프도 상대의 기행에 어리둥절해하고 있었다.

"알스, 어쨌든 마드리 산지로 병력을 이동시키자고. 상대가 할 수 있는 병력 움직임은 그것밖에 없어."

"……잠깐만요."

뭔가 마음에 걸렸다.

지금 적의 행동은 과거 내가 키메라 전쟁에서 했던 것과
유사했다.

　화공을 속임수로 두고 다른 주요 작전을 실행하는 것이다.

　그게 마드리 산지로의 우회일 수도 있었지만 그렇게 단순
할 것 같지는 않았다.

　'굳이 2차 목책까지 노렸다는 건 애초에 목적이 목책을 부
수는 것이었던 걸지도 몰라.'

　목책을 부수고 우리 군을 직접적으로 타격하기 위해서 화
공을 선택했다고 하면 일리는 있다.

　다만 그 불길을 어떻게 진압을 하느냐가 문제였다.

　'마법이라도 사용하지 않는 이상에야…….'

　그때 뇌리를 스쳐 가는 것이 있었다.

　'설마?'

　나는 급히 하늘을 올려다보았으나 화재로 인한 연기 때문
에 제대로 볼 수가 없었다.

　내가 멍하니 하늘을 바라보고 있자 올라프가 묻는다.

　"알스, 왜 그래?"

　"올라프, 지금 시점에서 이 지역에 비가 얼마나 왔었죠?"

　"그, 글쎄? 그래도 적진 않을 거야. 연못이 1년 내내 마르
지 않을 정도로 풍성한 땅이니까."

　꿀꺽! 나도 모르게 마른침을 삼켰다.

　내 생각대로라면 적의 행동 원리가 이해가 된다.

아니나 다를까.

뚝! 뚝! 한 방울씩 내리기 시작하는 빗줄기.

그건 곧 소나기가 되어 바닥을 두드리기 시작했다.

잠깐 동안의 소나기였지만 화재를 잡기에는 충분했다.

스벤너군은 이 틈을 놓치지 않고 몸을 던져 가며 소화 작업을 실시했다.

"쯧! 화재 진압을 준비하세요!"

나는 불을 꺼서 2차 목책에 다시 자리를 잡으려 했으나 이미 한 발자국 늦고 말았다.

더그덕! 더그덕! 어느새 접근해 온 적의 기병대가 2차 목책을 무너뜨리며 모습을 드러낸 것이다.

그 선두에서 토도람 돌른이 의기양양하게 웃고 있었다.

'한 방 먹었어.'

설마 그 타이밍에 소나기가 내릴 거라고 누가 상상이나 했겠는가.

그로 인해 애써 세워 뒀던 목책이 전부 쓸모없어지고 말았다.

다만 이건 우연이라기보단 전부 계산이 된 것일 거라 생각했다.

"전군 전투준비!"

이렇게 된 이상 전면전을 치러야만 했다.

우리가 태세를 갖추고 있는 걸 지켜볼 생각이 없는지, 상대는 곧장 돌격을 해 왔다.

우두두! 달려드는 2천의 기병대.

여전히 비가 쏟아지고 있는 가운데에서 양군의 전투가 막을 열었다.

기상천외한 방법으로 목책을 뚫어 낸 상대.

나는 새삼 토도람 돌른이라는 자의 역사적 평가를 떠올렸다.

'천운을 타고난 장군……. 이런 이유였구나.'

에레보니아 왕국 출신의 토도람은 역사의 패배자로서 많은 평가 절하를 당했다. 승자인 펜실론 제국 입장에선 찢어 죽여도 시원찮을 원수였으니 당연했다.

하여 역사학자들은 그를 묘한 인물로 포장했다.

전쟁터보단 사교장에서 돋보인 밤의 황제였다느니, 외모만 번지르르한 행운아였다느니.

실제 전쟁에서도 기적적으로 내린 비나 눈 덕분에 위기를 모면하는가 하면, 갑자기 홍수가 일어나 적군의 보급로가 끊겨 승리를 거뒀다는 둥의 이야기가 많았다.

나는 그걸 두고 역사학자들이 사실을 왜곡한 거라고 생각했지만, 지금은 생각이 바뀌었다.

'전부 사실이었던 거야. 심지어 우연이 아니었어. 놈은 전부 계산을 하고…….'

어떤 원리인지는 알 수 없으나 토도람은 소나기가 내릴 것을 예측했다.

그렇기에 화공을 펼쳐 우리를 2차 목책 뒤로 물린 것이다.

"그럴 수가……."

에오니아는 눈을 부릅뜬 채 적의 선봉을 노려보고 있었다.

"비를 내리게 하는 장군이라니!"

"무슨 소리야. 비는 우연하게 내린 거야. 놈은 그 타이밍을 읽은 거고. 뭐, 그것도 놀라운 일이긴 하지만."

나도 지역의 지리나 계절을 계산해서 바람이 대충 어느 방향으로 부는가는 예측할 수 있었지만, 날씨를 예측하는 건 불가능했다.

그건 도무지 평범한 인간이 해낼 수 없는 것이었다.

"알스! 전투준비가 끝났어! 명령만 내려 줘!"

애쉬가 의욕적으로 말했다.

토도람은 아내 리시테아의 한쪽 눈을 뺏어 간 장본인이었으니 애쉬가 복수에 불타는 것도 당연했다.

"흥분하지 마. 우리는 받아칠 거야."

애초에 우리는 적에 비해 기마대가 많지 않았다.

애쉬가 이끄는 기마대는 전술적인 조커 카드로 활용을 해야 했다.

그때 전방의 장교들이 소리쳤다.

"적이 온다!"

"창을 들어라!"

철퍽! 철퍽! 비를 뚫고 접근해 들어오는 토도람의 기마대.

"으하하하하핫!"

선두에 서 있던 토도람은 귀신처럼 장검을 휘두르며 우리 병사들을 도륙하기 시작했다.

그 무위의 수준은 독보적이었다.

"알스 님! 저를 보내 주십시오! 제가 막겠습니다!"

에오가 이를 악물며 소리쳤으나 애써 무시할 수밖에 없었다. 에오를 놈에게 보냈다간 목숨을 잃을 게 뻔히 보였기 때문이다.

나는 고개를 돌려 미라벨을 보았다.

"미라벨, 당신에게 맡겨도 될까요?"

"내가 안 가면 에오에게 시킬 거잖아."

"아뇨, 당신이 가지 않는다고 해도 에오를 사지로 몰 생각은 없습니다."

"……훗."

내 대답에 미라벨은 따뜻하게 미소 지었다.

"갔다 오면 쌍둥이 애들이랑 에오는 당분간 내가 데리고 있을 거야."

"그렇게 하세요."

"그럼 갈게."

팁! 부근에 있던 말에 올라타는 미라벨.

미라벨을 보낸 이후에는 뒤따라오는 상대 보병대를 상대하기 위해 병력을 전개했다.

북부와 남부에서 교전이 벌어지며 본격화된 전쟁.

중앙의 군을 지휘하던 캘버린은 의미심장한 눈으로 누군가를 독대하고 있었다.

고혹적인 외모를 가진 묘령의 여성.

겉보기에는 매력적인 여성으로 보였으나 캘버린은 그녀에게서 불길함을 느꼈다.

"어쩐 일이십니까, 이곳까지 직접 오시다니요."

"……왜, 오면 안 되는 거야?"

"아뇨, 그렇진 않습니다."

그녀는 신적인 존재였다. 태초부터 존재한 영험한 존재.

그런 그녀가 존재를 위협받고 있었다.

"나를 향한 감시의 시선이 강해졌어. 역겨운 드래곤들이 대륙을 감싼 채로 내 움직임을 주시하고 있다고."

그녀는 이 세계를 만든 존재로, 땅이나 바다와 동화하여 불멸의 존재로 살아갈 수 있었지만, 제약이 있었다. 생물로 빙의해 있는 순간에는 죽임을 당할 수 있다는 점이었다.

그렇다고 소멸을 당하지는 않겠지만, 영향력을 완전히 잃어 기약 없는 부활을 기다려야 했다.

"그렇담 그 신체를 버리면 되는 것 아니겠습니까?"

"그럴 수도 없어졌어. 뭣보다 내게는 해야 할 일이 있으니까."

바로 존재하는 모든 지성체를 멸망시키는 일이었다.

그녀는 그 지성체에 대한 증오로 똘똘 뭉쳐 있었다.

캘버린은 묻지 않을 수 없었다.

"어째서 그렇게 증오하시는 겁니까?"

"아직도 모르겠어, 캘버린? 지성체는 말이야, 이 세계에 해악을 가져오는 존재들이라고."

"……?"

"근본적으로 자기들밖에 생각하지 못하거든."

모신은 인류가 발달했을 때의 일을 이야기하기 시작했다.

자기들의 이익을 위해 주변 환경을 파괴하고 모든 것을 황폐화시킨 후에 급기야는 스스로 멸망을 한다.

"그러니 지금이야말로 모든 걸 끝내야 해. 지성체들이 이 세계를 더럽혀 끝장내기 전에 말이야……!"

"……."

캘버린은 입을 다물었다. 모신의 이야기가 공감은 되지 않았지만 그 신념이 확고하다는 것만큼은 확인을 했으니까.

"아, 물론 약속은 지킬 거야. 캘버린, 너만을 위한 왕국을 세워 줄게. 인구는 1천 명 이하로 유지를 해 줘야겠지만 그래도 넌 거기서 왕처럼 살 수 있을 거야."

"……감사합니다."

캘버린은 설령 모신이 약속을 지킨다고 해도 자신의 목숨이 붙어 있을 때뿐만이라고 생각했다.

자신이 죽으면 언제 그랬냐는 듯 모두를 죽여 버리겠지.

모신이 인간의 형태를 하고 있는 것도 그런 이유였다.

사람이 아무리 자멸을 한다고 해도 그 선이 있기 마련. 마지막 생명을 끊기 위해선 모신이 직접 나설 필요가 있었으니까.

"그보다 캘버린, 너는 왜 미적지근하게 움직이고 있는 거지? 이미 북부에서도, 남부에서도 교전이 벌어지고 있는데 말이야."

"움직이는 의미가 없습니다."

"의미가 없다……?"

"양 날개에서 교전이 벌어지고 있는 건 그만큼 적의 중앙이 두껍기 때문입니다. 그 중앙의 적군은 여전히 자리를 고수하며 태세를 갖추고 있지요. 이 전황이 바뀌려면 양 날개에서 전과가 나와야 합니다. 전 그걸 기다리고 있는 겁니다."

"흐음……? 그냥 전군 돌격을 해도 괜찮은 것 아니야?"

최대한 많은 사람이 죽길 바라는 모신의 입장에서 캘버린의 소극적인 움직임은 마음에 들지 않았다.

"그것이 전쟁의 패배로 이어질 수도 있으니까요. 당신도 알스 일라인이 이 대륙을 정복하는 건 보고 싶지 않을 테죠."

"흥. 그럼 민간인이라도 학살을 해. 뺏어 낸 영토에 적의 민간인이 있을 것 아니야."

"죄송합니다, 그것도 불가능합니다. 그런 행동을 했다간 아군의 명분이 퇴색되고 적의 명분을 살려 줄 테니까요. 모든 건 전쟁의 승리를 위함입니다. 참아 주십시오."

"쳇, 이럴 줄 알았으면 테토라 아니스트리를 살려 두는 거였는데……."

모신은 이것도 저것도 마음에 들지 않는다며 신경질을 냈다.

그녀는 힘을 합쳐 자신의 숨통을 조여 오고 있는 드래곤들로 인해 신경이 곤두선 상태였다.

위협하듯 캘버린에게 으르렁거린다.

"잘해야 할 거야. 네 목숨은 내 손에 달려 있다는 거 알고 있지? 내가 마음만 먹으면 너도, 다른 놈들도 먼지가 돼 사라질 거라고."

"물론 잘 알고 있습니다."

"흥."

거친 손으로 막사를 들치며 떠나는 모신.

그녀가 완전히 떠난 걸 확인한 캘버린은 탁! 손가락을 튕겨 부관을 호출했다.

"부르셨습니까."

"조금 전의 여자를 미행해라. 미행해서 상세한 거처를 파악해."

"……위험도는 어느 정도입니까?"

"불가사의한 힘을 가지고 있다. 본연의 힘도 강할 거야. 그래도 지금은 평정을 잃은 상황이니 틈이 있을 터. 신중을 기한다면 미행이 가능할 거다."

"예, 바로 착수하겠습니다."

후다닥 떠나가는 부관.

캘버린은 드물게도 초조함을 드러내며 마른침을 삼켰다.

한편 란시아 갈레론과 대치를 하고 있던 소피아는 적의 우회에 대해 경계심을 높이고 있었다.

란시아가 병력을 돌려 알스를 노릴 수도 있다고 생각한 것이다.

하여 첩보 인력을 증원하여 정보 수집에 박차를 가하고 있었다.

그러던 중, 토도람 돌른이 화공으로 목책을 부수고 들어갔다는 소식에 비상이 떨어졌다.

"보고드립니다! 폐하의 부대가 적군과 전면 교전에 들어갔다고 합니다!"

"목책이 그렇게 무너지다니……!?"

소피아는 전율할 수밖에 없었다.

날씨를 이용한 책략이라니. 알스가 눈치채지 못한 것도 당연하다고 생각했다.

"어찌하실 겁니까?"

부관으로 참전해 있던 알티오르 살레온이었다.

그는 소피아보다 한참이나 나이가 많았지만 직급을 생각해 깍듯하게 소피아를 대했다.

그 외에 루트거, 리시테아, 루크레치아, 귄터, 그리고 카시우스 로이드까지 그녀를 보좌하고 있었다.

다들 지략을 가지고 있는 자들이었던 만큼 다양한 의견이 나왔다.

리시테아가 말한다.

"이미 전면전이 시작됐다면 이러고 있을 시간이 없습니다. 어서 지원군을 보내야 해요."

이에 귄터와 카시우스가 동의를 표했다.

"리시테아 씨의 말이 맞습니다. 우리는 잘 지어진 요새를 끼고 방어를 하고 있어요. 4천 정도의 병력을 증원으로 보내도 충분히 버틸 수 있습니다. 일단 가지고 있는 기병들 모두 그쪽으로 파견을 하는 게 좋을 겁니다."

반박도 있었다.

루트거가 고개를 흔들며 귄터의 말을 받았다.

"그렇게 될 경우 눈앞에 있는 적군도 증원을 보낼 걸세. 적은 지금 우리 요새의 출구를 틀어막고 있는 만큼 병력을 더 많이 움직일 수 있는 상황이네."

란시아가 이끄는 스벤너군은 요새의 서쪽 출구를 포위하여 틀어막고 있었다.

일정 숫자만 유지하면 입구의 포위가 무너질 일은 없다.

그러니 그 일정 숫자를 제외한 나머지 병력을 증원군으로 보낼 수 있다.

요새에 주둔하고 있는 리안드군의 숫자가 적어지면 적어질수록 원군으로 보낼 수 있는 숫자는 더 많아진다.

구조적으로 스벤너 쪽이 더 많은 병력을 증원시킬 수 있다는 뜻이었다.

소피아는 그 부분이 마음에 걸렸다.

그렇기에 다른 작전을 제안한다.

"병력을 동부로 우회하는 척을 하여 눈앞의 적을 공격하는 건 어떤가요?"

"……."

침묵이 흘러가는 회의장.

소피아의 생각은 이러했다.

알스 쪽으로 원군을 가는 척을 하면서 전장을 빙 돌아 눈앞에 있는 적을 치자는 것이다.

이 경우 잘만 속이면 상대는 알스 쪽으로 원군을 보낼 테니 병력적인 측면에서 우위를 점할 수 있다.

"과연……. 그렇게만 된다면 적도 당황할 겁니다."

루트거는 이론으로는 이해를 했으나 감정적으로는 납득을 하지 못했다.

"적이 속아 줄지 의문이군요. 뭣보다 그런 커다란 작전은 일리안 폐하에게 허가를 받고……."

신하들이 근본적으로는 여전히 소피아보단 알스 쪽을 신뢰하고 있었던 것이다. 소피아가 독단으로 진행하여 성공했던 적이 거의 없었기 때문에 그 걱정이 앞섰다.

게다가 상대는 그 전설적인 명장인 란시아 갈레론이다.

소피아의 책략은 얕은꾀로 보일 수밖에 없었다.

이러한 부관들의 기색에 소피아는 열이 뻗쳤다.

알스와의 비교는 그녀의 역린과도 같은 것이었다.

비교만 하면 그러려니 하겠지만, 그러면서 자기 명령을 따르질 않으니 화가 날 수밖에 없었다.

이를 두고 알스가 한 말이 있었다.

귄터가 말한다.

"알스가 말하지 않았습니까? 현장 판단은 소피아 참모장에게 위임을 하겠다고요. 그러니 소피아의 생각은 곧 알스의 생각이나 다름없습니다. 마땅히 반대 의견이 없다면 따라야 하지 않겠습니까?"

루크레치아도 거들었다.

"저도 소피아 재상님…… 아니, 소피아 참모장님의 작전을 따르는 게 맞다고 생각합니다. 이견의 여지가 없는 탁월한 작전이기도 하고요."

소피아는 살짝 감동을 받았는지 권터와 루크를 번갈아 본다.

"그럼 그렇게 하는 걸로 결정하겠습니다. 리시테아! 당신이 우회 병력을 이끌어 줘요. 증원을 가는 척을 하다 일정 지점에서 적의 이목을 속이고 병력을 우회해야 합니다. 그리고 카시우스, 루크! 둘은 요새의 출구에서 출격 대기를 하고 있어 줘요. 우리 우회군이 적의 측면을 찌르는 순간, 발 빠르게 문을 빠져나와 진형을 잡아야 합니다."

"옛!"

움직이기 시작한 소피아.

그녀는 어떤 때보다도 결연했고, 집중력이 높은 상태였다.

그렇기에 확신을 했다.

란시아 갈레론이 자신의 책략을 읽고 있으리라고 말이다.

'그렇담 그걸 역이용해 주겠어.'

소피아는 곧장 글 하나를 작성하기 시작했다.

적장인 란시아에게 보내는 편지였다.

급박하게 돌아가는 전황.

소피아가 병력을 우회시키는 움직임을 취하자 맞상대인 란시아 갈레론은 음흉하게 웃었다.

"역시나 그렇게 나오는가."

"장군님, 우리도 한시바삐 지원을 보내야 합니다. 현재 우리가 적 요새의 출구를 봉쇄하고 있는바, 더 많은 지원군을 보낼 수 있을 것으로 사료됩니다!"

그러한 책사의 진언에 란시아는 고개를 흔들었다.

"그게 적이 원하는 바다."

"……?"

"적군은 원군을 보낸 게 아니야. 보내는 척을 한 뒤에 다른 방향으로 우회하여 우리 본대를 포위할 생각인 거지."

"하, 하나 상대가 정말 원군을 보낸다면 낭패가 되지 않겠습니까?"

"대처는 간단하다. 우리도 똑같은 숫자의 병력을 별동대로 떼어 놓으면 돼."

그러다 상대가 이곳을 포위하려 들면 그 별동대를 이용해 포위망 구축을 방해하면 되는 거고, 상대가 원군으로 이동하면 그 꽁무니를 추격하게 두면 된다.

빈틈없는 대처.

그런 그에게 돌연 편지 한 통이 도착했다.

소피아가 직접 쓴 편지였다.

"편지라고……?"

적장에게서 온 편지에 란시아의 미간이 꿈틀거렸다.

책사가 말한다.

"굳이 읽을 필요는 없습니다. 정식으로 사자가 온 것이 아니니까요."

"그렇긴 하지만……. 재밌군, 이 나에게 심리전을 걸겠다니."

란시아는 편지의 봉인을 뜯어 읽기 시작했다.

서두에는 란시아에 대한 칭송과 찬사가 쓰여 있었다. 전설적인 명장에 대한 예우였다.

"홋."

란시아는 피식 웃으며 본론으로 시선을 내렸다. 그 내용은 제법 충격적이었다.

존경하는 란시아 갈레론 님, 당신은 어서 병력을 물리셔야 합니다.

우리가 진을 치고 있는 이 요새에는 알스 일라인이 설치한 특별한 마법 장치가 준비돼 있습니다.

그 위력으로 말하자면, 북부를 기습한 드래곤에 필적할 정도이지요.

알스 일라인의 지시가 떨어진다면 그것을 발동할 수밖에 없습니다.

저는 그런 비겁한 방식으로 당신 같은 위대한 장군에게 승리하고 싶지 않습니다. 그것은 제게 수치밖에 되지 않으니까요.

그러니 부디 우회한 병력이 당신들을 포위하여 장치 발동을 준비하기 전에 병력을 물리셨으면 합니다.

걱정을 해 주는 내용이었다.

"마법 장치라고……?"

란시아는 어이없어하면서도 그 가능성을 전면적으로 부정하지는 못했다.

알스는 실제 외부 대륙과 긴밀한 관계를 가지고 있었다. 전쟁을 위해 힘을 빌려 왔다고 해도 전혀 이상하지 않다.

오히려 힘을 빌리지 않은 게 더 부자연스럽다.

"장군님, 이건 적의 기만입니다. 흔들려선 아니 됩니다."

"……."

분명 그랬지만 란시아의 머릿속은 복잡해져 있었다.

그는 철저한 계산 속에서 냉정하고 정확한 판단을 내리는 유형의 장군이었으나 마법 장치라는 미지의 존재가 나오자 혼란스러울 수밖에 없었다.

'정말 그런 장치가 있다면?'

이대로 포위를 하고 있는 건 위험할 수도 있었다.

이런 상황을 상정하고 준비한 요새 장치라면 크게 델 수도 있으니까.

그러니 차라리 요새와 거리를 두고 물러나는 것도 나쁘지 않았다.

어차피 지금 중요한 곳은 이곳이 아니라 더 위에서 벌어지고 있는 알스와 토도람의 전투였으니까.

"으음······!"

미지의 병기를 염두에 두게 되자 란시아도 흔들릴 수밖에 없었다.

편지를 보낸 모양새만 봐도 기만 작전처럼 보였지만, 가능성을 배제할 수는 없다.

그런 와중에 소피아가 우회시킨 병력이 방향을 틀어 그들의 본대가 있는 지역으로 이동하기 시작했다.

란시아는 작전대로 별동대를 이용해 포위를 방해하려 했으나 군을 이끌고 있던 리시테아는 교전에 응하지 않고 거리를 둔 채 포진에만 신경을 썼다.

마치 중요한 한 방은 요새에서 나온다고 말하는 것처럼.

이에 란시아의 불안감은 커질 수밖에 없었다.

그때, 요새에서 묘한 색깔의 연기가 피어오르기 시작했다.

보라색과 빨간색, 파란색의 화려한 색깔.

이를 본 란시아의 불안감은 더 커질 수밖에 없었다.

"너무 태우면 안 돼요! 그러면 연기가 탁해져요!"

소피아가 태우고 있는 건 특수한 성질을 지닌 식물이었다.

그 식물을 천천히 태울 경우 염료를 통해 연기의 색깔을 조절할 수 있었다.

"소피아 씨, 이런 게 정말 통할까요?"

루크레치아는 어이가 없다며 어깨를 움츠렸다.

"이렇게만 해도 적이 봉쇄를 풀고 물러난다니요. 일라인도 이런 짓은 안 할 겁니다."

"아뇨, 무조건 물러날 거예요. 란시아 갈레론은 그런 장군이니까."

상황을 자신의 통제하에 넣어 두고 싶어 하는 유형이다.

이를 지난번 알스의 기만책을 통해 확실히 알 수 있었다.

"그러니 통제할 수 없는 변수가 있다는 걸 알려 준다면, 그 심리가 복잡해질 수밖에 없어요."

"하지만 속임수라고 생각하지 않을까요? 굳이 편지를 보내서 그걸 알려 줬다는 것부터가 부자연스러운데요. 저라면 뭔 헛소리냐며 찢어 버렸을 겁니다."

"당신이라면 그랬겠죠."

하지만 란시아는 다르다.

모든 상황을 자신의 통제하에 두고 싶은 그는 변수를 제거하기 위해 차선책을 택한다.

지금 병력을 뒤로 물린다고 해도 딱히 큰 손해는 없으니까.

"그러니 반드시 병력을 물릴 거라는 거죠."

그때 척후병이 부랴부랴 달려와 외친다.

"보고드립니다! 적이 이동을 준비 중이라고 합니다!"

앞은 요새로 막혀 있고, 양옆은 험지이니 뒤로 물러나는 것밖에는 없었다.

루크는 정말로 상대가 병력을 물리자 눈을 휘둥그렇게 떴다.

"소피아 씨의 책략이 먹히는 건 처음 봤어요."

"시끄러워요!"

"그런데 이젠 뭘 어떻게 할 거죠? 다음 수가 있습니까?"

란시아가 병력을 물리는 이유는 그래도 딱히 상관이 없었기 때문이다.

루크는 허를 찌르는 무언가가 있을 거라 생각하고 소피아에게 물었지만, 소피아는 도리어 왜 그런 걸 묻냐며 어깨를 움츠린다.

"남은 건 하나뿐이잖아요. 돌격해서 깨부수는 거예요."

"……예?"

"빨리 준비해요. 요새 입구로 병력을 내보내서 포진을 잡아야 하니까."

애초에 소피아의 목적은 이것이었다.

입구를 봉쇄하고 있는 적의 병력을 물려서 요새 안의 병력을 밖으로 내보내는 것이다.

이후에는 전면전을 벌여 전술적인 승리를 거둔다.

루크는 탁! 하며 이마를 감싸 쥐었다.

"아차……. 깜빡하고 있었네요."

소피아의 전쟁 스타일은 한결같았다.

책략으로 큰 그림을 그리기보단 전투로서 상대를 잡아내는 것.

5 대 5의 상황에서 전투를 하면 패배하지 않을 거라는 자신감이 있었다.

"출진합니다!"

소피아는 상대의 회군 타이밍에 좁은 요새 입구로 병력을 빼내 포진을 형성.

그대로 적을 추격해 교전에 들어갔다.

공격적으로 밀고 들어오는 토도람.

그는 본능적인 감각이 뛰어난 장군이었다.

'무척 이질적이야. 종잡을 수 없을 정도로.'

얼핏 쥬라스가 연상되기도 했지만 그래도 쥬라스는 이지

적인 면모가 강하다면, 토도람은 자유분방 그 자체였다.

'왜 란시아 갈레론이 그런 유형이 됐는지를 알 것 같아.'

변수를 일절 허용하지 않고 모든 걸 통제하에 두려고 하는 란시아 갈레론.

그의 숙적이 토도람이었음을 감안하면 그럴 만도 하다는 생각이 들었다.

날씨를 예측해서 소나기를 전략에 이용하질 않나, 무작정 파고들어 온 것 같으면서도 전술적인 의미가 있지 않나.

그런 변칙적인 자를 상대해야 했으니 란시아가 변수 제거에 혈안이 된 게 어찌 보면 당연했다.

"알스 님! 선조님이 고전하고 계십니다!"

토도람의 발을 묶기 위해 투입한 미라벨은 크게 뒤처져 있었다.

그녀도 이종족을 이끌고 전쟁을 하긴 했으나 군을 지휘하는 느낌은 아니었다.

그녀는 그저 군의 상징으로 선봉에 서서 돌격을 했을 뿐이다.

그러나 지금은 토도람의 감각적인 움직임에 대처하기 위해 효과적으로 병력을 지휘해야 했다.

"정말이지……. 에오 너도 그렇고 엘레나도 그렇고 다들 판박이네. 역시 다들 똑같은 미라벨이라는 건가?"

"예?"

"앞뒤 보지 못하고 돌격밖에 못 하는 게 딱 닮아서 말이야."

"그게 무슨……! 전 그렇지 않습니다!"

에오는 납득하지 못하는 듯했지만, 애쉬는 이해한다며 고개를 끄덕였다.

"애쉬! 기마대를 움직여! 미라벨에게 길을 뚫어 줘!"

"기다리고 있었다고! 자, 가자!"

휘하 장교들을 이끌고 뛰어가는 애쉬.

이걸로 최소한의 대처는 됐다.

기본적인 전술안이 있는 애쉬는 미라벨을 보조하며 길을 뚫어 줬다.

미라벨은 이를 통해 토도람의 발을 붙잡았다.

본능형 장군은 그 발목을 붙잡아 놓기만 해도 힘을 잃는다.

미라벨은 토도람과 호각의 전투를 펼치며 시간을 끌어 주었다.

그러다 보니 해가 지기 시작했다.

화재로 인한 진화 작업으로 시간이 많이 소모된 탓이었다.

토도람도 딱히 오늘 결판을 낼 생각은 없었는지 미라벨을 밀쳐 내고는 퇴각 명령을 내렸다.

'의외로 장기전이 될지도 모르겠어.'

그래 봤자 이틀이나 사흘 정도겠지만 다른 전장은 단기결

전이 될 게 뻔한 상황이었던 만큼 충분히 장기전이라 표현할
만했다.

적이 물러난 뒤 태세를 정비한 나는 주변 전장의 상황을
종합했다.

먼저 가장 가까이에 있던 소피아 쪽이었다.

"교전이요……?"

"그렇습니다! 소피아 참모장님은 기책을 발휘하여 적을 뒤
로 물려 병력이 포진할 수 있는 공간을 만든 뒤, 적을 추격해
교전에 들어갔다고 합니다!"

"허……!"

소피아도 은근히 전투광 기질이 있었다.

'알아서 하라고 하긴 했지만…….'

그렇다고 전면전을 할 줄이야.

뭐, 나쁜 선택은 아니었다. 그녀가 그렇게 해 주지 않았다
면 적의 원군이 내 쪽으로 더 많이 왔을 테니까.

게다가 소피아의 곁에는 루트거와 알티오르 살레온이라는
좋은 부관들이 있다.

내 가신들을 믿지 않으면 누굴 믿으랴.

'이쪽은 그렇다 치고.'

문제는 북부였다.

북부는 여전히 혼돈의 상태에 빠져 있었다.

그나마 들어오는 첩보도 이랬다가 저랬다가 내용이 바뀌

고 있는지라 상황을 전혀 알 수 없었다.

'이제 밤이 되면 혼란이 더욱 커질 텐데.'

어쨌든 그런 첩보가 중요한 상황이었기에 나는 잠도 자지 못한 채 막사에서 대기를 해야만 했다.

에오의 무릎을 베개 삼아 꿀잠을 자고 있는 미라벨을 보고 있자니 나도 졸음이 몰려왔다.

'유미르를 데려올 걸 그랬네.'

유미르는 혹시나 모를 적의 흉수에 대비하기 위해 저택에 머무르고 있었다. 아이들을 지키기 위해서다.

'애들이 보고 싶네.'

삭막한 전쟁터에 있다 보면 애들 생각이 날 때가 많았다.

'잠깐 눈이나 좀 붙일까.'

그러던 찰나였다.

"일라인 장군님."

"……?"

내게 장군이란 호칭을 붙이는 자는 몇 없었다.

보통은 폐하라고 부르니까.

장군이라 부르는 자가 있다면, 보통 다른 국가의 정보원들이었다.

"당신은 누구죠?"

군복은 우리 군복이었으나 나는 이질감을 느꼈다. 군복을 너무 잘 차려입었다고 할까. 전투 중에는 흐트러지기 마련인데 말이다.

"캘버린 님의 지시를 받고 왔습니다."

"……!"

적장에게서 온 정보원.

순간 졸음기가 싹 달아났다.

"무슨 용건입니까?"

"우선 이것을."

그가 내민 편지에는 이번에 벌어진 일련의 상황이 적혀 있었다.

나는 캘버린에게 뒤통수를 맞았다고 생각하고 있었으나 캘버린은 그 사정을 설명했다.

모신이 조급함을 느끼기 시작하면서 드래곤 사용의 전권을 제무토에게 맡겼다는 것이다.

'모신……!'

캘버린은 아예 작정을 했는지 모신에 대한 정보를 구체적으로 언급했다.

'30대로 보이는 미모의 여성…….'

생김새와 더불어 옷차림, 행동 시간대 등등. 마치 암살을 의뢰하는 것처럼 정보를 제공해 왔다.

"역시 캘버린은 모신과 척을 진 겁니까?"

"전 구체적인 것은 알지 못합니다. 다만 그분께서 이렇게 말씀하셨습니다. 누구의 비전이 옳은지는 알 수 없지만, 하나 분명한 건, 생명의 역사에 초월적인 신은 필요 없다고요."

"오호⋯⋯."

캘버린은 딱히 내 뜻을 지지한다거나 하는 건 아니었다.

그저 초월적인 존재가 개입을 하는 것을 납득하지 못했던 것이다.

그러니 애초부터 모신에 대해선 좋게 생각하지 않았다. 따르는 척을 하면서 제거할 틈을 보고 있었던 것이다.

"현재 그 여인에게 미행을 붙여 놓은 상황입니다. 그 정보를 공유하고자 합니다."

"좋습니다. 금방 조치를 취해 놓도록 하죠."

초조함으로 인해 빈틈을 내보이고 만 모신.

나는 그 초조함을 더 키우기 위해 더 공격적으로 움직여 보기로 했다.

그렇게 빈틈을 키워야만 전쟁의 승리와 모신의 처치. 두 가지 일을 동시에 처리할 수 있었으니까.

교전 2일 차의 새벽.

지휘 막사에서 장교들에게 부대 현황을 보고받은 나는 아침 식사를 위해 개인 막사로 돌아왔다.

그곳에 에오가 차려 놓은 식사가 있었다.

이미 미라벨은 허겁지겁 먹어 치우고 있었다. 급기야는 내 것까지 먹으려 들었기에 에오가 엄한 표정으로 주의를 주었다.

에오에게 혼이 난 미라벨은 시무룩하며 고개를 꺾는다. 딸에게 혼난 아빠 같은 느낌이라고 할까.

어쨌든 그렇게 식사를 하고 있자니 애쉬가 막사를 들추고 나타났다.

"정찰 끝내고 왔어. 상대는 적어도 정오 전까지는 진군하지 않으려는 것 같아."

"그야 그렇겠지. 진지도 갖추지 않고 무작정 돌격해 온 거니까."

"휴우……! 에오니아 씨, 저도 식사 좀 할 수 있을까요? 맛없는 군량보단 나은 걸 먹고 싶은데요."

그러나 내가 먹을 양을 제외하면 전부 미라벨이 먹어 치웠기에 남은 건 없었다.

애쉬는 크게 한숨을 쉰다.

나는 마저 식사를 끝마치며 그에게 말했다.

"애쉬, 너는 오늘 바쁘게 움직여 줘야 할 것 같아."

"또 뭔데?"

"소피아 쪽에서 교전에 들어간 건 알고 있지?"

"그래서?"

"이걸 소피아에게 전해 줘."

작전 개요가 적힌 편지였다. 그 내용을 살펴본 애쉬는 눈을 부릅뜬다.

"자, 잠깐. 이건 너무 위험하잖아……! 외곽으로 나간 리시테아는 곧장 공격받을 거라고!"

"그러니까 네 부인은 네가 지켜라. 기병 8백을 붙여 줄 테니까 자유롭게 움직이면서 그쪽을 보조해 줘."

"……알았어. 바로 출발해도 되냐?"

"그래, 지금 이 시간부로 너는 소피아의 명령을 따르도록 해."

식사 생각이 싹 달아났는지 후다닥 뛰쳐나가는 애쉬.

에오가 걱정스럽다며 말한다.

"괜찮은 거야? 그가 없으면 수비가 힘든 거 아니었어?"

"방향이 바뀌었거든."

모신의 초조함을 유도하기 위해선 이런 식으로 수동적으로 움직여선 안 된다.

게다가 지금 이 형태는 적장인 토도람 돌른이 원하는 형태다.

'나도 똑같이 되갚아 줘 볼까.'

나는 정오가 되기 전에 장교들에게 지시를 내렸다.

바로 전면 후퇴의 지시를 말이다.

후퇴하기 시작한 알스의 병력들.

이 모습에 토도람은 눈매를 좁혔다.

부관으로 있던 하시쿠란은 이해하지 못하겠다며 고개를 흔든다.

"어째서 이 국면에서 후퇴를……?"

물론 전략적인 후퇴도 충분히 선택할 수 있다.

리안드군은 수비를 하는 입장이니 전황이 불리해지면 후방 요새로 후퇴를 선택해도 된다.

그 경우 중앙 전선이 위협을 받으면서 손해가 발생하겠지만, 그래도 대국적인 측면에선 전쟁을 계속 지속할 수 있다.

다만 이것도 개전 직전의 이야기.

지금은 소피아가 앞으로 뛰쳐나오며 란시아와 교전을 벌이고 있는 상황이다.

이 상황에서 알스만 뒤로 물러났으니 소피아가 취약해진다.

토도람이 군을 물려 란시아를 지원하러 간다고 하면 소피아는 궁지에 몰리게 된다.

"지금 당장 진군 명령을 내리도록 합시다."

"……."

하시쿠란의 진언에 토도람은 침묵했다.

"왜 망설이는 겁니까? 지금은 호기입니다!"

"……그걸 상대가 모르진 않겠지."

"그야 그렇겠죠. 뭔가 함정이 있을 수도 있습니다. 하지만 그렇다고 군략의 정석을 무시할 수도 없는 노릇입니다."

"군략의 정석이라……. 나는 모르는 이야기인걸."

"예?"

"나는 그딴 건 모른다고."

란시아 갈레론이 정석에 따른 변수 제거에 특화된 장군이라면 토도람은 반대였다.

정석보단 그때그때의 감각과 센스로 큰 그림을 그린다.

"뭣보다 우리가 병력을 남하할 경우 상대 병력의 움직임을 놓치게 돼."

토도람은 알스에게 자유를 줘선 안 된다고 직감했다.

하시쿠란은 답답함에 한숨을 쉰다.

"그렇다고 뒤로 물러나고 있는 상대를 추격할 수도 없는 노릇 아닙니까? 여기서 우리만 깊숙이 들어갔다간 옆을 찔릴 위험이 있습니다."

하시쿠란은 병력을 남하시킬 것을 강하게 주장했다.

그는 명목상으로는 가장 높은 위치에 있었기에 그 의견을 무시할 수도 없었다.

토도람은 알스가 이걸 의도했다는 걸 눈치챘다.

'후퇴하는 움직임을 보여 줘서 군의 분열을 유도한 건가.'

스벤너군은 현재 일체감이 없다. 란시아와 토도람은 객장에 불과하다.

스벤너의 2장군이자 참모장 위치에 있는 하시쿠란이 이런 식으로 강하게 나온다면 토도람으로서는 따를 수밖에 없다.

그러지 않으면 스벤너의 장교들이 자신을 등져 버릴 테니까.

'알스 일라인……. 무척이나 교활한 놈이군. 고작 퇴각 지시 한 번으로 우리 군을 흔들다니.'

이러면 방법이 없었다.

하시쿠란의 의견을 따라 병력을 남하시키는 수밖에.

공격을 단념하고 지원을 향해 가는 스벤너군.

이대로 두면 소피아가 위험에 처하는 상황이었다.

뭐가 됐든 그것만은 피해야 했다.

소피아가 이끄는 수만의 병력이 전멸한다면 알스가 무슨 잔꾀를 부리든 전쟁은 패배로 이어진다.

"속전속결이다! 강행군을 펼치겠다! 카리스! 낙오된 병사들은 네가 추슬러라! 그럼 진군!"

하시쿠란이 지휘권을 잡으며 빠르게 남하하는 스벤너의 병력.

마침 소피아와 란시아의 군대는 동이 틀 무렵부터 교전에 들어가 있었다.

먼저 선행해 온 도토람의 기병은 마침 그 옆을 찌를 수 있었다.

"리안드의 버러지들을 척결해라!"

하시쿠란의 지휘하에 돌격하는 기병대.

이 모습에 란시아는 미간을 찌푸렸다.

워낙 급박하게 일어난 일이라 그에게는 아직 보고가 들어와 있지 않았던 것.

반면 애쉬는 그보다 3시간을 일찍 출발한 상태였기에 소피아는 이 정보를 알고 있었다.

"잘될지는 모르겠지만……. 전군! 요새까지 물러납니다!"

소피아는 적의 습격을 피해 요새가 있던 지점까지 회군을 시작했다.

이건 스벤너군에 있어서 엄청난 호재였다.

요새의 입구가 좁아 수만의 병력이 단번에 들어갈 수는 없었기 때문이다.

그러니 그 뒤를 쫓으면 진형을 무너뜨리며 일망타진을 할 수 있었다.

하시쿠란은 란시아를 대면하여 말한다.

"지금이 호기입니다! 어서 적을 추격하여 섬멸하시지요!"

"……."

그러나 란시아는 이런 형태가 마음에 들지 않았다.

그도 그럴 게 요새에는 마법 병기가 있을 수도 있었기 때문이다.

소피아의 허세일 가능성이 매우 높은 상황이었지만 상황이 이렇게 되니 의구심이 더 짙어졌다.

지금 이 형태는 마치 유인을 하는 것 같았으니까.

심지어는 위에 있던 토도람의 병력까지 합쳐서 말이다.

란시아는 알스가 마법 병기를 최대한 활용하기 위해 이런 형태를 만든 게 아닐까 하는 생각이 들었다.

"마법 병기요? 그런 게 있을 리 없지 않습니까!"

하시쿠란은 답답하다며 소리쳤지만, 란시아는 단호하게 반박했다.

"없다는 근거는?"

"그야……!"

하시쿠란은 중앙 대륙 출신인지라 마법에 능통하지 않았다. 마법 병기라고 해 봐야 실감이 나질 않았다.

다만 자신들이 드래곤이라는 전략적 마법 병기를 사용한 만큼, 상대도 사용하지 말란 법은 없었다.

"설령 마법 병기라는 것이 존재할 수 있다고 해도 지금 이건 허세일 가능성이 높습니다! 뭣보다 우리가 수집한 첩보에는 그런 정보가 없었어요!"

"흐음……."

여기에 토도람이 거들었다.

"마법 병기라고 해 봐야 우리 병력을 전멸시킬 수 있는 위력일 리 없어. 설령 그 위력이 대단하다고 한들 교전이 일어나면 적 병력도 말려들 거다. 적도 함부로 사용할 수는 없겠지. 지금은 그보단 추격을 하는 게 낫다. 여기서 아무런 이득도 취하지 못한다면, 놈의 계략에 휘말리는 꼴이 돼."

란시아는 아니꼬워하면서도 고개를 끄덕였다.

"무슨 일이 있다면 바로 회군을 하겠다."

"좋습니다. 전진!"

전 병력으로 진군해 들어가는 스벤너군.

요새로 들어가려는 적을 일망타진할 생각뿐이었지만 그 생각이 얼마나 안일한 것이었는가는 곧장 알 수 있었다.

"이건……!?"

서서히 흐려지는 시야.

안개로 인해 주변 상황을 확인하기 어렵게 된 것이다.

"설마 이게 마법 병기의 힘……?"

장교 중 하나가 그런 얘기를 하자 하시쿠란이 호통을 친다.

"마법 병기일 리 없잖나! 이건……!"

어제 쏟아진 소나기 때문에 발생한 안개였다.

어제 쏟아진 소나기는 비단 알스가 진을 치고 있던 지역에 국한된 것은 아니었다.

같은 지역에 있던 이곳도 마찬가지.

오히려 양쪽에 산지를 끼고 있던 이곳에 더 많은 소나기가 쏟아졌다. 여기에 새벽에도 비가 쏟아지며 짙은 안개를 형성했다.

"……설마."

토도람은 뇌리를 스치는 가설에 입안이 바짝바짝 마르는 것 같았다.

"어서 전진해라!"

그는 병사들을 독촉하여 요새의 앞에 당도했다.

그 요새의 앞에선 소피아가 방어 태세를 취한 채 요격을 준비하고 있었다.

요새로 들어가려는 움직임은 일절 없었다.

하시쿠란은 놀랄 수밖에 없었다.

"요격 태세라고……!?"

병력의 차이는 명명백백. 그런 상황에서 요새 앞에서 요격 태세라니.

"일망타진을 합시다!"

그는 곧장 돌격 명령을 내리려 했지만, 그때 란시아가 한 손을 들어 제지를 하고는 양쪽에 위치한 산지를 노려봤다.

처처처척! 양쪽에 있는 산악 지역에서 요란한 소리가 울리더니, 곧 피피핑! 하며 화살이 날아들어 왔다.

"매복인가……!"

하시쿠란은 대수롭지 않게 여겼지만 란시아는 달랐다.

"알스 일라인의 군대가 이쪽으로 우회를 한 걸지도 모른다."

"뭐라고요!? 그럴 리는……!"

"그는 하시쿠란 너보다 더 미리 움직일 수 있었어. 일부 병력을 미리 우회시켰다고 해도 이상하지 않다."

그 일부 병력을 먼저 양쪽 험지에 배치해 두고 알스의 본대가 뒤늦게 합류를 하는 것이다.

그렇게 될 경우 스벤너군은 난감한 상황에 빠질 수도 있었다.

"……아니, 그렇지 않아."

토도람이 고개를 흔들었다.

"저건 허세다. 알맹이가 텅 비어 있는 매복이지. 현재 양쪽 산지에 주둔한 병력은 채 2백이 되지 않을 거다."

"어떻게 그렇게 확신하지?"

"그야 놈의 의도가 뻔히 보이니까."

지금 이 형태는 알스가 자신을 도발하는 것처럼 느껴졌다.

소나기라는 날씨를 이용한 토도람의 책략을 알스는 안개로써 되갚아 준 것이다.

지금 문제는 짙게 낀 안개로 인해 산지에 매복해 있는 병력의 규모를 파악하기가 힘든 것에 있다.

알스의 본대가 산을 타고 오더라도 안개 때문에 제대로 된 척후가 되질 않는다.

그러니 신중한 성격의 란시아는 모험을 걸려 하지 않는다.

알스는 그걸 노리고 이런 책략을 건 것이다.

그걸 너무나 잘 알고 있던 토도람은 이것이 허세라고 간파했다.

"공격해 들어가야 한다! 놈의 계책을 간파한 지금이 호기야!"

확실히, 알스의 이번 책략은 너무 뻔했고, 읽기 쉬웠다.

그러나 지휘 체계가 분열되어 있는 스벤너는 그 하나의 진실을 곧이곧대로 받아들일 수 없는 상황이었다.

"아니, 지금은 물러난다!"

모험을 걸고 싶은 생각이 없던 란시아는 그냥 뒤로 물러나서 바깥에 있는 리시테아의 병력을 공격하기를 원했다.

알스의 본대가 이쪽으로 왔다면 바깥에서 포위망을 구축하고 있던 리시테아의 병력을 도우러 갈 여력이 없을 테니까.

그 병력에 손해를 입히고 그 이득을 바탕으로 국면을 주도할 속셈이다.

반면 토도람은 지금 이 기회를 놓쳐선 안 된다는 입장. 하시쿠란은 중립이었다.

하시쿠란은 이 알스의 설계에 전율을 느끼고 있었다.

마치 손바닥 위에서 놀고 있는 듯한 느낌.

하시쿠란은 입맛을 다시며 말한다.

"토도람 님, 지금은 란시아 님의 말대로 물러나는 게 옳을 것 같습니다. 설령 공격을 한다고 해도 응전 태세를 취하고 있는 적의 군세를 일망타진할 수는 없습니다. 시간이 끌리겠지요."

"그래서 뭐! 어쨌든 눈앞의 병력을 괴멸시켜야 한다! 지금 뒤로 물러나는 건 상책이 아니야! 알스 일라인, 놈의 부대가 어디로 움직였는지를 알 수가 없으니까!"

"그러니 물러나야 한다는 것 아닙니까! 적의 본대가 험지를 타고 넘어와 우리의 측면을 찌른다면, 전황이 급격히 나빠질 겁니다!"

"그 정도의 위험은 감수해야지!"

그러나 다수결의 원칙에 따라 토도람의 의견은 묵살이 됐다.

란시아는 병력을 추슬러 본래 있던 위치까지 후퇴를 하기 시작한다.

그렇게 30분 정도가 지나고, 그들의 앞을 막아서는 부대가 있었다.

"놈들의 발을 묶어야 한다!"

외곽에 있던 리시테아가 병력을 규합하여 그들의 퇴로를 막아선 것이다.

리시테아는 합류한 애쉬와 함께 기병대의 선진에 서서 스벤너군의 퇴각을 막아섰다.

그러는 사이 요새 앞에서 응전 태세를 취하고 있던 소피아도 서서히 접근해 오기 시작했다.

스벤너의 지휘관 셋은 그제야 알스의 목적을 알게 됐다.

지금 그들이 있는 지형은 양쪽에 산지를 낀 평야 지대다. 즉, 앞뒤로 길이 막히면 마땅히 병력을 뺄 수 있는 공간이 없다는 뜻이다.

"놈은 뒤를 노린 거다!"

란시아가 외쳤다.

알스는 요새 방향이 아니라 스벤너군이 본래 주둔하고 있던 지역으로 우회를 했다.

거기서 숨통을 조이면 소피아의 군대와 함께 협공이 가능하니까.

그걸 위해 리시테아가 목숨을 걸고 발을 붙잡고 있는 것이다.

"젠장! 그러니 아까 그곳에서 공격을 했어야지!"

토도람은 신경질을 부리며 창을 꼬나들고는 기병대의 선진에 서 있던 리시테아를 노렸다.

쐐애액! 바람을 가르며 쏘아지는 창이라는 탄환.

"읏……!?"

미처 반응하지 못한 리시테아는 왼쪽 어깨를 관통당하는 치명상을 입는다.

"리시테아!!"

애쉬는 비명을 지르며 낙마하는 리시테아를 부축했다.

"애쉬……! 뭐 하고 있는 거야……! 어서 나 대신 병력을 지휘해! 지금이 중요하다고!"

"크……!"

그러나 이미 한계였다.

토도람은 이참에 전황을 반전시키겠다며 리시테아가 있는 곳으로 추격해 들어왔다.

애쉬는 곧장 퇴각 명령을 하달하며 부상을 당한 리시테아를 끌어안고 후퇴했다.

"잡아라! 저들이 핵심 장교들이다!"

맹추격을 해 오는 토도람.

철푸덕! 하필 애쉬의 말이 질척거리는 땅에 발을 헛디디며 무너지고 만다.

"젠장 할!"

애쉬는 죽을 것을 각오하고 토도람과 맞서려 했으나 그 순간 섬광이 번뜩였다.

캉! 토도람의 무기를 날려 버리는 번개 같은 창 촉.

애쉬는 눈을 부릅떴다.

"미라벨 씨!?"

"뒤로 물러나서 상처를 치료해."

"아, 예!"

철퍽! 철퍽! 철퍽! 일사불란한 군화 소리와 함께 나타나기 시작한 병력.

우회한 알스의 본대가 제때 도착을 하면서 스벤너군을 앞뒤로 포위하는 데 성공한 것이다.

6장

앞뒤로 포위당한 스벤너군.

소피아는 알스의 계획대로 돌아가는 지금 상황에 전율했다.

"이런 식으로 상대를 궁지에 몰아넣다니⋯⋯."

계략 자체는 단순하고 읽기 쉬웠다.

알스는 먼저 애쉬에게 기병대를 붙여 선행시키면서 길을 닦았다. 그 길을 따라 상대의 첩보망을 피하며 군을 이동시켰다.

여기까진 간단한 책략.

핵심은 그 내면에 있는 심리전이었다.

알스는 상대의 지휘 체계가 여럿인 부분을 이용해 자신의 의도대로 움직이게끔 만들었다.

'심지어는 그게 통하지 않았을 때의 대책도 세워 놨고…….'

소피아가 보는 알스는 가신들에게 한없이 너그러운 어수룩한 이미지가 강했으나 역시 전장에선 이보다 유능한 사람을 찾기 힘들었다.

"좋아, 전력으로 분쇄한다! 전군 전진!"

알스는 상대가 혼란한 지금 상황을 놓치려 하지 않았다. 소피아도 이에 응하면서 리안드군은 앞뒤로 강하게 압박.

스벤너군도 상황을 타파하기 위해 알스가 있는 쪽으로 돌격을 하며 난전이 벌어지게 된다.

그렇게 알스가 남부에서 책략을 성공시키며 전황을 주도하던 시점.

드래곤이 출현해 대혼란을 겪고 있던 북부에서도 이변이 벌어지고 있었다.

드래곤의 능력으로 말미암아 피아 식별이 불가능해진 이곳에서도 이틀 정도가 지나자 규율과 체계라는 게 생겨났다.

몇몇 능력 있는 장교들로 말미암아 병사들이 뭉치기 시작한 것.

규모는 많아 봐야 1백 명 정도였지만, 그런 소대가 생긴 것만으로도 전장의 양상이 변화했다.

수많은 점조직들이 생겨나면서 대치가 이뤄지고, 서로에

대한 탐색전이 벌어졌다.

"이, 이럴 수가."

알스의 지시를 받고 북부로 급파돼 온 안톤은 눈을 부릅떴
다.

그가 보기에 전장은 마치 인외마경처럼 보였다.

곁에 동행하고 있던 애거트마저 괴물로 보이고 있어 온몸
의 털이 곤두섰다.

툭! 툭! 애거트는 안톤의 어깨를 치며 한 지점을 가리켰
다.

바로 드래곤이 떨어진 지점이다.

그들의 임무는 드래곤을 저지하는 것. 그걸 통해 전장에
깔린 의심암귀의 덫을 해제하는 것이었다.

다만 알스는 둘만으로는 어려울 수 있다고 판단하고 미리
준비해 둔 지원 인력을 이쪽으로 불러 둔 상태였다.

"저곳인가……?"

안톤은 애거트가 가리킨 방향을 바라보며 달렸다.

전장 구석에 위치한 산지 속 동굴이었다.

안톤이 도착한 동굴에는 다섯의 인형이 숨어 있었다.

그들은 안톤과 애거트가 등장하자 전투태세를 취했다.

"우린 적이 아닙니다!"

안톤이 준비해 둔 표식을 보여 주자 인형 중 하나가 마강
석을 움켜쥔 채 무언가의 주문을 외웠다.

그러자 자그마한 결계가 펼쳐지면서 서로 간의 모습이 올바르게 변했다.

안톤은 그 얼굴을 보며 눈을 빛냈다.

"베아트 님! 게다가 레이틴 님까지!"

엘프들의 수장 베아트와 엘프 수호대의 피온, 마르가리타. 그리고 엘란 왕국의 궁정 마법사 레이틴과 알스의 형인 퍼지 일라인이 있었다.

"안톤 퀸테르, 오랜만이군요."

베아트는 침중한 표정으로 안톤을 반겼다.

"베아트 님, 지금 이 결계는……?"

"드래곤들의 조언을 받아서 연구해 낸 마법이에요. 이런 상황을 대비하여 알스 일라인이 준비해 둔 거죠. 뭐, 그래 봤자 이렇게 마법을 쓰기 힘든 환경에선 얼마 지속되지 못하겠지만."

마법의 동력이 돼 주고 있던 마강석은 빠르게 빛을 잃어 가고 있었다.

베아트가 말을 이어 간다.

"시간이 촉박하니 바로 본론으로 들어가도록 하죠. 저 드래곤의 주위에는 구 상위 연맹의 소속으로 보이는 전력들이 진을 치고 있어요. 그중에는 죽지 않는 공포의 기사 커스버트도 있다고 하죠."

"커스버트! 주군께 들어 알고 있습니다. 머리를 부수지 않는 이상은 죽지 않는다고요. 거기에 구원이동까지 더해지면 사실상 불사의 존재라고…….”

“다만, 지금 이곳에선 구원이동이 사용되지 않는 것 같아요.”

알스가 해 놓은 조치 때문이었다.

알스는 이 중앙 대륙을 분단시키고 있는 드래곤 오메론에게 결계를 크게 강화해 줄 것을 요구했다.

쥬라스가 결계를 뚫어 내고 밖으로 나간 일도 있었으니 상대가 그런 방법을 활용하지 못하게 하기 위함이다.

더불어 이곳에 있는 모신이 도망치기 힘들게 하기 위함도 있었다.

이미 힘이 약해지고 있던 오메론에겐 어려운 일이었던 만큼 반달린을 비롯한 다른 드래곤들의 협조도 필요했다.

그렇기에 엘레나를 미라벨의 수행원으로 붙여 다른 드래곤들을 설득하게 했던 것이다.

“그 영향으로 인해 전이마법 같은 경우는 깊은 지하가 아니면 아예 시전이 불가능하게 됐어요. 그러니 커스버트란 자의 목을 쳐 낼 수만 있다면 끝을 볼 수 있을 겁니다.”

“그건 다행이군요.”

“문제는 그다음인데요…….”

베이트는 표정을 흐렸다.

“드래곤의 주변에는 정예 전력뿐만이 아니라 일반 병력도 포진해 있는 듯해요. 그 숫자만 1천에 달하죠."

"이 혼란 속에서 1천에 달하는 병력이 제대로 움직일 수 있을 리 없습니다."

"아뇨, 저 병력은 특수 훈련이 된 스벤너의 병력입니다. 게다가 이 작전이 진행된다면 혼란은 순간적으로 해제될 거예요. 적 병력도 태세를 갖추겠죠."

그러니 이들을 처리하기 위해선 군의 움직임이 필요했다.

그때 퍼지가 손을 들었다.

"제가 해 보도록 하겠습니다."

리안드 출신의 객장으로서 크로싱에 합류해 있던 그는 결연한 표정으로 말을 이어 간다.

"크로싱 출신인 안톤 씨의 도움이 있다면 1천 정도의 병력은 모을 수 있을 테니까요. 병력의 지휘는 제게 맡기고 부디 작전을 성공시켜 주십시오."

안톤은 주군의 형제인 퍼지를 위험에 처하게 하고 싶지 않았으나 어쩔 수 없는 상황이라는 걸 잘 알았다.

"……그런데, 쥬라스 님의 행방은 알고 계십니까?"

안톤은 줄곧 궁금하던 것을 물었다. 그러나 베아트는 고개를 흔들었다.

"이 상황에서 사람을 찾는 건 불가능했어요. 지금은 작전을 수행하는 수밖에는 없겠네요."

"어쩔 수 없군요."

그들은 작전 개시까지 얌전히 기다리기로 결정했다.

북부와 남부 전장이 승부처에 접어든 가운데, 중앙 전장에서도 격전이 펼쳐지고 있었다.

캘버린은 10만에 달하는 전 병력을 이끌고 전진. 플라르 가도로 향했다.

이 플라르 가도를 점령하게 되면 북부로도, 남부로도 빠르게 지원군을 보낼 수 있는 만큼 전략적인 의미가 큰 요충지였다.

그런 만큼 대비도 철저했으나 캘버린은 이 플라르 가도 공격을 위해 계속해서 사전 작업을 해 왔다.

수비군의 총대장이었던 카이엔은 내심 캘버린을 극찬했다.

"캘버린이라고 했었지……. 상당한 기량을 가지고 있군."

흔들리지 않는 유형의 장군. 자신이 해야 하는 일을 철저히 수행하는 유형의 장군이었다.

이런 장군에겐 잔꾀가 통하질 않는다. 정면에서 부숴야만 결판이 난다.

그렇기에 카이엔으로서도 다른 수를 쓸 수가 없었다.

카이엔은 플라르 가도에 진을 친 채 수비 태세에 돌입. 정면에서 캘버린의 공세를 받아 내기 시작했다.

탁! 카이엔은 지팡이를 내리치며 명령을 하달했다.

"전군, 이 지역을 사수한다. 죽음을 각오하고 막아 내도록 해라!"

이곳은 버텨 내기만 해도 충분했다. 이미 승부처에 들어간 북부와 남부의 결과에 따라 움직임을 바꿔야 했으니까.

이는 캘버린도 마찬가지.

캘버린은 팔짱을 낀 채 눈을 질끈 감고 있었다.

그러던 중 그의 부하가 달려와 부복한다.

"보고드립니다!"

그건 바로 모신의 행방이었다.

모신을 감시하고 있던 부하의 보고에 캘버린은 눈을 번쩍 떴다.

"남부로 향했다고……?"

"그렇습니다. 여성은 측근 열 명과 1천의 기마대를 대동한 채 말을 타고 남부 방향으로 빠르게 이동했습니다."

"남하한 시점은?"

"그것이……. 남부에 있는 리안드군의 움직임을 보고받은 시점인 것으로 보입니다."

"알스 일라인을 처리할 속셈인 거군. 역시 허투루 오래 산 건 아니라는 건가."

모신의 이러한 움직임은 전술적으로 커다란 의미가 있었

다.

"어찌하실 생각이십니까? 이대로라면 알스 일라인이 위험해질 수도 있습니다."

"글쎄, 딱히 알스 일라인이 아니더라도 후사는 도모할 수 있다. 정녕 통일왕에 어울리는 인재라면 스스로 극복을 해내겠지."

"설마 이 상황을 의도하신 겁니까?"

모신이 1천이나 되는 기마대를 데리고 갈 수 있었던 것 자체가 캘버린이 안배를 해 놨다는 뜻이었다.

안달을 낸 모신이 직접 움직이도록 말이다.

"홋, 딱 좋은 상황이긴 하군. 모신을 처리할 수 있는 절호의 기회야. ……그자들을 불러오도록."

"옛!"

그렇게 그의 부름에 나타난 자는 험악한 인상의 남자. 그리고 침착한 표정의 남성이었다.

험악한 인상의 남자는 이를 악물며 캘버린에게 말한다.

"드디어 온 건가? 우리 가문을 수렁에 빠뜨린 그놈들에게 복수할 기회가……!"

이에 침착한 표정의 남자, 안두하가 만류한다.

"란디스 님, 고정하시지요."

엘란 왕국의 2왕자 란디스. 왕위 계승전에 패배하여 유폐를 당한 그가 이곳에 나타난 것이다.

그는 대혼돈이 벌어진 시기에 연맹의 구원을 받아 연맹의 앞잡이가 된 걸로 알려져 있었지만 실상은 그렇지 않았다.

그는 로자가 고의적으로 빼돌린 것이었다.

모든 상황이 끝난 뒤 알스나 쥬라스가 오빠들을 숙청할 것을 우려한 로자는 알스의 주요 조력자인 리노아 브랜포드를 포섭하였다.

리노아는 측근인 안두하를 투입하여 왕자들을 빼돌리는 데 성공한다.

그 목적은 딱히 알스에 대한 배신은 아니었다.

그저 오빠들에게 공을 올릴 기회를 주어 훗날 정상참작의 여지를 만들기 위함이었다.

그걸 알게 된 캘버린은 암암리에 그들과 접촉. 무장으로서 능력이 있는 란디스를 자신의 휘하에 두었다.

란디스는 국왕을 암살하고 왕위 계승전을 벌이며 왕가를 농락한 상위 연맹에 대한 복수심으로 똘똘 뭉쳐 있었다.

알스에 대한 앙심도 있긴 했지만 지금에 와서는 연맹에 대한 복수심이 훨씬 컸다.

"란디스, 네게 3백의 기마대를 주지. 복수를 완수하도록."

"……기다리고 있었소!"

그렇게 란디스는 안두하와 함께 출진. 알스가 있는 곳으로 향한다.

난전이 벌어진 전장.

나는 방진을 펼치며 적의 접근을 막고 있었다.

"적의 발을 묶어라! 그것만으로도 충분하다!"

여기서 우리가 상대의 발을 묶음과 동시에 소피아가 밀고 올라와 준다면 상대의 진형은 무너질 수밖에 없다.

그렇게 되면 전투는 우리의 승리.

그런 만큼 상대도 필사적이었다.

"으라앗!"

"홋!"

캉! 격전을 펼치는 미라벨과 토도람. 미라벨의 신들린 듯한 창술에 토도람은 마치 서커스라도 하는 듯한 화려한 움직임으로 맞대응했다.

그 변칙적인 무예에 미라벨은 입꼬리를 올렸다.

"제법 하는데……!"

"네년이야말로!"

둘의 대결은 2백 합을 넘어 3백 합까지 이어지고 있었다. 그럼에도 결판이 날 기미가 보이지 않았다.

'발을 묶는다는 의미에선 나쁘지 않은데.'

문제는 적들이 압박을 가해 오고 있다는 점이었다.

미라벨이 제자리에서 토도람과 싸우기 위해선 그쪽 방면

으로 지원군을 계속 보내야 했다.

그때 리시테아를 후방으로 돌린 애쉬가 돌아왔다.

"애쉬! 리시테아의 상태는 어때?"

"……좋지 않아. 상처는 치료했지만 출혈이 너무 커서 회복할 수 있을지 모르겠어."

애쉬는 분노를 애써 추스르며 토도람이 있는 지점을 응시했다.

"알스, 날 저곳으로 보내지 마라. 그랬다간 이성을 잃어버리고 말 테니까."

"그래. 애쉬, 너는 후방에 있어. 거기서 방어 태세를 하고 있어 줬으면 한다."

"지금 상황에서 후방 방어를? 어째서……."

"전술적인 상황을 생각해 봤을 때, 후방에서 적군이 나타나면 굉장히 곤란해질 거야."

"첩보에 발견된 적군은 없는데? 괜한 짓을 하는 거 아니야? 지금은 전방에 전력을 집중해야 할 때라고."

"그럴 필요가 생기면 그렇게 할 거야. 지금은 아직 여유가 있으니까 뒤를 봐줘. 리시테아의 용태도 계속 확인하고."

"……고맙다. 그럼 바로 갈게."

애쉬를 후방으로 보낸 나는 문득 손바닥을 펼쳐 보았다.

땀으로 흥건해진 손.

아까부터 영문 모를 초조함이 내 가슴을 찌르고 있었다.

'그렇지만 후방에서 우리를 찌르고 들어올 군대가 과연 있을까……?'

캘버린이 그런 마음을 먹었다면 가능도 하겠지만 그가 그럴 것 같지는 않았다.

'있다고 하면 하나.'

모신과 그 권속들뿐이다.

만약 그렇게 된다면 지금 이 전투가 결정적인 전투가 될 수도 있었다.

'그런 일은 없었으면 하지만…….'

호랑이도 제 말하면 온다고 하던가.

외부에서 첩보 임무를 수행하던 에오니아가 허겁지겁 돌아왔다.

"알스 님! 후방에서 적으로 보이는 기병대가 빠르게 접근해 오고 있습니다!"

"실화야……?"

그 집단에 모신이 있는지는 모르겠으나 전술적으로 큰 위협이 되는 건 분명했다.

지금 우리가 우세를 점하고 있을 수 있는 건 대부분의 전력을 전방에 집중할 수 있기 때문이다.

그러나 후방이 교란되면 전력이 양쪽으로 분산되면서 적의 돌파를 허용할 가능성이 높아진다.

'그렇게 되면 소피아의 군대를 제외한 병력들이 섞이면서

무차별 난전이 될 거야.'

　게다가 그렇게 교전이 길어지면 해가 저물게 된다.

　이는 교전의 양상이 한 치 앞을 알 수 없게 된다는 뜻이었다.

◈

　다시 북부.

　안톤과 그 일행은 작전의 개시를 기다리고 있었다.

　"베아트 님, 작전의 개시는 언제인 겁니까?"

　"저도 몰라요."

　"모른다니요……?"

　"상대가 혼돈의 드래곤을 이 시점에 사용할 거라고는 예상하지 못했으니까요. 반달린 님께선 현재 대륙 바깥에 계시거든요."

　"반달린……! 드래곤이 직접 나서기로 한 겁니까?"

　"예, 지금은 믿고 기다리는 수밖에요. 그래도 다행이에요. 작전 전에 당신들과 합류를 한 건 고무적인 일이니까."

　그때 레이틴이 펼치고 있던 결계 마법이 깨지면서 다시 의사소통이 불가능하게 되었다.

　레이틴은 다른 마강석을 꺼내 재차 결계를 펼치려 했지만 베아트가 손바닥을 휘저으며 막았다.

그녀는 멍하니 하늘을 바라보며 작전 개시를 기다리고 있었다.

그러길 1시간 정도 지났을까. 석양이 지며 해가 저물어 가려는 시점이었다.

-크오오오오!

가까워지는 포효 소리.

용체로 변해 있던 반달린은 매서운 속도로 혼돈의 드래곤 메파트라가 있는 곳으로 쇄도했다.

이에 그곳을 지키고 있던 연맹의 전력들도 당황할 수밖에 없었다.

"뭐, 뭐야! 왜 갑자기 드래곤이!?"

연맹의 인원들은 거칠게 하강해 오는 반달린을 피해 몸을 굴렀다.

돌진해 온 반달린은 콰득! 메파트라의 목을 물어뜯으며 대지를 200m가량이나 거칠게 뒹굴었다.

그 영향으로 인해 주변을 잠식하고 있던 의심암귀의 결계가 일시적으로 사라진다.

베아트는 눈을 부릅뜨며 소리쳤다.

"지금인 것 같아요! 어서 움직여요!"

"이렇게 갑자기요……!?"

애거트는 어이가 없다며 탄식했다.

"하여간……! 말이라도 좀 해 주고 시작하지!"

안톤도 동감인지 고개를 절레절레 흔들었다.

"뭐가 됐든 작전 개시다! 나는 퍼지 님과 함께 병력을 규합하겠다. 애거트, 너는 베아트 님과 레이틴 님을 보호하며 적에게 접근해라!"

"알겠어요!"

드래곤 사살 작전에 들어간 안톤 일행.

그와 함께 전장도 요동쳤다.

서로를 괴물로 보이게 하며 소통을 불가능하게 하는 의심암귀의 결계가 갑자기 사라지면서 혼전이 펼쳐진 것이다.

"앗!? 적군이었잖아!"

"죽여!"

해가 저물어 가는 시점이었지만 그보다도 더한 혼란 상태에 있었던 만큼 야전은 별다른 장애물이 되지 않았다.

크로싱과 스벤너의 군 장교들은 신속하게 움직이며 태세를 갖추기 시작했다.

그런 상황에서 스벤너의 본진에서 일이 벌어지고 있었다.

"드디어……!"

일이 벌어지기 전까지는 본영의 감옥에 투옥돼 있던 케스퍼 밀리아스는 일이 벌어짐과 동시에 탈옥하여 자신만의 세력을 갖추고 있었다.

그를 따르고 있던 건 무려 150명에 달하는 병사들이었다. 그는 그 혼란 속에서 150의 병력을 규합한 것이다.

그 병력을 보며 케스퍼는 주먹을 불끈 쥐었다.

그는 자신의 영리함과 기민함에 도취돼 있었다. 뭣보다 동료에 대한 믿음으로 충만했다.

"페드로, 네 덕이다. 형제여."

둘은 같이 감옥에 투옥돼 있던 덕에 필담으로 빠르게 상황을 공유하고 행동에 나설 수 있었다.

페드로는 무겁게 고개를 끄덕이며 말한다.

"케스퍼, 빨리 움직여야 한다. 지금은 총대장님을 구해야할 때야."

"제무토 장군을……?"

케스퍼는 눈살을 찌푸렸다. 제무토라고 하면 있지도 않는첩자 혐의를 씌워서 자신들을 고문한 미친놈이니까.

페드로는 동의를 표했다.

"분명 미친놈이긴 하지만 그가 군의 총대장임에는 변함이없어. 우리가 발 빠르게 그를 보호한다면 그는 우리를 깊이신뢰할 거다."

"그, 그렇군! 우리에 대한 신뢰를 회복하자는 건가!"

그것뿐만이 아니다. 그로 인해 전투가 승리로 돌아가면 큰공을 세운 게 된다.

장차 스벤너의 핵심 장군으로 출세할 수도 있는 일이다.

"이런 때를 대비한 상급 장교들의 집결 지점이 있었지. 제무토 장군도 아마 그곳에……. 좋아, 모두 날 따라와라!"

케스퍼는 가장 먼저 제무토를 보호하겠다며 온 집중을 다해 제무토의 흔적을 추적했다.

그는 얼마 지나지 않아서 정신을 차리고 병력을 추스르고 있던 제무토를 발견하게 된다.

"제무토 대장군님!"

"음……!? 케스퍼 밀리아스인가!"

제무토는 갑자기 밀려온 병력의 모습에 경계심을 표출했다.

케스퍼는 그럴 필요 없다며 고개를 흔들었다.

"이제 걱정하실 필요 없습니다. 제가 당신을 보좌하겠습니다."

"……."

현재 제무토의 곁에 있는 인원은 80명 정도. 그는 병력이 가장 많이 밀집한 본진에 위치해 있었기에 혼란도 클 수밖에 없었다.

하여 일부 상급 장교들만 대동한 채 먼 곳으로 빠져나와 있었다.

이곳은 일부 상급 장교들에게만 알려진 집결 지점이자 일종의 피신처.

제무토는 이곳에서 장교들을 움직여 병력을 빠르게 규합할 생각이었다.

그런 상황에서 케스퍼가 무려 150명이나 병력을 구해 왔

으니 쌍수를 들고 환영해야 할 일이었으나 제무토의 표정은
잔뜩 굳어 버렸다.

'케스퍼 밀리아스가 이 시점에 내 앞에 나타나다니.'

케스퍼는 이 집결 지점을 알고 있는 일부 상급 장교들 중
하나였다. 그러니 케스퍼가 이곳에 병력을 끌고 온 건 이상
한 건 아니었다.

'저놈의 존재를 간과하고 말았군.'

감옥에 가둬 두기도 했었고, 뭣보다 거기까지 신경을 쓸
겨를이 없었다.

제무토는 이 자그마한 빈틈이 자신의 목을 조르게 됐다는
걸 깨달았다.

그는 침음성을 흘리며 말한다.

"역시나 서방 쪽에 첩자를 심어 놨던 건가. 쥬라스 파밀리
온······!"

"쥬라스라니요? 무슨 말씀을 하시는 겁니까? 장군님, 저
는 케스퍼······."

그러나 그 말은 끝을 맺지 못했다.

퍽! 뒤에 서 있던 페드로가 그의 등을 가격하며 머리를 땅
에 처박아 제압한 것이다.

"크헉!? 페드로······!? 이게 무슨 짓이야!"

"······."

"페드로!"

페드로는 대꾸 없이 뒤에서 다가오는 남자를 향해 말했다.

"재상님, 이자의 처우는 어찌할까요?"

"광대로서 중요한 공을 올려 줬으니 살려 둬도 괜찮아 보이긴 하지만…… 알스에 대한 앙심이 깊은 자이니 살려 둬 봤자 의미는 없어 보이는군요."

"예, 그럼 처리하겠습니다."

스릉! 단검을 빼 드는 페드로. 대충 상황을 파악한 케스퍼는 이를 악물었다.

그는 이 모든 일의 흑막이 알스라고 지레짐작했다.

"페, 페드로! 너는 속고 있는 거다! 알스 일라인 그놈에게 속고 있는 거라고!"

"저세상으로 가는 선물을 겸해 알려 주는 거다만. 일라인 님은 너에 대해 아무런 관심도 없으셨다. 물론 앙심도 없지. 원망할 거라면 나를 원망해라."

페드로는 케스퍼가 불필요한 원한을 갖고 죽지 않게끔 그렇게 말해 준 것이었지만 케스퍼는 믿지 않았다.

"틀려! 페드로 네가 날 배신할 리가 없어! 무슨 이유가 있는 거잖아! 알스 일라인 그놈이……!"

"이유라면 간단하다. 이것이 전쟁이란 것뿐."

"페드로——!"

푹! 단검으로 목부터 머리를 찔리며 즉사하는 케스퍼. 페드로는 검을 갈무리하며 쥬라스의 뒤에 섰다.

"목덜미를 찔러서 죽인다라. 핫, 인형에게 알맞은 최후군요."

쥬라스가 음흉하게 웃자 스벤너의 장교들은 전율했다.

그들은 페드로가 케스퍼에게 어떤 존재인지를 잘 알고 있었으니까.

심지어 케스퍼가 혼란 중에 모았다고 하는 병력 대부분이 크로싱의 장교들과 병력들이었다.

케스퍼는 스벤너의 병력을 모은 게 아니라, 크로싱의 장교들을 모아 주는 심봄이 된 것이다.

쥬라스는 냉혹하게 고했다.

"자, 체크메이트입니다, 제무토."

"제법이군, 쥬라스. 내가 이계의 드래곤을 사용할 걸 미리 예측하고 작전을 세운 건가."

"설마, 계획을 간파하는 능력이 뛰어난 당신을 상대로 그런 짓을 할 리가."

"그렇담 전부 즉흥적이었다는 건가? 지금 이 상황이?"

말도 안 된다며 고개를 흔드는 제무토.

"훗, 할 말은 그게 전부인 모양이군요."

쥬라스는 그 이상은 얘기할 가치가 없다는 듯, 공격을 명령했다.

스벤너는 모두 상급 장교들로 이뤄져 있어 다들 무예가 뛰어났지만 숫자에는 장사가 없었다.

쥬라스는 선봉에 서서 그들을 도륙 내며 도망치려는 제무토를 포획하는 데 성공한다.

제무토는 침통한 목소리로 말한다.

"……고위 포로로서의 대우를 원한다."

"미안하지만 이 전투를 빠르게 끝내는 데 당신의 목이 필요합니다. 그게 싫다면 당신이 직접 병사들 앞에서 전면 항복을 선언하십시오. 그렇담 목숨만큼은 살려 주도록 하죠."

목숨을 내놓느냐, 그도 아니면 장군으로서의 명성과 체면을 버리고 살아남느냐.

아마 알스라면 어떻게든 후자의 방향으로 가게끔 제무토를 위협했을 거다. 그래야 이 전투는 물론이고 이후에 있을 전후 처리 과정에서도 쓸데없는 피해가 줄어드니까.

그러나 쥬라스는 달랐다. 어떤 선택을 하든 상관이 없다는 입장이다.

그런 그의 내심을 읽은 제무토는 체념했다. 설령 목숨을 부지한다고 해도 쥬라스에게 남은 운명을 농락당할 거라는 걸 잘 알았던 것이다.

애초에 포로가 된다고 해도 적장이었던 그는 전후 처리 이후 전범으로서 처형을 당할 가능성이 높았다.

"하나만 묻지. 넌 대체 왜 알스 일라인을 돕고 있는 거지? 네놈이라면 스스로의 힘으로 천하를 손에 쥘 수 있었을 텐데."

"……."

"그게 아니라면 그건가? 이제 시작이라는 건가?"

이 전투를 승리로 끝내고 알스를 암살해 버리면 모든 건 쥬라스의 손아귀에 들어간다. 큰 그림으로서 더할 나위 없이 완벽하다.

"그런 거라면 알스 일라인이 쉽게 당해 줄 리 없을 테다. 리안드와 크로싱의 내분으로 이어지겠지. 결국 통일 따윈 이뤄지지 않는다는 거다. 훗, 후하하······."

"그러니까 네놈들은 나를 모른다는 거다."

"뭐라······?"

"대의라느니, 대업이라느니. 내게 그딴 건 별 의미가 없거든."

어릴 때부터 신동이라 불리며 어른들의 기대감에 짓눌려 살았던 쥬라스에게 대의와 대업은 지긋지긋한 것이었다.

"내가 원하는 건 오로지 자유뿐이다."

"자유? 그딴 건 언제든 얻을 수 있었던 것 아닌가?"

"인간이라는 게 그렇게 쉽게 끝맺음을 할 수 있는 게 아니라서 말이야."

쥬라스가 짊어지고 있던 어른들의 기대감은 어느덧 그의 인생 그 자체가 되어 있었다. 원했건, 원하지 않았건 그런 길로 접어들고 말았다.

그런 그가 해방될 수 있는 유일한 길은 누군가가 그 짐을 대신 짊어져 주는 것이었다.

그러나 그 누구도 그와 함께 일하려 하지 않았다. 배신당할 것을 우려해 진심으로 믿어 주질 않았던 것이다.

그가 조력자로 점찍었던 자들 중 열에 아홉은 모두 자신을 은연중에 제거하려 들었다.

그와 지독한 악연으로 엮인 빌랑의 엘드릭 왕자 또한 그중하나였다.

그리고 마지막, 열에 하나가 바로 알스다.

"자유……? 어이가 없군. 고작 그런 걸 위해 스스로가 위대해질 수 있는 길을 포기했다는 건가?"

"어떻게 생각하든 좋다. 저세상으로 갈 놈에게 이 이상 말을 해 봤자 의미가 없기도 하고. 그럼 끝내도록 하지."

제무토는 눈을 질끈 감았다.

서걱! 그의 목을 쥬라스가 직접 쳐 내면서 북부에서의 전투는 사실상 크로싱의 승리로 돌아가게 된다.

다만 이미 해가 저물고 있던 시점이었던지라 전투의 결착은 내일 새벽에나 결정되는 상황이었다.

쥬라스는 잘라 낸 목을 페드로에게 넘겨주고는 드래곤들이 엉켜서 싸우고 있는 지점으로 시선을 돌렸다.

캉! 부딪히는 칼날.

알스가 위치한 남부 전장은 지독한 난전이 펼쳐지고 있었
다.

  알스가 주둔하고 있는 부대의 후방으로 모신과 그의 권속
들이 이끄는 기마대가 급습을 가하면서 알스가 있는 본진이
앞뒤로 협공을 당하는 형태가 됐던 것이다.

  소피아는 알스가 고립되지 않도록 강하게 밀어붙이고 있
었지만 결국 한 발자국 늦고 말았다.

  "알스 님! 일단 몸을 피하셔야 합니다!"

  에오니아는 본인을 미끼로 알스를 대피시키려 했다.

  그러나 알스는 고개를 흔들었다.

  "널 희생해서 도망가느니 죽고 말지."

  "그런 고집 부리지 마시고요!"

  "됐어, 어차피 대피한다고 해도 제대로 될지 알 수도 없는
데 뭐. 그러느니 이 자리에서 받아치는 게 나아."

  알스는 측근 장교를 호출하여 지시한다.

  "애쉬에게서의 연락은?"

  "두절된 상황입니다!"

  "쯧, 어쩔 수 없지. 이 자리에서 요새화를 꾀하겠다! 모든
장교들과 병사들은 이곳을 중심으로 방진을 펼쳐라! 우리가
혼전을 극복해 나갈 기둥이 되겠다!"

  알스는 본인을 중심으로 병력을 규합하기 시작.

  그러나 이는 상대에게 있어 무척이나 좋은 표적이었다.

애초에 모신의 목적은 알스 하나였다.

알스만 죽이면 여러 혼란이 야기될 것을 알았다.

당장 이 중앙 대륙의 통일만 해도 아직 불안정한 상태였다.

알바드와 크로싱이 알스를 초대 황제로 추대하면서 국가를 합병하기로 한 상황이었지만 알스가 죽으면 얘기가 달라진다.

알바드와 크로싱, 리안드까지 반목을 벌이며 새로운 전쟁이 발발할 수도 있다.

"라시안스 님, 저곳에 알스 일라인이 있는 게 분명합니다."

라시안스라 불린 여성. 모신은 깊게 고개를 끄덕였다.

"가자, 반드시 놈을 죽이겠다."

"저희만으로 충분합니다. 함께 가실 필요는……."

"아니, 같이 가겠다."

그녀는 무언가 노리는 게 있는 듯, 의미심장하게 입꼬리를 올렸다.

그렇게 빠르게 밀고 들어간 그들은 알스와 마주치게 된다.

에오니아는 결사항전의 태세를 갖춘 채 적을 노려보았다.

그중에는 알스의 눈에 익은 자들도 있었다.

"네놈은……."

엘란 왕국 왕위계승전에서 암약한 팍스 후작, 파이스 랑코스트였다.

거기에 더불어 상위 연맹의 간부들도 있었는데, 그중에 지하 광산을 관리하던 연맹 로어의 수장인 순혈 수인 알라가도 있었다.

'역시, 상위 연맹 쪽에 권속들이 있었던 거군.'

이건 이미 어느 정도 알고 있는 사실이었기에 놀라움도 덜했다.

"그리고 당신이…… 모신입니까? 인류의 역사를 끊어 버리고 싶어 안달이 났다는, 미쳐 버린 신."

"네놈은 어디까지 알고 있는 거지?"

"대부분은 알고 있다 자부합니다만? 생명들에게 일방적으로 숭배받는 부신을 질투하여 미쳐 버렸다고요."

"내가 고작 그런 이유로 이런 행동을 한다고?"

"어찌 됐든 상관없습니다. 이미 서로의 길은 많이 엇갈렸으니까. 애초에 이런 전장에서 사담이나 하고 있을 여유도 없고."

알스는 무기를 빼 들어 상대를 겨눴다.

모신도 더 이상 말할 건 없다는 듯 공격 명령을 내렸다.

격전이 벌어진 전장.

'직접 싸우는 건 얼마 만의 일인지……!'

던전 토벌을 할 때는 직접 싸우긴 했지만 전장에서 직접 나서기는 정말 오랜만이었다.

"숙여요!"

"……!"

쐐액! 머리 위를 스쳐 가는 석궁의 볼트.

에오의 경고성이 없었다면 그대로 저세상으로 가 버렸을 지도 모를 일이었다.

"감히 알스 님을 노리다니……!"

에오는 활을 꺼내 석궁을 쏜 적병에게 화살을 쏘았다. 석 궁을 장전하고 있던 병사는 미간에 화살이 꽂히며 절명해 버 린다.

'좋지 않아…….'

상대 쪽에 정예 전력이 너무 많았다.

뭣보다 모신 본인의 무예가 생각 이상으로 막강했다.

게다가 란시아와 토도람이 이끄는 적의 주 병력이 우리 병 력과 섞이면서 내 쪽에 대한 압박감도 커지고 있었다.

'시간이 많지 않은데…….'

우려하던 일은 곧장 벌어졌다.

우리 장교들이 애써 모신과 그 권속들을 막고 있던 차, 후 방에서 란시아 갈레론이 이끄는 소규모 부대가 내 뒤를 찌르 고 온 것이다.

"이곳이 승부처다! 적장을 쳐라!"

란시아는 내가 있는 쪽으로 올곧게 돌진.

심지어 모신의 권속 중 하나인 알라가가 방어망을 뚫고 내쪽으로 쇄도해 왔다.

죽음을 각오해야만 하는 절체절명의 상황.

다행히 소피아의 대응도 늦지 않았다.

"흐앗!"

캉! 돌진해 오는 알라가를 물러나게 하는 냉혹한 창. 창끝에는 냉기가 조금 흐르고 있었다.

"루크레치아!"

그녀는 거친 숨을 몰아쉬며 내게 소리친다.

"일라인! 어째서 도망가지 않은 겁니까!?"

"내가 몸을 숨겼다간 소피아와의 연계가 어려워지니까 그랬죠. 그래도 제때 왔으니 됐어요!"

"되긴 뭐가 돼요!"

루크가 제때 도착한 건 고무적이었으나 그렇다고 상황이 괜찮아진 건 아니었다.

루크는 수인 알라가의 발을 묶는 것이 고작이었다. 모신의 권속은 그 외에도 아홉이나 더 있는 상황.

전체적인 수준은 루크레치아급이긴 했지만 그것만으로도 벅찼다.

'핵심적인 전력이 하나 더 있어야 해!'

엘레나로도 안 된다. 미라벨이나 안톤 정도의 압도적인 무예가 있어야만 했다.

"알스 님! 조심하십시오!"

상대 권속 중 둘을 상대하고 있던 에오는 본인이 아닌 나를 더 걱정하고 있었다. 내게 세 명의 권속이 쇄도해 오고 있었기 때문이다.

"죽어라!"

"쳇!"

나는 시간을 벌 속셈으로 응전 태세에 들어갔으나 그때였다.

서걱! 셋 중 하나의 몸을 반으로 갈라 버리는 강맹한 일격.

오러를 흩날리며 등장한 카시우스 로이드는 일시적으로 사위를 압도했다.

"늦지 않아 다행이군요. 일라인 님, 제 등 뒤로 서십시오."

페이크 주인공 카시우스. 그는 쥬라스가 심혈을 기울여 키운 첩자답게 그 무력도 상당했다.

안톤에 맞먹는 수준은 아니더라도 일리야 스승과 비등할 정도의 무력을 가지고 있다.

그 정도의 무력이니 연맹의 간부들 정도는 어렵지 않게 상대할 수 있었다.

'이걸로 한숨 돌렸어.'

전력 상황은 대등. 오히려 소피아가 밀고 올라오고 있는 우리 쪽이 미세하게 좋았다.

"폐하를 지켜라! 가족들의 안위와 미래를 위해 목숨을 아끼지 마라!"

후방에서 들려오는 쩌렁쩌렁한 음성.

한번 적의 기마대에 휩쓸리며 피투성이가 된 애쉬가 병력을 규합해 내 쪽으로 지원을 오고 있었던 것이다.

"애쉬……!"

이건 컸다.

모신이 이끌고 온 기마대는 기세를 통해 일시적으로 내가 있는 곳까지 도달한 것이다. 거기서 속도를 멈추지 않고 측면으로 빠져나갔다면 모를까, 나를 잡기 위해 정지를 해 버렸으니 기마대의 가장 큰 이점인 기동력을 잃고 말았다.

애쉬는 그 기마대의 꼬리부터 차근차근 부숴 가며 내게 다가오고 있었다.

여기에 더불어 캘버린이 보낸 것처럼 보이는 정체불명의 기마대도 제때 전력에 가담해 있었다.

"으라아앗!"

스벤너의 병사들을 처치하며 미쳐 날뛰고 있는 우락부락한 남자.

'어째서 란디스가 이곳에……!?'

그 옆에는 정말 오랜만에 보는 안두하까지 있었다.

'뭐가 뭔지는 몰라도 체크메이트야!'

이걸로 전황은 분명하게 우리의 우세가 됐다.

그러던 그때 다른 병력들을 지휘하고 있던 올라프가 호위 장교들과 함께 다가왔다.

"알스! 슬슬 해가 저물 거야! 야전을 대비해야 돼!"

"쳇!"

전황이 나빠진 만큼 상대는 퇴각을 하려 할 터였다.

모신도 애쉬와 란디스가 꽁무니를 잡고 올라오자 지금 이 전장은 포기하려는 듯한 기색이었다.

그렇담 그들이 빠져나갈 곳은 하나. 양옆에 위치한 산지였다.

지금이야 해가 떠 있었기에 함부로 산지로 빠져나가지 못했지만 해가 져 버리면 주저 없이 산지로 도망을 칠 테다.

'도망치게 둘 수야 없지.'

모신을 잡아내면 이 전투는 물론이고 모든 전쟁이 끝난다.

모신은 나를 잡아내기 위해 직접 모습을 드러낸다는 모험을 걸었다. 그렇담 나도 모험을 걸 때였다.

'모험은 좋아하지 않지만……'

모든 것을 단번에 끝낼 수 있는 지금 기회를 놓치고 싶지는 않았다.

"올라프! 야전을 준비해 줘요! 산지로 도주하는 적을 쫓겠습니다!"

올라프는 내 의도를 파악하고는 무겁게 고개를 끄덕였다.

한편 북부에선 소란이 정리돼 가고 있었다.

"흐어엇!"

캉! 커스버트는 안톤의 맹공을 버텨 내지 못하며 넝마가
돼 있었다.

그나마 흑마법사들의 도움으로 상처가 재생되고 있었으나
그것도 오래가지 못했다.

"젠장……!"

커스버트는 누구와 대결을 해도 자신이 있었다. 자신의
불사의 비밀을 알고 있는 자가 많지는 않을 거라 생각했으
니까.

실제로 그가 살해한 크로싱의 2장군 놀락도 무예의 실력
에선 커스버트를 능가했다.

그럼에도 불사의 비밀로 말미암아 그를 살해할 수 있었다.

안톤도 비슷하게 처리를 하려 했으나, 안톤은 정보도 있었
을뿐더러 추호도 방심하지 않았다.

침착하게 커스버트의 몸을 난도질하며 우위를 잡아 갔다.

그의 열세에 다른 실력자들도 합세를 하여 안톤을 공격했
으나 안톤은 세 명의 협공을 받고도 끄떡없었다.

캉! 한 번의 일격으로 셋을 모조리 떨쳐 낸 안톤은 가라앉
은 눈으로 고했다.

"엘레나 님을 고전케 했다는 연맹의 3인이 너희들인가 보군."

"큭! 무슨 이런 괴물이······!"

"영광으로 생각해라. 네놈들은 주군께서 걸어가실 로열로 드의 발판이 되는 것이니!"

그런 안톤의 옆을 애거트가 빠르게 스쳐 지나갔다.

서걱! 애거트는 자세를 고쳐 잡지 못한 3인 중 하나의 목 을 쳐 버린다.

"똥폼 잡지 말고 빨리 처리해요! 왠지 모르지만 스벤너의 병력이 규율을 잃고 불규칙적으로 움직이고 있다고요! 그 영 향이 이쪽으로 올 수도 있어요!"

"······쥬온이 해낸 건가."

안톤은 고개를 끄덕이곤 오러를 극한으로 끌어올렸다.

그 모습에 상대는 전의를 완전히 상실하고 만다.

그런 와중, 전장의 한편에선 드래곤들이 땅을 구르고 있었 다.

상대의 목을 물고 있던 반달린은 씁쓸한 듯 소리친다.

"형제여! 정신을 차릴 수는 없는 건가?"

쿠오오오오!

"널 제외한 모든 형제들이 뜻을 합했다. 아직도 그렇게나 인간이 미운 건가?"

그러나 드래곤 메파트라의 정신은 돌아오지 않았다.

"그렇담 어쩔 수 없군. 작별이네, 형제여."

형제의 안식을 위해 더 일찍 처리했어야 했던 건지도 모른다며 반달린은 회한에 찬 눈으로 메파트라를 제압해 땅에 처박았다.

그렇게 땅에 처박혀 발광하는 드래곤의 끝은 베아트가 마무리를 지었다.

그녀는 드래곤들의 조력을 받아서 만든 특수한 장검을 메파트라의 미간에 꽂아 넣었다.

그러자 검이 박힌 자리가 빛나더니 드래곤의 몸체가 마력이 되어 흩어지기 시작했다.

마력의 가루는 해가 저물어 가는 전장을 순간적으로 밝게 밝혀 주며 사라져 갔다.

그 모습을 멀찍이서 바라보고 있던 쥬라스는 희미하게 미소 지었다.

"남은 건 남부 전장뿐인가……."

그는 알스가 실패할 거라고는 생각지 않았다. 그러니 알스를 도우러 가기보단 병력을 규합하여 서쪽으로 이동. 스벤너 본토를 향해 진군을 시작했다.

알스의 예상대로 해가 저물면서 스벤너군은 산지로 도주

하기 시작했다.

알스는 올라프가 조직한 추적대를 이끌고 직접 병력을 추격. 산지에서 난전이 벌어졌다.

한편 산지로 도주하지 않은 잔존 병력에 대해서는 소피아가 처리를 하고 있었다.

그녀는 란시아 갈레론이 있는 쪽에 모든 병력을 집중시키며 적의 지휘 체계를 망가뜨렸다.

그렇게 란시아 갈레론은 카시우스 로이드와 루트거가 이끄는 부대에게 사로잡히며 스벤너군이 믿을 거라고는 미라벨과 혈투를 벌이고 있는 토도람 하나만 남게 되었다.

그러나 토도람은 병력의 지휘보단 본인의 싸움에 더 집중하고 있었다.

"하하하핫! 즐겁군! 이 정도의 여결이 있었을 줄은 몰랐다고!"

"너야말로, 인간이 이 정도의 무예를 가질 수 있다니 말이야······!"

토도람은 괜히 구데리안을 죽인 게 아니라는 듯 절정의 무위를 선보였다.

미라벨은 신중하게 기회를 엿보고 있었다. 지금은 해가 져버리면서 병력들이 혼란한 상황.

그 병사들이 둘의 결투 영역에 무차별적으로 들어오기 시작하면서 상황이 어수선해져 있었다.

한 번의 수로 승패가 결정될 수도 있는 상황이었기에 미라벨은 캉! 토도람의 검을 쳐 내며 뒤로 두 보 정도를 물러났다.

그러고는 창 촉을 아래로 내리며 자세를 잡는다.

"좋군……. 아주 좋아. 난 이걸 원했다. 이런 죽음을……! 독살 같은 시원찮은 방법이 아니라 전장에서의 죽음을 원했다고!"

"그렇담 원하는 대로 해 주지."

탓! 동시에 발을 떼는 둘.

그 둘이 교차한 순간, 미라벨의 창 촉은 토도람의 심장을 꿰뚫고 있었다.

토도람의 검 또한 미라벨의 몸을 찌르고 있었지만 폐를 찔렀을 뿐이다.

"양패구상인가……!"

토도람은 사력을 다해 검을 비틀었다.

그러나 미라벨은 표정을 찡그릴 뿐이다.

"내 몸은 마나로 돼 있거든. 핵이 되는 마정석을 찌르지 않는 이상 치명상은 입지 않는다."

"뭐냐 그건. 반칙이잖아. 쿠헉……!?"

토도람은 쓴웃음을 지으며 각혈과 함께 무너졌다.

그래도 강자와 마음껏 싸울 수 있어서 기뻤는지 여한 없이 숨을 거두었다.

란시아는 상황이 조금 달랐다.

그는 이번 패배를 납득하지 못했다.

그는 이번 진군 자체를 반대했던 입장이기 때문이다. 그러니 억울할 수밖에.

그런 그에게 소피아가 냉소했다.

"당신의 어록에 그런 게 있더군요. 전쟁은 결과가 전부라고 했던가요? 스스로의 말 정도는 지키는 게 어때요?"

소피아는 딱히 즉시 처형을 하지는 않았다.

란시아에게 생에 대한 미련이 있는 것을 보고는 그걸 이용해 전황을 빠르게 정리하기로 한 것이다.

기분 나쁜 정적이 흐르는 산지.

나는 운명을 느끼고 있었다.

내 앞에 홀로 서 있는 여성.

내 주위에도 사람은 없었다. 에오니아가 공격을 받고 적과 함께 산지의 비탈로 굴러떨어져 버렸기 때문이다.

에오의 상태가 걱정되긴 했지만 그보다도 눈앞의 상대가 먼저였다.

주변은 시끄러웠지만 묘하게 이곳만은 조용했다.

모신은 내게 검을 겨눈 채 입을 뗐다.

"알스 일라인, 너는 본디 네가 가져야 했을 운명에 대해 알고 있나?"

"내 운명이라고……?"

"너는 전쟁광이 될 운명이었다. 중앙 대륙의 통일로 만족하지 못하고 마법 세계와 전쟁을 벌이는 잔혹한 왕."

"……그게 무슨 소리지?"

"그게 바로 정해져 있던 역사였다는 거다."

모신은 담담하게 나에 대한 이야기를 했다.

알스 일라인은 페이크 주인공 카시우스 로이드와의 사건 이후 크로싱의 도움을 받아 대륙을 통일하는 데 성공한다.

여기까지는 진정한 주인공이라 할 만했다.

하지만 문제가 있었다.

건국 황제가 된 알스는 지독한 전쟁으로 인해 타락하여 이미 예전의 순수함은 가지고 있지 않았다.

그도 그럴 수밖에 없었다. 마음의 기둥이었던 유미르는 죽었고, 그의 가족들도 지독한 고문 끝에 이미 죽고 없어진 지 오래였으니까.

게다가 가신이자 사랑했던 성녀에게까지 배신을 당하며 돌이킬 수 없는 마음의 상처를 입게 됐다.

그런 상황에서 출생의 전말을 알게 된 알스는 조력자였던 쥬라스에게 깊은 증오를 품고 그를 살해하려 하며 내란이 벌어진다.

이후엔 분단 결계까지 소멸시키며 전쟁의 겁화를 외부로 확산시켰다.

 '뭐야 그게.'

 모신의 말을 듣자면 알스는 주인공 같은 게 아니었다.

 그저 새로운 막을 여는 장치일 뿐.

 '그랬던 건가.'

 스토리를 영구히 이어 가기 위한 게임의 스토리.

 1막은 카시우스 로이드.

 2막은 알스 일라인. 그리고 3막은 또 다른 누군가.

 그렇게 스토리가, 전쟁이 끝없이 이어진다.

 난 한편으론 그것이야말로 진정으로 현실적인 스토리라고 생각했다.

 실제로 세계는 그런 식으로 돌아가기 마련이니까.

 '예언도 그래.'

 항상 이상했었다. 내가 주인공인데도 엘프들의 섬에서 받은 예언에선 내 자식 중 하나가 혼란을 수습하고 통합을 이뤄 낼 거란 얘기가 나왔으니까.

 나는 그게 미라벨의 핏줄과 관련된 거라 생각했지만, 애초에 알스 또한 진짜 주인공이 아니었다고 생각하면 아귀가 맞아떨어진다.

 "하핫……."

 "……?"

내가 왜 이 세계에 들어오게 됐는가를 이제는 알 것 같았다.

드래곤 올킨은 말했었다. 부신이라는 존재가 자신의 존재를 희생하는 대가로 세계를 한번 되돌렸다고.

그가 되돌린 세계가 바로 아테나 워 테일즈라는 게임의 세계였을 것이다. 게임의 스토리 유지를 위해 무한하게 전쟁이 벌어지는 세계.

부신은 그 세계를 되돌리며 나라는 변수를 집어넣었다. 알스라는 인물에게 어울리는 새로운 조각을 말이다.

'마치 백업을 한 것처럼……. 이 세계는 정말로 게임 속 세계일지도 모르겠네.'

뭐, 그건 이제 와서 크게 상관없었다. 생각해 봤자 소용없기도 하고.

"넋두리 고마워, 덕분에 나에 대해 더 잘 알게 됐네."

나는 그녀에게 창을 겨눴다.

"미안하지만 난 당신처럼 많은 얘기를 할 생각 없어. 상황은 어차피 달라지지 않거든. 당신은 여기서 죽는 거야. 그리고 세계는 평화로워지는 거지."

"헛소리 마라. 인류의 분쟁은 계속된다! 그 이기심과 투쟁심이 세계의 근본마저 좀먹는 그 순간까지 영원히!"

그래서 모신은 지성체들을 멸종시키려 한 것이다. 최소한 자신이 만들어 낸 세계만큼은 지키기 위해서.

"당신이 말하려는 게 뭔지는 알 것 같아. 하지만 쓸데없는 참견이야. 그런 오지랖은 정말로 세계가 멸망하기 직전에나 해 달라고."

"네놈……!"

달려드는 모신.

나는 창과 검을 교차하여 그녀의 검을 막아 냈다.

일렁이는 오러.

무예의 수준은 호각이었으나 이곳은 밤이 깊은 산지다.

서로 실수가 나올 수밖에 없는 상황이었다. 장기전은 변수가 많다.

그렇기에 나는 한 수로 결판을 내기로 했다.

"크윽……!"

"후우……! 후우……!"

기괴한 금속음을 내며 대치하는 병장기.

나는 그중 왼손의 검을 빼내며 창을 기울였다.

그러자 상대의 검이 기기기긱! 하고 내 창을 타고 흐르며 내 머리 위를 스쳐 지나갔다.

"잔꾀를……!"

모신은 재차 검을 휘두르며 내 목을 쳐 내려고 했으나 내가 한발 더 빨랐다.

서걱! 나는 몸을 비틀며 왼손의 검을 휘둘러 무기를 쥔 상대의 오른팔을 쳐 냈다.

팔과 함께 무기를 잃은 모신은 나무뿌리에 걸려 엉덩방아를 찧었다.

자세를 고쳐잡은 나는 그 목에 창을 들이밀었다.

"끝났어."

모신은 그런 마지막 순간에도 미소를 지었다.

"죽여도 소용없다. 나는 불멸의 존재. 언젠가 다시 나타나 네놈의 후손에게 이 수모를 갚아 주도록 하마."

"뭐, 그렇다고 들었어. 존재를 봉인하는 게 그나마 확실한 방법이라고 했었나?"

그러나 그 봉인 방법에 대해선 아직도 확실한 부분이 없었다. 드래곤들이 연구를 해 보았으나 마땅한 결과가 나오지 않았다.

생포를 해 볼까 생각했으나 괜히 어중간하게 하다가 뒤끝을 남기느니 그냥 죽이는 게 낫다고 생각했다.

"널 영원히 봉인하는 방법은 어떻게든 알아내서 내 후손들에게 전수해 두도록 할게. 그러니 일단 퇴장해 줘."

"두고 봐라, 네놈을 지독한 절망 속에서 고통받게 하겠다! 반드시⋯⋯!"

푹! 머리를 찔린 모신은 그대로 침묵했다.

그 입가는 끝까지 웃음기를 잃지 않고 있었다.

순간 꺼림칙한 기분이 들었지만 그래도 이걸로 일단은 끝이었다.

"알스 님!"

에오도 무사했는지 부랴부랴 내가 있는 쪽으로 올라오고 있었다.

그녀가 내 곁을 지켜 서고 나서야 긴장이 풀렸다.

"휴우! 전군에 전해. 이 전쟁은 우리의 승리라고."

이미 소피아가 조치를 취했는지 여기저기서 승리의 함성이 울려 퍼지고 있었다.

힘이 빠진 나는 바위에 기대어 그 함성을 멍하니 듣고 있었다.

스벤너군과 리안드 연합군이 벌인 중부 전쟁.

북부와 남부 전장을 승리로 가져간 연합군은 쾌속으로 진군하여 스벤너 본토를 위협.

유일하게 남아 있던 캘버린이 군량 부족의 이유를 들어 항복하면서 전쟁은 연합군의 대승으로 돌아가게 됐다.

대륙을 집어삼킬 것만 같았던 전쟁이 의외로 빠르게 끝이 나고.

이후의 전쟁 처리는 일사천리로 진행됐다.

스벤너에게 항복 선언을 받은 연합군은 그 위로 에우로페, 툰카이까지 전쟁 없이 국력만으로 무릎을 꿇게 하며 일시적인 동맹 통일을 이뤄 냈다.

중앙 대륙은 알바드, 리안드, 크로싱이 삼분하게 되며 전후 뒤처리가 시작됐는데, 여기서 알바드와 크로싱의 국왕이 알스를 초대 황제로 추대하며 신속한 국가 합병이 이뤄졌다.

리안드의 경우 귀족제를 전면적으로 부정하는 국가였기에 귀족들의 반발이 심했으나 알스가 가진 군사력과 장군들의 역량이 압도적이었던 만큼 반란을 꾀하는 자들은 나오지 않았다.

그렇게 순간적으로 중앙 집권화를 이뤄 낸 알스는 이러한 권력 형태가 계속 이어지지는 못할 거라고 판단, 여러 개혁을 진행하며 대륙의 개방을 준비했다.

분단 결계가 자연스럽게 사라지고, 바다를 통해 외부 대륙과 중앙 대륙의 교류가 시작된 것이다.

그로 인한 혼란은 분명 있었으나 이점이 더 많았다.

외부 대륙에선 넓은 땅과 마법을 통한 곡물 재배로 식량이 부족한 중앙 대륙을 원조했고, 중앙 대륙에선 많은 인원을 통해 아직 남아 있던 외부 대륙의 던전들을 토벌해 주었다.

그런 과정이 일단락된 뒤에는 초대 황제로 추대된 알스와 여왕 로자의 혼약이 진행됐다.

엘란 왕국을 원만하게 합병시키기 위한 선택이었다.

이 결혼은 정치적인 결혼이긴 했으나 로자 여왕은 내심 쾌재를 불렀다고 전해진다.

그렇게 엘란 왕국까지 합병한 알스는 이종족에 대한 문제 해결에 착수했다.

인간에 대한 증오가 깊은 자들에 대해선 모두 동대륙으로 이주시켜 일종의 특구를 만들며 차근차근 교류를 하기로 했다.

그 외에 인간과 친화적인 종족들에 대해선 적극적으로 교류를 하며 인간과 이종족의 통합을 위한 첫걸음을 시작했다.

그 중심에는 엘프들의 섬과 캘버린이 있었다.

캘버린은 이종족들에 대한 지도 역을 맡으며 솔선. 인간과의 교류에 노력했다.

알스는 이후 문관들을 대거 등용해 치세를 안정시키는 한편 다음 황제에 대한 준비에 들어갔다.

당장의 평화는 자신이 살아 있기에 이뤄지는 것일 뿐, 자신이 죽은 뒤에는 거품처럼 사라질 것을 잘 알았다.

그래서 알스는 즉위 3년 만에 제위 선양을 위한 후계자 육성에 들어가게 된다.

꽃잎이 흩날리는 봄.

정무를 끝낸 나는 나도 모르게 한숨을 쉬었다.

"기껏 평화가 찾아왔는데……."

너무 바빠 그런 평화를 만끽하지도 못하고 있었다.

어떻게든 퇴근각을 보고 있는 내게 올라프가 문건들을 잔뜩 안고 찾아왔다.

"엇챠! 오늘은 이것만 처리하면 돼."

"이것만 처리하라뇨. 딱 봐도 저녁까지 해야 끝나는 양이구만."

"하핫, 어쩔 수 없잖아. 넌 모든 대륙을 지배하고 있는 입장이니까. 굵직한 것들만 추려도 이 정도는 나올 수밖에 없다고."

"어휴."

"그래도 내일부턴 쉴 수 있을 거야."

"당연하죠, 처음으로 열리는 건국 축제 정도는 즐기게 해 달라고요."

"뭐, 마음 같아선 계속 집무실에 앉아 줬으면 하지만."

"됐어요, 빨리 같이 처리해요."

올라프는 피식 웃고는 고개를 끄덕였다.

그는 콧노래를 부르며 일을 처리하기 시작했다.

리안드 제국이 건국을 하면서 올라프는 소피아와 함께 재상의 자리에 올라 있었다.

그 일 처리는 공명정대하며 뒤끝이 없기로 평판이 자자했다.

특히 그는 동대륙에 이주한 사들을 위한 정책들을 펼치며 수인들을 비롯한 이종족들에게 존경을 받고 있었다.

그렇게 3시간.

"이제야 끝났네."

올라프가 휘파람을 불며 의자에 축 늘어졌다.

바깥은 해가 저물어 가며 석양이 지고 있었다.

그때 똑똑! 가벼운 노크 소리와 함께 율리아 누나가 빼꼼 고개를 내밀었다.

"막둥아, 차를 가져왔는데……. 일은 끝났어?"

"누님, 대체 언제까지 막둥이라 부르실 거예요."

내가 황제가 돼도 이 부분은 변함이 없었다.

율리아 누나는 일이 끝났다는 얘기를 듣고는 헤벌레 웃더니 올라프의 옆으로 와 팔짱을 꼈다. 잠시 후에는 배가 볼록한 메이센이 다과를 들고 나타났다.

둘째를 임신한 그녀는 나를 보며 자애롭게 미소 지었다.

"폐하도 같이 드시겠어요?"

"사양하겠습니다. 부부의 시간을 방해하고 싶지는 않거든요."

남은 뒤처리를 올라프에게 떠넘길 겸, 그들을 집무실에 놔두고 오기로 했다.

그런 내 뒤로 단란한 웃음소리가 들려왔다.

올라프와 메이센, 그리고 율리아 누나까지.

여러 명의 아이를 두며 행복한 가정을 이룬 그들은 다른 부부들의 귀감이 되고 있었다.

그들을 제외한 다른 부부들은 뭐랄까. 평범하다고 하기는 힘든 가정 형태였으니까.

올라프 부부를 보고 있자면 이대로 노년까지 평화로운 나날을 보낼 수 있을 것 같았다.

"휴우! 그래도 내일부터 일주일간은 휴가니까⋯⋯. 마음이 편하네."

휴가라고 해도 쉬는 건 아니었다. 건국절 일정은 이미 꽉 채워져 있었으니까.

그 일정을 함께하기로 한 애쉬는 피곤해 보이는 기색으로 내게 왔다.

"오, 오오⋯⋯. 일 끝났냐?"

"뭐야, 왜 네가 더 피곤해 보이는 건데?"

"크으⋯⋯!"

"뭐, 사정은 보나 마나겠지만."

애쉬는 경비대 대장으로서의 나날을 보내고 있었다.

통일 이후 우리는 모험가들을 경비대로 전환시키는 작업을 했다. 그들을 자유인이 아닌 국가 소속으로 편입시키기 위함이었다.

아직도 주기적으로 던전이 발생하는 격동은 완전히 끝이 나질 않았기 때문에 그 필요성이 있었다.

용병의 경력도 있고, 모험가들에 대해서도 잘 알고 있는 애쉬는 딱 어울리는 인재였다.

하여 녀석은 대륙 곳곳을 돌아다니며 바쁜 나날을 보내고 있었다.

물론 피곤한 건 그것 때문은 아니다.

"너, 또 여자들한테 추파 던졌냐?"

"아니야! 그냥 정보 수집 삼아 얘기만 한 거라고! 그런데도 루크랑 리시테아가……."

그 기억이 떠올랐는지 부르르 몸을 떠는 애쉬.

기가 센 부인들에게 시달리는 모습을 보면 가끔씩 동정이 가긴 했지만, 최근에 나란히 둘째를 낳은 걸 보면 이러나저러나 금실은 좋아 보였다.

애쉬도 겉으로는 않는 소리를 해도 내심은 행복한지 곧 웃음기를 되찾았다.

"야, 내일 건국절에는 우리 남자들만 나가는 거지?"

"그래서 뭐?"

"아니, 그냥. 오랜만에 옛날 기분 좀 내자고. 술도 좀 마시고!"

"넌 진짜……."

아무래도 철이 들려면 시간이 더 필요할 듯싶었다.

건국절의 첫 번째 날.

붉은 꽃잎이 휘날리는 수도 플라톤은 아침부터 떠들썩했다.

내 침실도 마찬가지였다.

"아빠!"

우당탕거리며 난입해 오는 아이들.

그 선두에는 류나가 있었다.

이제 5살이 된 류나는 애들의 대장 노릇을 하고 있었다.

류나의 뒤로는 걸음마를 뗀 애들부터 아장아장 기어 다니는 애들까지. 그 숫자가 무려 9명이었다.

여기에 갓난아기들까지 4명이 더 있었으니 솔직히 나도 너무했다는 생각이 들었다.

"아빠, 오늘부터 축제래!"

"으, 응."

"같이 놀자!"

예전에는 놀아 준다고 해 봐야 네 명 정도였기에 피곤함이 덜했지만, 이제는 그야말로 전쟁이었다.

잠깐 멍하니 있으니 애들이 마구 날뛰며 통제 불가능한 상황이 벌어졌다.

난전이 벌어진 내 방.

다행히 지원군은 금방 도착했다.

"류나! 아버지를 귀찮게 하면 안 된다고 했죠!"

유미르와 에오, 에리나, 에스텔이었다.

그녀들은 각자의 아이들을 안아 들었다.

유미르는 하나, 에오니아는 둘. 에리나와 에스텔이 각각 셋이다.

"도련님, 오늘은 축제 시찰을 하신다고 하셨죠?"

"응, 남자들끼리 모이기로 했어."

"그렇군요……."

"걱정 마, 시간은 많이 남으니까. 같이 축제를 돌아보자."

그 말에 다른 부인들도 은근한 시선을 보내고 있었으니 내 축제 일정은 정해진 것과 다름없었다.

침실을 나온 나는 적당히 식사를 마치고 에오니아와 함께 황성의 정원으로 향했다.

에오는 이번 축제에 대해 쉴 새 없이 재잘거렸다.

"정말로 근위대의 호위 없이 축제를 돌아봐도 되는 거야?"

"시찰 성격이 강하니까. 신분을 숨기고 가는데 근위대를 대동할 수야 없지. 걱정 마, 애쉬나 안톤도 함께 가니까."

"으으……."

본인의 소원대로 근위대장에 취임한 에오니아는 고고한 기사로서 칭송을 받고 있었지만 실제로는 언제나와 같았다.

이제는 본인도 근위대장으로서의 책무와 내 곁에 있으려는 개인적인 욕심에 구분이 없어졌는지, 호위라는 명목으로 고집을 부리며 언제나 내 곁을 지키고 있었다.

근위대장이라는 건 명분에 지나지 않게 됐다.

우리는 축제에 대해 얘기를 하며 정원으로 향했다. 그 도중에 비스케타가 얼굴을 비쳤다.

"어머나, 에오."

"성장! 돌아오셨군요!"

비스케타는 화려한 노년을 보내고 있었다.

늦은 나이에 학구열을 가지게 된 그녀는 마법 연구에 심취해 있었다.

70을 바라보는 나이에도 눈빛은 이지적이었고, 실제로 성과도 있었다.

그녀는 마정석과 마강석에 대한 연구를 바탕으로 구 엘란 왕국의 수도인 바이언의 마법 아카데미의 학장을 맡게 됐다.

"뭔가 좋아 보이네요."

내 말에 비스케타는 포근하게 미소 지었다.

"재밌게 살고 있거든요. 당신도 좋아 보여서 다행이에요. 정무가 힘들지는 않습니까?"

"힘들기야 하죠. 뭣하면 도와주실래요? 비스케타 당신이라면 믿고 맡길 수 있을 것 같은데요."

"미안해요, 난 얼마 남지 않은 여생을 즐겁게 보내고 싶거든요."

에오는 얼마 남지 않은 여생이라는 말에 울적한 표정을 짓는다. 어머나 다름없는 비스케타가 그런 말을 한 게 마음에 들지 않는지 그 팔을 붙잡고 투정을 부린다.

그러다 축제에 대한 얘기가 나왔는지 같이 즐겁게 잡담을 나누기 시작했다.

나는 둘이 얘기를 하게 놔두고 홀로 정원으로 향했다.

그곳엔 안톤이 근엄한 표정으로 경비대원들의 기강을 잡고 있었다.

"축제 기간에는 불온한 의도를 가진 무법자들이 섞여 들어오기 마련. 모두 경계를 늦추지 말도록!"

"옛!"

안톤은 수도의 경비대를 총괄하는 위치에 있었다.

아내인 일리야 스승은 경비대의 무예 지도 역을 맡고 있으니, 부부가 이 수도의 경비를 책임진다고 해도 과언은 아니었다.

"앗, 폐하!"

안톤은 나를 발견하고는 후다닥 달려왔다.

"어쩐 일이신지요."

"축제에 대한 경비 준비는 잘되고 있는지 보러 왔어요."

"걱정 마십시오. 빈틈없이 준비하고 있으니까요."

"든든하긴 한데요……. 조금 살쪘어요?"

조금 정도가 아니었다.

갑옷으로도 숨길 수 없는 뱃살이 보였다.

전쟁이 끝난 후, 안톤은 평소의 위엄을 잃은 상태였다.

본인도 잘 알고 있는지 사람 좋은 미소로 웃었다.

"하하핫, 무예를 단련하는 시간보다 아이들과 놀아 주는 시간이 많아져서 그런 걸지도 모르겠습니다."

"정말이지, 좋은 남편의 귀감이네요. 본받고 싶을 정도예요."

"그런 말씀 마십시오. 폐하께선 평화를 위한 중요한 일을 하고 계신 거니까요. 저따위는……."

"자기를 낮추지 마요. 그보다 오늘 약속은 알고 있죠? 남자들끼리 모이는 거. 애거트도 온다고 하더라고요."

"애거트가요?"

애거트는 이종족들이 모여 사는 동대륙에서 활동을 하고 있었다.

캘버린을 감시하는 역할이자 그의 호위 기사라고 할까.

동대륙은 아직도 던전 토벌이 활발하게 진행되고 있는 곳인지라 눈코 뜰 새 없이 바쁜 모양이었다.

안톤은 쓴웃음을 지었다.

"이젠 그 녀석이 저보다 강해졌을지도 모르겠군요."

"뭐, 상관없지 않을까요? 당신 곁에는 최강의 여걸이 있으니까."

호랑이도 제 말하면 나타난다고 할까.

일리야 스승이 미라벨과 함께 나타났다.

둘의 품에는 구원이동 주문서가 가득했다. 그 주문서를 사용해서 하루 종일 대련을 하기 위함이었다.

"하여간……."

지난 3년간 계속 그랬던 탓인지 둘의 무위는 상상을 초월할 경지에 접어들어 있었다.

전성기 적 안톤도 이제는 상대가 안 될 것처럼 보였다.

일리야 스승은 나를 보더니 눈썹을 치켜올렸다.

"알스, 오늘은 쉬는 날이니?"

"예, 축제 기간에는 쉬기로 했어요."

"애들이 좋아하겠는걸."

"하하……. 이미 한바탕 난리가 났어요."

스승은 전쟁 이후 오히려 더 무예 단련에 열을 올렸다.

구데리안 스승의 유지를 이어받아 체스터류 창검술을 극한의 경지까지 완성시키기 위함이었다.

그 무예를 맡아들 가웨인에게 전수하여 맥을 이을 심산이다.

아이러니한 점은 그 혹독한 훈련을 받고 있는 가웨인이 의욕이라고는 하나도 없는 류나에게 지고 있다는 점이었다.

일리야 스승은 그게 분한지 타도 류나를 외치며 가웨인을 훈련시키고 있었다.

뭐, 가웨인 녀석은 내심 류나를 좋아하게 됐는지 싫어하는 기색은 없어 보였다.

"알스……!"

그때 미라벨이 날 경계하는 눈으로 말해 온다.

"미리 말해 두지만 에드랑 에르니와는 내가 먼저 돌아볼 거야!"

"먼저 돌아보다니, 축제요?"

"그래!"

쌍둥이들과 축제를 돌아보겠다며 의욕을 드러내는 미라벨.

당초 그녀는 전쟁이 끝난 이후에 자멸할 생각이었다.

모든 일이 끝났으니 자신과 같은 존재는 더 이상 있을 필요가 없다고 생각한 것이다.

그렇게 그녀는 작별 인사를 하며 마력이 되어 흩어지기 시작했는데, 쌍둥이들이 가지 말라며 울부짖자 거짓말처럼 원래대로 돌아왔다.

본인 왈, 쌍둥이들이 자립하고, 그 쌍둥이들의 자식들이 자립하고, 또 그 후손이 자립할 때까지 계속 있을 거라나.

다시 말해 끝까지 남아 있을 거라는 거다.

"어휴, 알겠어요. 덤으로 에오니아랑 엘레나도 줄게요. 마음껏 축제를 즐기도록 해요."

"정말? 엘레나도 왔어?"

"예, 어제 돌아왔다고 하더라고요."

엘레나는 쿠라벨 성국의 옛터에 터를 잡고 남편의 무덤을 지키며 조용히 살아가고 있었다. 겸사겸사 쿠라벨 출신의 사람들을 모아 터전을 이뤘다.

엘레나가 돌아왔다는 말에 후손들을 전부 모아 파티라도 할 생각인지 미라벨은 무척이나 즐거워 보였다.

축제 첫날.

나는 가벼운 변장을 하고 남자들과 함께 수도를 거닐었다.

주당들이 모여서 그런지 목적지는 금방 주점이 되었다.

"크하하핫! 이게 얼마 만의 자리냐!"

가스파르는 호탕하게 웃으며 술병을 입에 물었다.

전쟁이 끝난 후, 그는 서방의 수인들을 이끄는 지도자 역할을 하고 있었다.

그 과정에서 여러 분쟁이 있었던 탓인지 가스파르는 여전히 날카로운 기운을 유지하고 있었다.

애거트는 감탄한다.

"역시 가스파르 스승임다! 그걸 한 번에 다 마시다니! 아직 죽지 않았네요!"

"당연하지! 자! 마셔라!"

여기에 애쉬와 올라프, 안톤까지 긴장감 없이 마시기 시작하면서 순식간에 분위기가 풀어졌다.

적응하지 못하고 있던 건 도로시뿐이었다.

"하하……. 다들 대단하네."

"굳이 저 주당들한테 어울려 줄 필요는 없어."

"괜찮아, 나도 이제는 잘 마시게 됐거든. ……그래 봐야 한 병이긴 하지만."

"그런데 그쪽 일은 좀 어때?"

도로시는 연맹에서 활동한 이력을 살려 행정관으로서 활약해 주고 있었다.

식량의 공급과 수요를 조정하는 아주 중요한 역할이었다.

도로시가 자리를 비워 버리면 일시적으로 식량난이 발생할 정도로 말이다.

"아주 좋아."

"그러고 보니 리네트가 임신을 했다며. 축하한다."

"헤헤, 고마워."

무르익는 술자리.

그때 뒤늦게 합류한 귄터가 나타났다.

"어이쿠, 죄송합니다. 너무 복잡해서 길을 잃어버렸어요!"

전쟁 중 한 팔을 잃었던 귄터.

그러나 전쟁 이후 드래곤 올킨의 도움을 받아 마법 의수를 착용하게 됐다.

처음에는 익숙하지 않은 모양이었지만 이제는 완전히 적응이 됐는지 자기 팔처럼 사용을 했다.

"어이, 귄터! 왜 이렇게 늦은 거야!"

"그러니까 길을 잃었다니까요!? 나 참, 가스파르 씨가 그렇게 뛰쳐나가니까 그렇죠. 아무리 손녀가 보고 싶다고 해도 말이죠."

"크흠!"

귄터는 현재 동대륙에서 일을 하고 있었다.

경위는 심플했다.

의수를 받기 위해 갔던 동대륙에서 골디안 종족과 눈이 맞아 정착을 한 것이다.

나는 자연스레 루트거 쪽으로 시선을 돌렸다.

골디안 종족이라고 하면 루트거가 과거 동대륙에 체류할 때 신세를 진 곳이었으니까.

"둘 다 행복해 보이네요."

"무, 무슨 소리인가?"

"골디안족은 여성만 있는 종족이잖아요?"

그 탓에 극단적인 일부다처의 형태를 띤다.

"에스텔에게 동생만 20명이 있다는 얘기를 들었는데요?"

"오, 오해일세! 골디안족은 본래 그런 종족이라서……. 귄터! 너도 뭐라고 말을 좀 해 봐라!"

그러나 귄터는 딱히 반박할 생각이 없는 듯했다.

"틀린 말은 아니지 않습니까. 하하핫! 저는 행복합니다. 루트거 씨도 그렇잖아요."

"그, 그렇긴 한데……."

아이러니한 일이다. 그렇게나 이성과 인연이 없었던 귄터가 지금은 여성들에게 둘러싸인 인생을 보내다니.

"그딴 게 뭐 중요해! 귄터! 어서 마셔라! 넌 늦게 왔으니까 병이 아니라 통째로 마시라고!"

가스파르의 권유에 귄터는 기다렸다는 듯 정말로 술을 통째로 들이부으며 주점 사람들의 시선을 한 몸에 받았다.

이후에는 부부 생활에 대한 푸념이 이어졌다.

나를 포함한 다른 이들의 스펙타클한 부부 생활을 들은 올라프와 안톤은 못 당하겠다며 웃는다.

남들에게 내놓을 만한 자극적인 화제가 없었던 올라프와 안톤은 그 대가로 술잔을 계속 받으며 가장 빨리 취해 버렸다.

그렇게 남자들만의 술자리가 무르익어 갔다.

"더 마셔! 알스 너도!"

"좋아요, 오늘은 저도 끝까지 가 볼게요."

나는 날아갈 듯한 편안함을 느꼈다.

그 속에는 미래에 대한 불안이나 초조함이 없이 그저 기쁨과 기대감만으로 충만했으니까.

축제 둘째 날.

나는 곁에서 느껴지는 기척에 부스스 눈을 떴다.

"앗, 일어났어?"

"로자……? 언제 왔어요?"

"오늘 아침에 도착했어."

로자는 수줍은 듯 웃는다. 밖을 바라보니 벌써 해가 중천에 떠 있었다.

어제의 숙취로 인해 늦잠을 잔 모양이다.

"잘 왔어."

"응, 그것보다…… 한번 안아 볼래?"

"……?"

다시 보니 로자의 품에 아기가 안겨 있었다. 최근에 태어난 카린이라는 이름의 딸이었다.

"자, 카린, 아빠예요."

그러나 아기는 술 냄새를 맡았는지 질색하며 울기 시작했다.

로자는 그마저도 귀엽게 보이는지 배시시 웃는다.

곧 에리나가 노크와 함께 나타났다.

"로자! 왔다고 하더니 여기에 있었구나!"

"반가워. 3개월 만인가?"

둘은 포옹을 하며 인사를 나누더니 금방 다과회를 기획하기 시작한다. 남자들이 모였던 것처럼 여자들도 모이려는 모양이다.

"그보다 에리나, 아버지와는 얘기했어?"

"응, 아버님을 보고서야 네가 왔다는 걸 알았거든."

에리나의 살레온 가문은 반역을 저지른 가문이긴 했지만

후에 알티오르 살레온의 전공을 바탕으로 참작이 됐다.

그렇다고는 해도 반역의 죄는 작은 게 아니었기에 가문의 터전을 엘란 왕국 쪽으로 전부 옮겨야 했다.

당주가 된 길버트 살레온은 로자를 보좌하여 온전히 정무에 힘을 쏟고 있었다. 그러다 이번에 처음으로 중앙 대륙으로의 귀환이 허용되어 방문을 한 것이다.

"알스 님, 축제 마지막 날에 다과회가 있을 거예요. 그 다과회에 알스 님도 참여해 주셨으면 해요."

"엥? 나는 왜? 여자들끼리만 하는 거잖아."

"그러니까 오라고 하는 거예요."

뭔가 불안하다.

행동력이 있는 에리나는 가족들을 이끄는 역할을 맡고 있었다.

아이들도 에리나를 일종의 선봉대장으로 여기고 있을 정도.

"꼭 오세요."

"그, 그래."

에리나가 로자의 손을 잡고 어디론가 향하고.

나는 숙취에 비틀거리며 응접실로 향했다.

따로 알현실이 있긴 했지만 그런 거창한 행사를 하고 싶지는 않았기에 대충 응접실에서 처리를 하기로 했다.

그 응접실에는 반가운 얼굴들이 있었다.

"꼴이 말이 아니네요."

날카롭게 쏘아붙이는 여성. 리노아였다.

안두하, 레이틴과 함께 플라톤을 찾아온 그녀는 숙취에 찌들어 있는 나를 보며 핀잔을 준다.

"이젠 황제가 된 거잖아요. 체통을 좀 지켜요."

"위엄 같은 건 없는 황제거든요. 그보다 오랜만에 보네요. 영지 경영이 힘들었나 봐요?"

"어떤 분께서 귀족 제도를 완전히 없애 버리셔서요. 엄청 혼란했거든요."

"하하……. 그래도 이전보다 상황이 나아지긴 했잖아요."

"뭐, 그건 부정하지 않지만요."

대부분의 귀족들은 행정관으로 보직을 바꿔서 땅을 다스리고 있었다. 다만 기준 미달인 귀족들이 워낙 많았기에 그 전환 과정이 쉽지 않았다.

리노아는 그 능력을 인정받아 남대륙의 서부를 총괄하는 1급 행정관 위치에 있었다.

"……훗."

한참이나 내게 잔소리를 퍼붓던 그녀는 곧 풀어진 듯 미소를 지었다.

"당신도 참 대단하네요. 처음엔 미친 게 아닐까 생각했는데……. 결국엔 통합을 이뤄 내다니."

"덕분이죠. 리노아 당신이 없었다면 불가능했을 겁니다."

그렇게 한참이나 환담이 이어지던 중, 리노아가 의미심장하게 말한다.

"축제 마지막 날에 다과회가 있는 건 알고 있어요?"

"아, 예. 그렇다고 하더라고요."

"뭔가 남편들에 대한 불평 같은 걸 한다는 모양이던데요?"

"헉."

"후훗, 기대되네요."

그렇게 말하는 리노아에게 안두하가 한숨을 쉰다.

"그런 다과회에서 활발하게 얘기를 나누려면 아가씨도 슬슬 반려자를 찾으셔야 하지 않겠습니까?"

"왜 얘기가 그렇게 되는 건데요."

리노아는 입을 삐죽이며 이 화제를 피한다.

안두하는 내게 기대를 거는 것 같은 눈빛을 보낸다.

나는 장난삼아 말했다.

"정 그러면 안두하 당신이 짝이 되면 되는 것 아닙니까?"

"무슨 헛소리야. ……아니, 무슨 소리십니까. 아가씨와 저는 같은 가문이라고요."

"분가와 본가의 혼담이 아예 없는 얘기는 아니잖아요?"

"그런 질 나쁜 농담은 자제해 주십시오, 폐하."

그때 왜인지 얌전히 앉아 있던 레이틴이 안절부절못하기 시작했다.

리노아는 코웃음을 치며 내게 말한다.

"이 둘이 지금 교제하고 있거든요."

"진짜요?"

"진짜요. 놀랐죠? 심지어는 루크레치아가 다리를 놔줬어
요."

레이틴은 부끄러운지 고개를 숙였다. 안두하도 헛기침을
하며 내 시선을 피했다.

이쪽도 나름대로 잘돼 가고 있는 듯했다.

안두하는 리노아가 걱정되는 모양이지만, 리노아는 자유
로워진 본인의 인생을 만끽하고 있는 듯했다.

축제 셋째 날.

나는 알현실에서 손님들을 응대했다.

어제는 로자를 제외하면 뚜렷하게 높은 위치에 있는 인물
들이 없기도 했고, 다들 친분이 있었기에 대충 응접실에서
처리를 했지만, 오늘은 달랐다.

엘프들의 섬과 동대륙에서 손님이 왔기 때문이다.

먼저 동대륙에서 온 캘버린이다.

캘버린은 각 종족의 수장들을 이끌고 황성을 찾았다.

'그의 목적은 결국 이거였군.'

캘버린은 멸종했던 종족들을 되살리는 것이 목표였다. 그

걸 위해 모신에게 가담하는 척을 했던 것이다.

최근에는 올킨의 도움을 받아 멸종했던 종족들을 되살리면서 그 명맥을 보전하고 있었다.

그 파격적인 행보가 걱정이 되긴 했지만, 결국엔 극복을 해야만 하는 일이었다.

'내 미래 구상과도 일맥상통하고 말이지.'

캘버린은 형식적인 인사를 하고는 내게 독대를 청했다.

그 용건은 모신에 관한 것이었다.

"올킨이나 반달린, 오메론 등과 얘기를 하며 모신에 대해 더 조사를 해 봤다."

"그래서요?"

"완전히 사라진 건 아니라고 하더군. 하지만 불안정한 상태인 건 확실하다는 듯해."

"불안정하다?"

"당시의 그 육체는 혼을 담고 있는 그릇 같은 것이었으니까. 그 그릇이 깨져 버리면서 모신의 혼도 약해졌다는 거지."

"흠, 약해졌지만 여전히 존재는 하고 있다?"

"그래, 그것이 언제 어떤 형태로 모습을 드러낼지는 아직 알 수가 없다."

"그때까지 준비를 하고 있어야 한다는 거군요."

"언제가 될지는 몰라. 이미 한번 실패를 겪은 모신은 군이

육체를 통해 부활하려 하지 않을 수도 있으니까. 올킨의 말로는 나무나 바위 같은 자연에 깃들어 그 혼이 완전해질 때까지 오랜 시간을 기다릴 수도 있다는군."

"어떤 것에 깃들어 있는가를 알 수 있다면 좋을 텐데요."

일단 내가 모신을 처치했던 그 산지를 반달린이 수색하고 있었지만 이렇다 할 실마리는 없었다.

"얘기는 이걸로 끝이야. 너무 걱정하지는 않아도 좋다. 아마 당장의 위협이 되지는 않을 테니까."

"고맙습니다. 축제를 즐겨 주셨으면 좋겠네요."

캘버린의 알현을 끝낸 뒤에는 엘프들의 섬에서 온 손님들을 맞이했다.

캘버린과의 얘기가 길어지면서 대기하는 시간이 생긴 게 불쾌했는지 대표로 온 베아트는 툴툴거린다.

"얼마나 기다리게 할 셈인가요?"

"미안해요."

베아트는 섬에서 보낸 선물 목록을 한참이나 낭독했다.

그게 끝나자 엘프의 장로로 보이는 남자가 나와 베아트의 혼담에 대해 얘기하기 시작했다.

이것도 정략적인 혼담이긴 했으나 베아트는 딱히 싫어하는 기색은 없었다.

정략적인 혼담에 대한 중요성을 알고 있기도 했고. 내가 상대라는 게 싫지 않은 듯했다.

"그보다도……. 그 아이는 함께 왔나요?"

"왔어요. 하지만 왜 그 아이를 부른 건가요?"

"다 생각이 있어서 그런 거예요."

엘프들의 섬에서 살고 있던 세레스라는 이름의 순혈 엘프 어린애였다.

"그 애를 데리고 와 주겠어요?"

세레스라는 이름의 남자애는 불안한 듯 알현실을 두리번거리고 있었다. 그 곁에는 소피아가 있었다.

나는 황좌에서 내려와 그 애에게 다가갔다.

"네가 세레스구나. 정말 반갑다."

"폐, 폐하를 알현하, 하게 되어 영광입니다!"

"그래, 축제를 즐기기를 바란다."

물러나는 엘프들의 사절단.

나는 소피아에게 물었다.

"자질은 괜찮은가요?"

이에 소피아가 고개를 끄덕였다.

"영특한 아이예요. 신념도 있고요. 어떻게 키우느냐에 따라 달라지겠지만요."

그녀는 곧 미간을 찌푸렸다.

"그렇지만 진심이에요? 저 애를 차기 황제로 세우겠다니."

"진심입니다. 이것도 미래를 위해서예요."

지금의 평화는 내가 죽으면 깨지게 된다.

그러니 지배 체계를 확실히 다져 놔야 된다.

그게 바로 올바른 성군에 의한 독재였다. 나는 그것이야말로 이상적인 정치 체계라고 생각했다.

물론 이것도 불안정한 체제다. 그 성군이 사망한다면 말짱 꽝이니까.

그래서 세레스라는 순혈 엘프를 차기 황제로 키울 생각이었다.

"순혈 엘프의 수명은 대략 400년. 그 이후에는 왕권을 낮춘 의회 체제로 전환을 할 겁니다. 그게 실현되기 위해선 세레스를 정말 엄격하게 가르쳐야 해요. 그러니 부탁할게요. 소피아 당신이 그 애의 교사가 돼 줘요."

"사실상 세계의 미래가 내 어깨에 달렸다는 거네요."

"이종족들과의 통합을 위해서도 이건 필요한 일이에요. 뭐, 저도 도울 테니까 너무 부담 갖지 말고요."

"좋아요, 해 보도록 할게요."

재상이자 황자의 교사 역할을 맡게 된 소피아.

대쪽 같은 그녀의 성향을 보면 세레스가 어떤 고생을 하며 어떻게 성장해 갈지 훤히 보였다.

"하지만 정말 괜찮아요, 당신 자식에게 황위를 물려주지 않아도?"

"그랬다간 괜히 싸움만 나요. 내 애들은 그런 걱정 없이 마음 편히 자랐으면 좋겠거든요."

훗날 세레스가 원만하게 황위를 잇게 하기 위해서 수년 이후에는 아이들을 시골에 내려보낼 생각이었다.

이후 나까지 황위를 내려놓은 후에는 나도 그곳으로 내려가 종적을 감추고 부인들과 편안한 여생을 보낼 계획이다.

그것이 천년의 평화를 위한 유일한 길이라고 생각했다.

그 이후에 대해선 부디 후손들이 잘 헤쳐 나가길 바라는 수밖에.

축제 넷째 날의 새벽.

나는 아침 일찍 마차를 타고 북부로 향했다.

류나와 단둘이 갈 생각이었지만 에오니아가 그게 무슨 말도 안 되는 일이냐며 따라왔다.

자고 있던 류나는 마차에서 눈을 뜨자 소풍을 가고 있는 거라고 생각했는지 간식을 부르짖었다.

에오는 미안하다며 표정을 흐린다.

"어떡하지, 류나야? 급하게 나오느라 간식을 못 가져왔는데."

"이잉……."

시무룩해하는 류나.

다행히 목적한 곳에는 먹을 것이 산더미처럼 쌓여 있었다.

그 음식들을 사용인들과 함께 준비하고 있던 멜로디아나는 우리를 발견하고는 밝게 웃으며 달려왔다.

"알스! 왔느냐! 아니, 이제는 존댓말을 해야겠군. 넌 황제니까."

"평소처럼 해요, 평소처럼."

"음."

우리 리안드와 합병을 하게 되며 멸망하게 된 크로싱 공화국.

그곳의 공주였던 멜로디아나는 쥬라스와 함께 지내고 있었다.

평소 경애하던 쥬라스와 지내고 있는 이 생활이 마음에 드는지 그 표정에서 행복이 묻어 나왔다.

"오늘은 건국절 축제를 맞아서 우리들도 파티를 하고 있었거든. 너희도 마음껏 즐겨라."

멜로디아나는 자랑을 하듯 아이들을 가리켰다.

이곳은 쥬라스가 지은 아카데미였다.

크로싱이 멸망하며 자유인이 된 쥬라스는 전쟁고아들을 위한 거대한 아카데미를 건설하여 운영하고 있었다.

쥬라스가 하는 일이니 스파이들을 키우는 게 아닐까 의심이 들었지만 그런 게 아니라 순수하게 아이들을 위한 일을 하고 있었다.

여기에 카이엔을 초대 학장으로 추대를 하며 3년 만에 굴지의 아카데미로 거듭났다.

아카데미 내부로 들어온 나는 카이엔을 찾았다.

모든 전쟁이 끝난 뒤, 그는 아이들을 가르치며 마음 편히 여생을 보내고 있었다.

그의 제자였던 유시스와 길리아스 멜번도 그를 따라 아카데미 교사로 일하고 있었다.

"오오, 잘 와 주었구나."

"할아버지! 과자 줘!"

류나는 싱글벙글 웃으며 카이엔에게 안겼다. 카이엔은 제한 없이 간식을 줬기에 류나가 특히 좋아했다.

류나는 카이엔의 품에 안겨 과자를 와구와구 먹기 시작했다. 카이엔은 흐뭇하게 웃고 있다.

"직접 오게 해서 미안하구나. 내가 가야 하는 건데 말이야."

"황성까지 오시게 할 수는 없죠. 그보다 쥬라스는 어디에 있나요?"

"녀석이라면 호수에 있을 게다."

"갔다 와 봐야겠네요. 류나를 잠깐 봐주고 계시겠어요?"

"나야 좋지, 허허."

나는 에오와 함께 아카데미 중심부에 있는 호수로 향했다.

그곳에서 쥬라스가 아이들에게 낚시를 가르쳐 주고 있었다.

낚은 물고기는 곧장 식사에 사용할 건지 다들 진지했다.

쥬라스는 내 쪽을 한번 곁눈질하더니 아이들에게 고기를 가지고 식당으로 갈 것을 지시했다.

애들은 꺄꺄거리며 물고기 통을 가지고 뛰어간다.

나도 에오니아를 뒤에 두고 그가 있는 곳으로 향했다.

"유유자적하네요."

"훗, 부럽습니까?"

"솔직히 부럽네요."

나도 이제는 이 녀석이 뭘 원하는지를 확실히 알고 있었다.

"한 방 먹은 기분이에요."

쥬라스 녀석의 목적은 자신이 짊어져야 하는 짐을 다른 이에게 떠넘기는 것이었다.

녀석은 알았던 것이다. 통일이 끝이 아닌 걸, 그 이후에 있을 일들이 더 힘들 거란 걸 말이다.

"내게는 자유를 얻을 수 있는 유일한 길이었습니다. 남들이 억지로 짊어지게 한 것들을 떨쳐 낼 수 있는 유일한 길."

종종 그런 생각을 한다.

쥬라스 녀석이 마음만 먹었다면 중앙 대륙은 순식간에 통일이 됐을 거라고 말이다.

그러나 녀석은 그런 미래를 원하지 않았다. 그렇게 황제가 될 경우 남은 자신의 인생이 어떻게 될지 뻔히 알았으니까.

반란의 싹을, 암살의 위협을 피하며 가시밭길 속에서 남은 생을 보냈겠지.

"나 참, 당신 탓에 나는 바빠 죽겠다고요."

"훗, 그러는 알스, 당신도 재밌는 일을 벌이고 있더군요? 자기 자식이 아닌 순혈 엘프에게 황위를 선양하겠다니."

"소피아에게 들었어요?"

"안톤에게 들었습니다."

"어때 보여요? 당신 생각이 궁금하네요."

"나쁘지 않군요. 세레스라는 아이가 정말로 성군이 된다면 말이죠."

"어떻게든 잘 가르쳐야죠."

내 편안한 노후를 위해서도 말이다.

나는 근처에 있는 낚싯대 하나를 주워 들었다.

"미끼 꽂는 법 좀 알려 줄래요?"

그렇게 낚싯대를 드리운 뒤에는 잔잔한 잡담이 이어졌다.

멜로디아나와는 어디까지 갔는지, 아카데미 아이들 중에 돋보이는 애는 있는지.

우리는 마치 오래된 친구처럼 편안하게 이야기를 나눴다.

축제 다섯 번째 날이자 마지막 날.

난 축제 마지막 날과는 동떨어진 분위기 속에 있었다.

황성의 지하 감옥이었다.

그곳에 모신의 권속이자 측근이었단 팍스 후작, 파이스 랑 코스트가 투옥돼 있었다.

나는 그의 목숨이 경각을 다투고 있다는 얘기를 듣고 캘버린과 함께 그를 만나고 있었다.

그는 통일 전쟁 이후 도피 생활을 하다 수개월 전에 붙잡혔다.

붙잡힌 것도 그가 플라톤의 황성에 침입했기 때문임을 감안하면 무언가 흉계를 꾸미고 있음이 분명했기에 감옥에 가두고 갖은 방법을 동원해 심문하고 있었다.

그러다 바로 어제, 축제를 기념하여 죄수들에게도 좋은 식사와 식기가 제공됐는데, 녀석은 제공된 포크로 자신의 급소를 찔러 자해를 했다.

서둘러 치료를 하긴 했지만 출혈이 너무 심하고, 기초 체력도 많이 떨어져 있었던지라 녀석은 숨이 끊어져 갔다.

"죽기 전에 대답해라. 네놈은 왜 황성에 침입했던 거지? 모신에 대해서도 궁금한 점이 있다. 넌 왜 모신에게 가담한 거지?"

"그걸 말해 줄 거라 생각하나……?"

놈은 죽어 가는 목소리로 비릿하게 웃었다.

"알스 일라인……. 네놈의 절망은 이제 시작이다……. 잊지 마라……!"

숨이 끊어져 눈을 감는 파이스. 애써 생명력을 불어 넣고 있던 신관들이 고개를 흔들었다.

캘버린은 한참이나 그의 시신을 내려다보더니 내게 말했다.

"신경 쓰지 마. 놈이 황성에 침투한 건 찰나의 시간이라 들었다. 무언가를 하지는 못했을 거야."

"그게 더 불안하거든요."

만약 나를 노리거나 내 가족을 노렸다면 그러려니 하겠지만 놈은 누군가의 암살을 기도한 것이 아니었다.

안톤에게 발견되어 붙잡혔을 때도 미련이 없다는 듯 미친 듯이 웃고 있었을 뿐이었다.

그런 행동들이 내게는 무척 거슬렸다.

"거듭 말하지만 신경 쓰는 게 손해다. 놈이 원하는 건 바로 그거야."

"그렇게 생각하는 게 맞겠죠……."

그렇게 넘기려고 했으나 내 가슴은 불안으로 고동쳤다.

마치 이미 수렁에 빠져 있는 것처럼.

'이놈은 대체 무슨 짓을 한 거야?'

그건 이제 알 수 없게 됐다.

"아이, 모르겠다."

나는 머리를 흔들며 애써 떨쳐 냈다.

이제 곧 여성들이 주최하는 다과회가 시작될 시간이었다.

나는 캘버린에게 안부를 전한 뒤 옷을 차려입고 황성의 정원으로 향했다.

정원은 마치 파티장처럼 세팅이 돼 있었다.

다과회가 끝난 뒤에는 남자들도 불러서 파티를 할 모양이었다.

내가 모습을 드러내자 에리나가 종종걸음으로 다가왔다.

"알스 님, 어디를 갔다 오신 거예요?"

"잠깐, 급한 볼일이 있었거든."

이번 일에 대해선 나만 알고 있기로 했다. 괜한 불안을 심어 주고 싶지 않았으니까.

"그렇군요, 먼저 이쪽에 앉으세요."

"먼저……?"

"알스 님은 한 바퀴를 다 도셔야 하거든요."

그 말이 뭔가 의미심장하게 들렸다.

이미 다과회가 시작된 상황인지 다들 테이블을 잡고 담소를 나누고 있었다.

애들도 정원을 뛰어다니며 놀고 있다.

내가 먼저 앉은 자리에는 리노아, 로자, 레이틴, 루크레치아, 에리나가 있었다.

에리나는 헛기침을 하더니 말을 이어 간다.

"그럼 리노아 님을 위한 연애 조언을 시작하겠습니다."

"······!?"

이건 리노아도 금시초문이었는지 눈을 부릅떴다.

"연애 조언이라니. 난 그런 거 필요 없어요!"

"미안하지만 레이틴 씨가 실토했어요. 리노아 님께서 외로워하셨다는 걸요."

"그건 그냥······!"

"어쨌든. 먼저 루크레치아 씨부터 말해 보시겠어요?"

이 테이블은 뭐라고 할까.

자랑의 장이 되어 있었다.

리노아에게 연애 조언을 해 준답시고 남편 자랑이 이어졌다.

놀라웠던 건 루크레치아가 호들갑스러웠다는 점이다. 루크는 10분이나 애쉬에 대한 자랑을 늘어놨다.

난 말하지 않을 수 없었다.

"그걸 애쉬한테 좀 말하라고요. 걔는 혼난 얘기만 한다니까요?"

"어흠! 어쩔 수 없지 않습니까. 애쉬는 칭찬을 해 주면 기고만장해하니까요."

"나 참."

루크레치아의 남편 자랑이 끝난 뒤에는 에리나의 차례였다.

에리나는 나와 처음 만난 시점부터 얘기를 풀어 가더니 무려 30분에 달하는 이야기보따리를 풀었다.

그 뒤를 이어 로자도 나와 만난 이야기를, 레이틴도 안두하와의 연애 썰을 풀었다.

그 염장질에 리노아는 속이 뒤집히는지 부들부들 떨었다.

이는 그렇게라도 리노아를 자극해서 남자를 만나게 하려는 친구들의 계략이었다.

이게 꽤 효과가 있었는지 리노아는 다음 다과회 때는 반드시 남자를 데려오겠다며 호언장담을 한다.

그렇게 첫 번째 테이블에서의 만담이 끝나고.

다음 테이블에는 리시테아, 일리야, 엘레나, 미라벨이 앉아 있었다.

면면들이 그래서인지 하는 얘기라곤 죄다 무예에 관한 것이었다.

엘레나는 호승심을 드러내며 일리야 스승을 자극했다.

"일리야, 다과회가 끝나면 대련을 한번 해 보겠습니까? 저도 나름대로 수련을 했는데요."

"저야 좋죠, 그게 아니면 지금 당장 무도장에 가시겠어요?"

리시테아도 몸이 근질거리는지 의욕을 드러냈다.

셋은 역시 다과회는 맞지 않는다며 무도장으로 향했다. 미라벨도 애들이랑 놀겠다며 테이블을 박차고 떠났다.

주선자인 에리나도 어이가 없는지 쓴웃음을 지었다.

그렇게 세 번째 테이블.

이곳엔 비스케타, 율리아 누나, 메이센, 에스텔, 그리고 어머니가 앉아 있었다.

이쪽은 부담스러울 정도로 분위기가 화기애애했다.

어머니나 비스케타처럼 나이 든 사람이 있어서 그런지 부부 생활에 대해 직설적으로 물어 왔다.

동행하고 있던 에리나도 크게 당황할 정도.

반면 에스텔은 서슴없이 이야기를 했다.

에스텔은 예전에 비해 분위기가 많이 바뀌어 있었다. 특히 율리아 누나, 어머니와 부쩍 친해졌다.

본인 말로는 내 피를 혈마법으로 수혈받은 영향이라고는 하는데, 마법적인 근거는 없었다.

"그래서 올라프 씨가 그날 밤에 꽃을 가져와 주셨어요."

"아, 맞아! 맞아!"

율리아 누나와 메이센은 남편 자랑을 하느라 바빴다.

어머니도 1급 행정관이 된 맥스 형이나, 3급 행정관이 된 밀러 형, 그리고 리안드군의 장군이 된 퍼지 형에 대한 자랑을 늘어놓으며 이야기꽃이 피었다.

나는 없는 사람처럼 얘기를 하고 있었기에 슬쩍 물러나 마지막 테이블로 향했다.

그곳에선 유미르와 에오니아, 소피아가 담소를 나누고 있었다.

살짝 의외의 조합이었기에 무슨 얘기를 하나 궁금했다.

"세레스란 아이에 대해 얘기를 하고 있었습니다."

세레스를 가르치는 것에 있어 소피아가 둘에게 조언을 구한 듯했다.

세레스는 아직 어린아이이니 사실상 육아나 다름없었으니까.

"유미르 씨는 류나를 돌보는 게 힘들지 않았나요? 저였다면 정말 힘들었을 것 같은데요."

유미르는 류나에 대한 얘기가 나오자 자동적으로 한숨을 쉬었다.

"지금도 힘듭니다. 도련님을 닮아서인지 워낙 영리하거든요. 그 영리한 부분을 학문이나 무예를 단련하는 데 사용했으면 좋겠는데……."

"고생하는군요. 에오니아 씨는 어때요? 쌍둥이이니 고생도 더 많지 않아요?"

에오도 침울한 기색을 보인다.

최근에는 에드와 에르니가 싸우는 일이 많아졌기 때문이다.

남자애인 에드를 따돌리는 일이 생겼다고 할까.

이 부분에선 나도 할 말이 있었다.

"에오, 네 탓이야. 에드를 편애하니까 그렇지."

"그, 그게……."

에오는 발키리의 무예는 여성이 이어야 하는 것이라며 에르니에게는 강한 무예 훈련을 강요하고, 반면 에드에게는 공부를 가르쳤다.

그렇게 되니 에르니가 불만을 품은 것이다.

에오는 반박할 말이 없는지 찻잔만 만지고 있다. 그렇다고 교육 방침을 바꿀 생각은 없는 모양이다.

그렇게 육아에 대한 얘기를 하던 중.

애들을 진두지휘하며 뛰놀고 있던 류나가 우리 쪽으로 달려왔다.

"아빠! 나 과자 먹을래!"

"하여간……. 언제쯤 그 먹성이 줄어들지."

다른 애들도 배가 고픈 모양이었기에 간식을 주려 했지만 왜인지 에드워드가 보이질 않았다.

"류나야, 에드는 어디 있어?"

"미라벨이랑 놀고 있어."

"왜, 다 같이 놀아야지. 에드도 데려와. 그러면 과자 줄게."

"응!"

다과회도 어느덧 끝을 맞이하고 있었다.

곧 남성진도 합류를 하는지 성대한 파티 준비에 들어갔다.

그런 다과회가 이어지던 와중.

한편에선 어두운 모략이 꿈틀대고 있었다.

정원의 한편에 심어진 묘목이었다.

그 묘목에는 모신의 혼이 담겨 있었다.

파이스 랑코스트가 황성에 잠입한 이유가 바로 이것이었다.

모신의 혼이 담긴 묘목을 황성 내부에 심는 것.

그렇게만 한다면 모든 걸 뒤집어엎을 수 있었다.

이 나무가 성장하여 모신이 영향력을 발휘할 수 있게 되면 황성은 그의 손아귀 안에 있는 것과 다름없었다.

그 영향력으로 말미암아 사람을 미치게 만드는 것쯤은 간단했으니까.

모신은 알스와 그 가신들을 전부 미치게 만들 생각이었다.

알스를 폭군으로 만들고, 그 가신들을 악마나 다름없는 자들로 타락시킬 자신이 있었다.

그렇게만 한다면 통일된 이 국가도 모래성처럼 무너질 게 분명했다.

'알스 일라인…… 네놈은 이제 절망 속에서 몸부림칠 일만 남았다……!'

사실 이건 모신의 입장에서도 커다란 모험이었다.

혹여나 발각이 된다면 정말로 소멸을 당할 수도 있었으니까. 그만큼 남아 있는 혼의 힘이 약했다.

본래는 안전한 곳에 터전을 잡고 천천히 힘을 회복해야 했지만, 그 기간은 적게 잡아도 500년.

모신은 알스에게 직접 복수를 하기 위해 자신의 몸을 황성으로 가져가게끔 파이스 랑코스트에게 사전 지시를 한 것이다.

'두고 봐라. 반드시……!'

그렇게 벼르고 있는 모신의 몸체 앞으로 어린아이 하나가 다가왔다.

에오니아의 아들인 에드워드 일라인이었다.

모신은 본능적으로 알 수 있었다.

'미라벨의 핏줄……!'

에드는 묘목 앞에 쪼그려 앉아 울먹였다.

"나도 누나들이랑 놀고 싶은데…….."

누나인 류나와 에르니는 자기들만 검 싸움을 하며 그를 따돌렸다.

무예 훈련을 받지 않는 에드워드는 그 놀이에 낄 수가 없었다.

"나도 목검이 있으면 같이 놀아 줄까?"

에드는 묘목을 보며 진득한 고민에 빠졌다.

그 묘목이 딱 목검 길이에 부합했기 때문이다.

에드는 묘목을 잡고 뽑으려 했다.

'아, 안 돼!'

모신은 들리지 않는 비명을 질렀다.

어떻게든 에드의 행동을 막기 위해 남아 있는 능력을 사용했다.

이에 에드워드는 묘목을 뽑아 버리는 걸 포기했다.

그러던 그때, 알스의 말을 들은 류나가 달려왔다.

"에드! 간식 먹으러 와!"

"누나!"

"뭐 하고 있어?"

"나도 목검을 가지고 싶어서."

못내 아쉬워 묘목을 다시 움켜쥐는 에드.

류나는 고개를 흔들었다.

"목검을 가지고 싶으면 가스파르 할아버지한테 달라고 하면 돼."

"정말로?"

"에드, 너는 미라벨한테 달라고 해도 되고."

"그러면 나랑도 검 싸움 해 줄 거야?"

"……."

류나는 입을 삐죽였다.

류나 입장에선 힘든 무예 훈련을 하지 않고 공부만 해도 귀여움을 받는 에드가 부러웠기 때문이다.

에드의 경우에는 입이 짧아서 어른들이 계속 뭔가를 먹이려 했기에 류나 입장에선 그것도 부러웠다.

자기는 간식을 달라고 떼를 써야 겨우 줄까 말까인 것에 반해 에드워드는 가만히만 있어도 어른들이 간식을 줬으니까.

어린 생각에 에드가 무예까지 잘하게 되면 어른들의 사랑을 독차지하게 될까 우려스러웠다.

"안 돼, 검 싸움은 안 해 줄 거야."

"이잉, 나도 누나들이랑 놀고 싶어."

"안 돼!"

에드는 울먹이며 검을 보여 주려는 듯 묘목을 뽑으려 했다.

그런 에드의 몸을 언제 왔는지 모를 미라벨이 번쩍 들어 올렸다.

우지끈! 에드가 워낙 강하게 묘목을 붙잡고 있었던지라 결국 묘목은 뽑혀 버리고 말았다.

미라벨의 핏줄이 통합을 이룰 거라는 예언이, 알스의 자식 중 하나가 대업을 이룰 거라는 그 예언이 동시에 이뤄진 순간이었다.

"에드, 간식 먹으러 가야지."

"미라벨……. 나, 검 싸움 하고 싶어요."

휘적휘적 묘목을 휘두르는 에드. 미라벨은 자애롭게 웃으며 그 묘목을 뺏어 들었다.

"이건 지지야. 내가 좋은 목검을 줄게."

휙! 뺏은 묘목을 정원 벽 너머로 무심하게 던져 버리는 미라벨.

묘목은 정원 벽을 타고 떨어져 아무렇게나 굴러갔다.

"악! 뭐야, 이건."

그게 마침 정원으로 향하고 있던 애쉬의 머리를 가격한다.

애쉬는 신경질적으로 묘목을 발로 차 버렸으나 귄터가 고개를 흔들었다.

"얌마, 사용인들 힘들지 않게 불필요한 일은 만들지 마."

귄터는 빠득! 나무를 반으로 부러뜨리고, 또 그걸 반으로 부러뜨린 뒤 소각로에 던져 버렸다.

마침 소각로가 꽉 찬 상태이기도 했기에 귄터는 직접 불을 놨다.

화르르륵! 매섭게 타오르는 불꽃.

이것으로 모신이 소멸한 건 아니었다.

모신은 세계의 근간이 되는 존재. 언젠가 부활을 할 수밖에 없는 필연적인 존재였다.

그러나 지금의 자아를 이루고 있는 존재가 사라진 건 확실했다. 이미 자그마해져 있던 혼조차 불타 흩어져 버렸으니까.

먼 훗날, 대략 수백 년 이후에 다시 모신에 가까운 존재가

나타겠지만, 그 존재는 아무런 기억도 가지지 않은 순수한
존재가 될 터였다.

"아니, 뭘 소각까지 직접 해요. 정원사들이 알아서 할 텐데."

"내가 직접 하면 좋잖아. 그보다 빨리 가자."

그렇게 소멸하고만 모신.

절망을 선사해 주겠다 호언장담한 것을 생각하면, 허무한
소멸이었다.

다과회가 끝나고 파티장으로 변한 정원.

"아빠! 에드 데려왔어, 과자 줘."

"과자도 좋은데, 이제 밥 먹어야지."

"밥!? 먹을래!"

류나는 신이 나서 펄쩍 뛰었다.

그런 순수한 모습을 봤기 때문일까.

아침부터 내 가슴을 옥죄던 불안감이 씻은 듯이 사라져 있
었다.

'그래, 다 허세일 거야.'

모신에 관련된 일은 깨끗이 잊기로 했다. 무슨 일이 발생
하면 그때 해결하기로 했다.

"오오! 장난 아닌데? 진짜 파티장처럼 꾸며 놨구만?"

모습을 드러낸 남성진.

애쉬는 화려한 파티장의 모습을 보며 웃는다.

그 건들거리는 모습과 헝클어진 옷차림에 리시테아와 루크레치아가 잔소리를 쏟아 내자 애쉬는 진땀을 흘린다.

그렇게 파티가 시작되기 전.

"알스 님."

에리나가 내가 다가와 속삭였다.

"알스 님이 대표해서 축사를 해 주면 좋을 것 같아요."

"축사? 나 그런 거 못하는데."

"아무 말이나 해도 돼요."

에리나는 내 팔을 잡고 억지로 단상 위로 이끌었다.

내가 단상에 오르자 다들 미소를 띤 채 응시해 왔다.

"음…….. 다들 지금까지 고생해 줬어요. 앞으로도 힘든 일은 있겠지만, 다 같이 힘을 합하면 잘 헤쳐 나갈 수 있을 거라 믿습니다. 오늘은 마음껏 즐겨 줘요."

다 같이 힘을 합하자니. 내가 생각해도 상투적이고 재미없는 축사였지만, 다들 아낌없는 박수를 보내 줬다.

나는 그런 가신들의 얼굴을 하나하나 눈에 새기며 단상을 내려왔다.

이후에는 음악이 깔리며 우리들만의 느긋한 무도회가 시작됐다.

애쉬는 춤 순서를 두고 리시테아와 루크레치아 사이에서

커다란 고민을 하고 있었고, 올라프는 율리아, 메이센과 단란하게 춤 순서를 정하고 있다.

안톤은 일리야 스승과 함께 가장 먼저 춤을 추기 시작했고, 도로시도 조심스럽게 연인과 춤을 추었다.

귄터는 소피아와, 루트거는 딸 에스텔과 리듬을 맞추었다.

심지어 미라벨은 같은 여성인 엘레나를 붙잡고 춤을 추며 주변의 폭소를 자아냈다.

그 모습을 보고 있자니 유미르가 다가왔다.

"도련님, 한 곡 어울려 주시겠어요?"

"하하……."

유미르의 뒤로는 마치 차례를 기다리는 것처럼 에오니아와 에리나, 로자가 테이블에 앉아 기다리고 있다.

"그럼 한 곡 어울려 주시겠습니까, 레이디?"

"기쁘게 받아들이겠습니다."

나는 유미르의 손을 잡고 정원 중앙으로 나갔다.

춤을 추고 있던 다른 사람들은 자연스럽게 우리에게 자리를 내주었다.

부스스! 바람이 불며 흩날리는 붉은 꽃잎들.

그 정취에 취해 유미르와 춤을 추고 있자니 류나가 난입해 왔다.

"나도 엄마랑 춤출래!"

마주 보고 있던 나와 유미르는 자연스럽게 웃음을 터뜨렸다.

그렇게 류나를 한 손에 안아 든 채 춤을 춰 보려고 했으나 잘되지 않았다. 균형을 잃고 만 우리는 그대로 잔디에 굴러버리고 말았다.

"푸하핫!"

"황제가 추는 춤이 뭐가 이래?"

웃음이 흐르는 파티장. 모두가 순수하게 파티를 즐기고 있다.

'그래, 이거야.'

거창한 업적도, 역사에 길이 남을 명성도 내게는 필요 없었다.

세계의 비밀이 어떻건, 지금 이 순간을 아무런 근심 없이 즐길 수만 있으면 충분하다.

이것야말로 내가 진정으로 원하던 것.

내 로열로드의 종착점이었다.

엑스트라 책사의 로열로드 마칩니다